微光

———

青年批评家集丛

我们的时代，他们的文学

霍艳 著

上海文艺出版社
Shanghai Literature & Art Publishing House

"微光/青年批评家集丛"策划人语

金　理

在今天这样的时代里,尝试获取对于"文学批评"的共识,恐非易事。不过,既然我们的集丛以此为名义来召集,势必需要提出若干"嘤鸣求友"般的呼声——

首先,文学批评"能够凭借自身而独立存在"(弗莱:《批评的解剖》),其意义并不寄生于创作,批评与创作并肩而立,共同面对生机勃发的大千世界发言,"如共同追求一个理想的伴侣"——这个说法来自陈世骧先生对夏济安文学批评特质的理解:"他真是同感地走入作者的境界以内,深爱着作者的主题和用意,如共同追求一个理想的伴侣,为他计划如何是更好的途程,如何更丰足完美的达到目的。……他在这里不是在评论某一个人的作品,而是客观论列一般的现象,但是话

尽管说的犀利俏皮，却决没有置身事外的风凉意，而处处是在关心的负责。"(陈世骧：《〈夏济安选集〉序》)

其次，在理性的赏鉴与评断之外，批评本身是一门艺术，拒绝陈词滥调，置身于"陌生"的文学作品中，置身于新鲜的具体事物中。文学批评应该是美的、创造的，目击本源，"语语都在目前"。

再次，诚如韦勒克的分疏："'文学理论'是对文学原理、文学范畴、文学标准的研究；而对具体的文学作品的研究，则要么是'文学批评'(主要是静态的探讨)，要么是'文学史'。"但他尤其强调这三种方法互为结合、彼此支持，无法想象"没有文学理论和文学史又怎能有文学批评"(韦勒克：《文学理论、文学批评和文学史》)。故而，凡在文学理论的阐释、文学史的建构方面有新发见的著述，均在本集丛收入之列。

丛书名中的"微光"二字，取自鲁迅给白莽诗集《孩儿塔》作序："这是东方的微光，是林中的响箭，是冬末的萌芽，是进军的第一步……"借用"微光"大概表示两个意思：微光联系着新生的事物和谦逊的态度，本书是一套为青年学者开放的集丛；态度谦逊但也不自视为低，微光是黎明前刺破黑夜的第一束光，我们也寄望这套书能给近年来略显沉闷的学界带来希望。

此外，"微光"还让我们联想起加斯东·巴什拉笔下的"孤独烛火"，联想起巴什拉在《烛之火》中描绘的一幅动人图画：遐想者凝视孤独烛火，这是知与诗、理性与想象的结合。"在所有的形象中，火苗的形象——无论是朴实的还是最细腻的，乖巧的还是狂乱的——载有诗的信息。一切火苗的遐想者都是灵感丰富的诗人。"(《烛之火·前言》)——在这一意义上，"微光"献给"一切火苗的遐想者"。

我们期待有更多志同道合的师友加盟后续的出版计划。最后，集丛出版得到上海文艺出版社陈征社长、毕胜社长前后两任社长及李伟长兄的鼎力支持,胡远行先生与林雅琳女史亦献策出力,尤其远行先生本是集丛策划者,但他甘居幕后不愿列名,这都是我们要特为致谢的。

目　录

第一部分

新媒体时代的文学观察

作家的病，别让时代背锅

我已经很久不看当下的文学作品了。

一个专业的文学从业者都不看作品，这是哪里出了问题？

作家通常会把问题归于时代，他们认为：

这个时代被网络分割得越来越碎，留给文学的时间越来越少，如今连碎片的时间都被抖音、知乎占据，哪里有余力阅读文学？

这个时代的生活越来越千篇一律、机械复制，可供挖掘的诗意也随着乡村文明的崩溃而消失，城市生活一地鸡零狗碎，写无可写。

这个时代的人心浮气躁，年轻读者在鸡汤文学中成长，中年人被成功学所蛊惑，无暇顾及文学，而老年人知识结构腐朽，不是文学的目标读者。

　　这个时代对文学越来越不友善，各种消费主义挤占了文学市场，作家生存环境堪忧：稿费低、税率高，出版社不出中短篇小说，生活得不到保障。

　　总之，都是时代的错。

　　但是否有人从读者的角度考虑问题？

　　我们为什么要花一个多小时看一篇小说？

　　阅读文学能给我们的生活带来什么？

　　事实上，读者对已经定型、已成惯例的文学操作感到深深地厌倦。

　　业余写作者独眼老师曾在连续阅读了十几天国内作者写的小说后总结道：

　　　　"男作者写的是：农村、废旧的工业区、三线以外的小城、城乡接合部；男主人公的童年-少年-青春期，跳到颓废中年；总要写对女孩胸部的意淫、对手淫的迷恋和恐惧；浑浑噩噩的性，不明不白的爱；有些描述真假莫辨，可能是吹牛也可能是想象；

　　　　"所有父亲都打儿子，三分之二的父亲还打老婆甚至自己的老子，一半早死，另外一半老了之后都怕儿子，母亲都活得比较长；母亲可能温柔懦弱也可能暴烈，但永远是别人的妻子或母亲话更多；故事更像传奇，好像有点儿什么意思，又可能也没什么意思，有可能是装腔作势，也有可能那种没什么的无力才是装腔作势。如果不靠方言，短促、平白、假装口语的语言夹着一些四字成语，又很统一，他们的小说像一个人写的。

　　　　"女作者写的是：大城市（多数'北上杭'）、外国；女主人公的青春期，多数高中至中老年；所有围绕爱情和家庭的计策、算计，没有一个笑容,没有一句话是无意义的;父亲多数软弱,母亲啰嗦、强势或者推卸责任,其他家庭成员琐碎,给人施加压力,隔代人往往神秘体贴;无论这些故事在写什么人什么事,那背后一定有一个教义:'这个故事告诉我们',她们在试图把道理讲透,所有的材料都是为了讲至少一个理,而这个理绝对不能白讲。语言带着一点儿翻译腔,一些台湾腔,一些上海腔,不像一个人,每篇小说都像一群人在说话。"

这条微博收获了 3000 次转发、1110 条评论、3400 个赞。在为数不多的文学爱好者那里,获得了相当广泛的赞同。

独眼老师总结的是"写什么",我可以再针对我所熟悉的青年作家群体,说说"怎么写"。

首先,他们写人,不写人物。有些小说就一个主人公,满篇自怨自艾。有些小说,登场的人不少,但都是为了衬托主人公而存在,主人公则是写作者的观念叠加。年轻写作者在写人时,太过屈从于时代打在个人身上的外部痕迹,可以毕肖,但总是被生活推着走,没有自主意识。而塑造"人物"必须专注于深邃,如何处理人物性格的复杂层面与厚度,这考验作家的思想能力。

人物要靠什么来塑造?除了翔实的外部细节,深邃的性格特质不会自己浮出水面,所以还要靠复杂纠葛的人物关系,以及人处在不同关系中的应对方式来呈现。新时代出现了新型人际关系,但当下文学作品鲜有涉及。没有丰富的他人世界,只有单调、重复的自我认知。人物往深里走,却不往宽里走,活在安全范围和作家的臆想世界里,不与现实发生碰撞。

　　一个人在社会交往中如何不涉及与他人的关系？除非这是个不健全的人，比如身体残缺者、精神障碍者、性格偏执者。所以当下文学作品涌现出大量有缺陷的人，作家仿佛不会写一个正常人。"有缺陷的人"和"人的缺陷"是两种不同的写法：前者是夸大缺陷，造成人物性格的扭曲，以此挣脱社会关系的束缚；后者则是描摹缺陷的合理性和对缺陷的有限修复。

　　作家要么回避对关系的处理，要么就把关系写得拧巴，比如父母伤害所造成的童年阴影，家族历史埋下的刻骨仇恨、相爱相杀。对照一些职场、官场小说，恰是因为处理了人在关系里的纠缠，铺陈了每一段关系选择的合理性，而受到欢迎。尤其是注重历史背景的小说，人与人之间关系的微妙，甚至可能对历史进程产生影响。

　　为什么不写人物关系？因为年轻写作者深受现代主义文学的影响，善于挖掘人物的内心世界，并且坚信自己是独立的个体，是现实世界的"局外人"，总是以一副冷眼旁观的姿态审视一切。

　　但中国正在被新型的社会、经济、政治、文化方式重新结构，在结构中人与人的关系也在被重新定义，提倡的是一种全民参与感。看起来被切割成原子化的个体，重又勾连起一条新的线索，生成新的人物关系，比如主播和打赏者、拼多多组团、粉丝团里的分工协作。新的人物关系其实质是新的经济关系与道德认同的确立。如果想准确把握这些，既需要写作者敏锐感知我们习以为常的生活细节的变化，又需要一种宏观的对于这种革命性变动的理解力、阐释力，这就涉及中国作家知识结构的更新。

　　写作者并非对新式人物关系熟视无睹，但他们无法把握其背后所蕴含的巨大的社会和经济结构变动，只能在公共平台表现出一种慌张感,说些不知所云的抱怨,仍沿用既定的方式看待问题,在文学作品里高唱挽歌。写作和现实间出现了巨大的错位,本该属于文学的位置让给了深度报道,因为报道最重要的作用恰是给出背景和厘清关系。

如果不写人物关系,那怎么写人物? 年轻作家想出了办法——写细节。年轻人对于细节的敏感度远胜于前辈作家。女作家会不厌其烦地写一件衣服的质地,男作家会努力回忆第一次触摸到异性身体时细枝末节的感受。

一时间,小说里充满了大量的细节,如何在细节的海洋里脱颖而出? 不是靠有效性,而是靠写别人没写过的细节。有些细节只限于特定职业,比如警察、麻醉师。有些细节独属于某一阶层,比如中产阶级的生活细节,这种细节在世纪之交的小资写作风潮中特别受到追捧,那时读者对安妮宝贝作品里的细节按图索骥,借以装扮生活,也树立起了虚假的自我意识。

"崔全松坐上飞机,便将熊本熊眼罩妥帖佩戴,欲小憩。去年他去日本出差一周,未听王泽月临行忠告,仍是任性带回一行李箱日本设计中国制造的小玩意儿——真的都只是些小玩意儿。比如一个撅起大屁股的比基尼玩偶,可以在泡面时用臀部帮你压住杯面纸盖;比如豆腐切丝器,事实上夫妻两人从来既不吃泡面也不吃豆腐,两人同时对豆制品过敏;再比如压力发泄球,特殊塑料制,耐摔不会破,只是砸地板上会变得非常像黄绿色鼻涕;黏在玻璃上也不掉落的橡皮超人,紧身内裤外穿,没有披风,臀部比泡面更显眼。还有一对可以放在车顶做装饰的兔子耳朵。王泽月并不认为他们那辆黑色凯迪拉克旗舰商务版三厢轿车适合这对粉红色耳朵和纯白的小圆尾巴……如是，这些小东西从中国漂洋过海到日本售卖、从日本漂洋过海抵达这个中等偏上北京家庭，此后，其命运轨迹便已注定一无是处，不过是从储物间走向垃圾箱。

"包括这副眼罩，但也不包括这副眼罩，因为它眼下貌似派上用场，正在发挥价值。崔全松果真相信熊本熊卡通眼罩足够体现他的品位么？眼罩纯棉、全黑，熊本熊的两只小圆耳朵支在眼罩上方，替佩戴者遮挡眉毛。这只名为熊本的虚构之熊，尊荣大致如此：面黑、眉白，眼白敞阔，眼白内不怎么严肃地印上两个黑点，权当眼珠。崔全松的微信里装有几套熊本熊的表情包。所有表情图里，熊本熊都大张熊嘴，并不见一颗熊牙。"〔1〕

这是一位颇受瞩目的青年作家作品，全文充满了琐碎的日常生活细节。她所提及的日本设计、熊本眼罩都属于特定的中产阶层，即便琐碎也努力彰显着中产阶级的生活趣味。我们赞叹作者对物质细节敏锐观察的同时，也好奇这种琐碎的细节罗列对于阅读有何意义？

能否给读者一个阅读的理由？我们为什么要去关心一对中产阶级夫妻在机场喝咖啡、吃沙拉的故事？为什么要去阅读眼罩品牌、豆制品过敏的细节？或许这些细节于作者是精心安排、细致打磨的，某个细节可能触及到她的灵魂。但于广大读者，既没有借鉴意义也没有分享意义，更不会产生共鸣、带来思考。

我们阅读着别人的生活，与己无关。

---

〔1〕 周李立：《黑熊怪》，《芒种》，2018 年第 1 期。

这种细节的堆砌，造成了小说篇幅无节制的膨胀。在中国，中篇小说比短篇小说更受到重视，因此小说家拼命地填充细节，用成百上千字描摹无关紧要的情境，喋喋不休地描写物质，只为了让虚弱的小说迅速膨胀起来，由此患上了一种"细节肥大症"。

这种细节写作法，有1980年代文学传统和欧美文学的影响，但这种影响更多的是一种风格学意义上的。当下的写作问题主要是源于人物悬空症，即作者不再处理人物赖以存活的诸种关系，人物被写作者从他们的生存基础上连根拔起。

好的写作，是试图回应社会所面临的诸多问题，即便无法把握整体，也可以从一个小切口突破，重新去关照被遮蔽的现实；是通过写作者的触点连接到读者的生活，引发共鸣；是被有效细节激发出的对世界全新的感受力。

大部分写作，尽管文笔不错，讲究技巧，也有敏锐的观察力、丰富的想象力，但一是仍囿于传统的知识和经验范畴，难以超脱。写乡村、写小镇、写城市都有固定的套路。塑造的人物也不外乎自恋的小镇青年、做噩梦的北漂沪漂、爱上摇滚乐手的文艺女、性冷淡的中产夫妻，每个人都被贴上了一个鲜明、粗暴的标签；二是将观察力误认为是洞察力。观察是基于表象的看，好的写作者加以提炼，一般的写作者忠实记录，不称职的写作者片面呈现。而洞察力是穿透表面深入本质，是建立在对世界的全方位认知基础上的新发现。

人都有对于未知的着迷与渴望，所以读者会选择抖音、知乎、微信公众号等能提供新的认知角度的媒介，从而放弃文学。

非虚构写作的成功应该让中国的虚构文学创作者警醒起来。他们多是一群业余写作者，但文字迸发出一种久违的生命力和活力。他们讲述的故事既满足了读者的好奇心，故事里带出的细节又对人性一击即中。他们重新去构建、展现人物关系的多重可能。至于非虚构写作如何定位或提升自己的文学性，同样是极为重要的问题。

2018 年鲁迅文学奖十强入围名单出炉的时候，有朋友推荐了一篇叫《良霞》的小说。读毕，我对作者处理主人公良霞的手法很感兴趣，设想如果换成其他作家，会如何处理一个美好少女的远大前程突然被罹患疾病所改变的题材。

我大胆揣测了一下：新锐小说家弋舟先生会让人物扭曲纠结，深挖内心世界；非虚构写作者梁鸿老师会让人物辛苦坚忍，同时把外部环境渲染得一片糟糕；阎连科老师会找一个有权势的男人把良霞玷污掉，全村疯魔；张悦然女士会写嫂子照顾良霞时微妙的女性情谊——这就是写作者世界观的选择。

平心而论，当下的文学创作环境已经有了不错的改善。较为完善地形成了写作、发表、评论、奖励的一条龙机制。一部好的作品可以获得不错的经济收益，此外还有来自专业人士的肯定和不同部门的褒奖。同时文学和商业的紧密联结，又使得文学作品被资本市场重视。影视改编、付费阅读、商业讲座，都提供了作品后续开发的可能。至于作家所抱怨的读者越来越少的问题，事实并非如此，电子阅读器、微信公号、非虚构写作，重新拉回了数量可观的文学读者，只不过他们阅读的平台有所改变，一些作家也在向新媒体平台转型。

并非读者不爱阅读了，而是虚构的力量越来越孱弱。读者的阅读习惯已经无法忍受细节的堆砌和凄苦哀愁的心理独白。作家应该寻找到一套新的表述方式，这必然对写作者提出更高的要求：有一颗宽忍之心，拥有一个容纳人性复杂性与世界宽广度的精神世界，让文学在其中谦逊平和地学习成长,进而游刃有余。写作者还必须时刻更新自己的知识结构,从各种渠道寻找资源,单以文学构建世界观,尤其只从现代主义汲取精神资源的人,是不完整的。

学者何浩说:文学要想重新挽救自己在现实生活中的尊严和读者,是需要在准确认知现实的基础上,重新提供矫正现实的视角。在这一点上,非虚构和深度报道反而走在了中国文学的前面。眼下中国正处于一个巨大的结构断裂和价值转移阶段,它给文学提供了更广泛素材的同时,也需要写作者的宏观视野和微观聚焦相结合。希望有一天,我们能在文学里重新了解中国。

警惕文学对时代的"碰瓷"

2019 年 4 月 4 日,娄烨的电影《风中有朵雨做的云》"如期上映"。

在上映之前,照例是删减、"不可抗因素"、撤档风波——文艺片宣传的"惯用"手段。娄烨 2012 年的一条微博被翻出来:"不要害怕电影! 电影没那么可怕,也没那么重要。如果一个国家一个政体因为电影而感到恐惧,那绝对不是因为电影太强,而是因为他们自己太脆弱了。"

这个引号显得意味深长,你不知道他是引用了别人的话,还是自己的话,但总之,这条微博和撤档风波一勾连,便成为一条绝好的注释。这种奇特的"一语成谶"感,使观众们纷纷表示欠娄烨一张电影票。

　　电影上映并未推迟,很快形成了两极化的口碑。影片展现出娄烨一贯的风格,情欲流荡。但不同的是,这次娄烨特地强调了和时代的关联,在采访中他表示一直想拍一个反映改革开放背景的电影。于是《风中有朵雨做的云》成为一次揭开时代脓疮,反映改革开放时期另一面——地方腐败、官商勾结、地产黑幕、权钱交易的尝试。电影海报上也仿照报纸头条的形式,写着:"电影会帮我们记住我们和我们的时代",以此来呼应他"拍吧,不然就忘了"的初衷。

　　但是,这种尝试并不成功。除了开场用纪实手法拍摄广州城中村拆迁的画面外,影片只是靠不断切换的年份、旧照片、旧服饰、伪新闻来凸显时代印记,故作一种城市边缘和权力中心的二元对立。我们什么也没被唤醒,什么也没记住。

　　影片就像是一场对改革开放的"碰瓷"。这样的碰瓷,也出现在文学作品里。

　　我们的作家开始变得对时代有强烈的诉说欲望,这折射出一种没能参与到时代进程的焦虑。进入 21 世纪后,文学在时代观的塑造中发挥着越来越少的作用。我们日新月异的生活是被科技改变的,而不是文学。连对现实的呈现,靠的也是新媒体,有人把短视频视作绝佳的人类学样本,触角覆盖广袤大地,在日复一日的生活里展示着中国社会结构性的变化。它们有着粗糙且坚硬的现实质感,把作家、小资青年用文字涂抹的粉一层层擦掉。千万种真实扑面而来,让人恨不得长出复眼。

　　顽强的作家想通过文学介入时代,来证明自己对时代的表达依然有效,由此稳固住自己的存在感。作家总是认为自己对时代有绝对的阐释权。之所以会造成这种错觉,是由于各种局限和自大,使他们把自己关心的问题等同于世界的问题，把自己交往的人群等同于"人民"，不知不觉遮蔽掉一些东西，建立了一种"文人史观"，凸显历史书写的"文学性"。但随着科技的发展，文学的记录效用被削弱，与此同时文人的地位也开始陷落。

我们想通过文学回顾波澜壮阔的历史画卷，想从文学中了解中国发展如何一步步至此的希望也随之落空。文学与时代分裂的危机从1980年代文学最后的辉煌开始显现。时代是由一个个真实的现实组成，1980年代文学以"纯"为标准，剥离绝对真实，制造不确定性，"将'现实'视为偶然性、不确定和充满变数的存在"〔1〕。文学获得了最后的荣光，也走向了封闭和自恋。

很快，文学的步伐跟不上不断变化的外部经验。刘大先深刻阐释了这种危机："(小说)像一驾农业时代就开始挎着轭奔波在路上的马车，被生活疾驰而过的高铁列车抛在身后，为了保持尊严，开始自我安慰地吟唱着'从前慢'。小说要同当下生活保持一定的审美距离，进而虚构要从杂乱的现象中转入内心，这种辩护逐渐变得站不住脚，因为它让内心承担其难以承受之重，终至不可避免地崩溃。"〔2〕"沿袭自八十年代中期以来形态探索与观念更新所形成的范式日益窄化，把审美自足性生生缩减为文本内部体系的增生，这造成了创造性上的孤立和僵化，而使得文学与生活之间发生脱节，沦为一种自我循环而又自命不凡的嬉戏。"〔3〕

在这种自我陶醉中，在文学现代性对历史现代性的反抗中，文学

---

〔1〕 刘大先：《虚构的危机与革命》，《青年作家》，2019年第4期。
〔2〕 同上。
〔3〕 同上。

和时代渐渐脱节,时代的话语权被政治、经济、科技夺走。一些作家怀抱着的精英意识,实际上是为他们对时代的无所适从和对现实的迟钝打掩护。所谓的文本实验和突破,只是一枚枚精致的碎片,割断了文学与时代的关联。或许,有些作家内心深处就不认可时代的变化,把失去话语权归因于时代变化太快,人心浮躁。他们缺乏对时代真正的思考,时间都用在雕琢技艺和加工奇异的经验上。

文学逐渐失去关注,于是有些作家想通过进入历史重新建立和时代的关系。中国人大多喜欢历史,也喜欢在历史问题上表达自己的见解,每个人都想知道自己从何处来,到何处去,想从前人的生命经验中,寻找人生困惑的答案。但真正能潜心研究历史的人并不多,历史越来越成为一个专门化的学问。当作家发现"文学化"地表述历史可以吸引回读者,不顾自己还没形成完整且正确的历史观,就把历史当作展现人的欲望、日常生活的琐碎和特异经验的背景,把对封闭内心的描摹重又挪移到历史叙述中,使历史也充满了非理性和荒诞。

此时的历史,已经是任人打扮的小姑娘。有些作家并未想过正确表现历史,而是塑造出一种观念的历史,越靠近当下这种观念性越强,尤其是把重要历史节点符号化,把在历史中沉浮的人物概念化,未曾认识到历史事件发展逻辑的复杂性。他们缺乏处理重大历史问题的能力,也缺乏抽丝剥茧的耐心。他们追求的只是历史背景下的一种戏剧情境和参差对照,只有把历史情境塑造得越极端,才越能掩饰他们笔下人物行为的诸多不合理和思想上的孱弱,历史仅仅是人物幽深内心的外部装饰。他们并非追随历史事件的发展逻辑,而是以某种价值立场预设逻辑,以一种直观性、二元对立的历史认知,形成流行的历史论调。一些极端历史书写甚至变成"审丑"和释放恶能。这样的作品谈不上历史还原，更缺乏历史反思。

学者贺照田曾说，直观性的历史认知方式其实是将历史中的对象和事件作了简化处理，却没有注意到任何一个历史社会中的"我"都是被封闭在各种意识、认知方式之中的，要想突破或解放自己的眼光，有效达成自己对人世的关切，必须对自己的意识存在状态非常警惕，才有可能与历史、现实形成互动关联。[1] 但一些作家过于相信自己的意识，把自我与历史都封闭起来。历史的魅力在于它是开阔的、有逻辑线索的，满足我们"从何处来，到何处去"的好奇。可一些文学创作又把历史置换成了封闭、虚无的"现实"，没有来龙去脉，人物虽然充满个性，却在风云变化中不曾获得真正的成长，这样的历史主体难以代表时代的前进方向。

有人借着历史创作不断彰显自己的勇敢，尤其偏爱那些所谓"禁区"的题材，"敢于触碰历史真相，揭露沉重现实"成为对这些作家最好的褒奖。成名作家大胆将历史扭曲、变形，在海外戴上光环。年轻作家假意从沉迷内心的叙事挣脱出来，触碰特定题材，收获转型成功的称赞。但鲜有人去追究这份勇气背后，所揭露、触碰的真实与程度。一些作家曾经引以为豪地反叛了国家意识形态，又陷入了另一种意识形态的牢笼。他们的"文人史观"缺乏对于历史中人物和情境切身的体会，迅速把历史的转折归结在某一两个点上，夸大或删减某些历史情境，缺乏历史远见。他们的作品呈现了一种虚假的历史感，并将这种虚假关联起我们现实的处境，又将对现实的种种不满，投射到历史

─────────────

〔1〕转引自何浩：《时代课题的构造与从苦恼出发的学术——谈贺照田的学术研究及其新著〈从苦恼出发〉》，《开放时代》，2017 年第 4 期。

中,用当下的视角构建历史,循环往复。如果说过去历史写作是为了指明前进的方向,那现在的一些历史写作,并非有什么独特的见解或惊人的发现,而是想通过历史为当下的混乱寻找诱因。

尽管小说是虚构,但"史"跟"实"之间微妙的关系,以及一些作家"勇敢"、"诚恳"的姿态,仍让人信以为真,把文学中的历史当作进入当下问题的路径,造成了历史、时代与现实、自我之间错误的联系。历史感影响着现实感,现实感也作用于历史感,错误的历史书写容易让人形成扭曲的历史认知。

有些作家以为仅凭着这份"勇气"和激情,就可以在时代中重寻自己的位置。可这远远不够,作为一个负责任的时代书写者,需要投入时间、精力,进行大量的调查研究、实地走访和资料研读,需要准确把握历史与现实之间复杂的互动关系。一些作家往往是被网络上某个社会新闻所吸引,以为这就是现实本身,然后进行艺术加工、素材堆砌。他们乐于捡拾一种现成的经验,或迷信个人经验,殊不知看似独特的个人经验也存在很多复杂的社会、历史面向。尤其是个人历史经验在当下的回溯中显得不够可靠,加入了后设的立场,抽离了当时的历史情境,融入了当代的感觉和氛围,不能被直接还原为事实本身[1]。一些作家缺乏对时代敏锐的感知,这种敏锐不光需要天赋,也需要在大量准备工作基础上磨练对细节的敏感。这样才能真正创造性地进入历史时刻,把被历史记录遮蔽掉的东西打捞起来,形成对世界与他人的切实理解。

─────────────

[1] 何浩:《时代课题的构造与从苦恼出发的学术——谈贺照田的学术研究及其新著〈从苦恼出发〉》,《开放时代》,2017 年第 4 期。

　　新媒体的发展已经使生活实感压迫了历史记忆，缺乏历史记忆就无法把握时代。但我们是否还能把对中国社会的认识和把握，把对人民精神生活的全面呈现寄希望于文学？文学创作作为一种特殊的社会实践方式，如果依然以一种碰瓷的手段处理历史、展现时代，必然会陷入虚无。

　　就好像《风中有朵雨做的云》上映的过程中，有一篇微信公号文章，标题叫"恕我直言，这个时代配不上娄烨"。这粗暴的碰瓷，让人不免替时代感到可怜，它如提线木偶般被利用、被讽刺、被涂抹，却配不上任何人。

孙仲旭的"酒杯"和文青的"块垒"

　　这篇文章并非悼念孙仲旭先生,尽管他作为一名出色的翻译家,翻译出了《麦田里的守望者》《一九八四》《动物农庄》《恋爱中的骗子》等 30 多部优秀的文学作品,理应受到我们缅怀。其中我对他推荐并翻译的理查德·耶茨最为喜爱,他在离世前曾反复阅读自己翻译过的这位灰色作家,在一篇介绍文章里,他引用了耶茨的一句话:"有人问耶茨他为什么写了那么多悲伤而孤独的角色,耶茨回答道:'也许是因为悲伤而孤独的人比快乐的人更有意思。孤独并非仅仅意味着形单影只,我觉得那意味着被隔离在世界主流之外的感觉。'"

　　孙仲旭辞世的消息引爆了当天的微博和朋友圈,刚开始只是几个图书编辑、记者转发,紧接着是一些读过他译著的作家,再然后是普通读者，既而又点燃了一批有文艺气质的大 V、微信公号。到深夜零点，这个消息被新浪"头条新闻"发布，"孙仲旭辞世"成为 2014 年 8 月 30 日当天的热门话题。一个翻译家的辞世所引发的巨大反响让人出乎意料。

我关注了一下对于孙仲旭辞世的讨论。

首先，关于他翻译的作品。除了极少数能对他的翻译质量进行评价以外，剩下多集中在：他翻译过什么？所列出的书目多是文学青年的精神食粮，这一方面说明他对所选择作品品质的注重，另一方面也说明这些作品已经成为文学青年的必读书目。

其次，集中在一位翻译者的现实处境上。作为中国青年一代的优秀翻译家代表，孙仲旭有一份正经工作，只能用业余时间从事翻译。他微博上和儿子有一段对话：

> "儿啊，为父交待你一件事。"打开电脑，"这个文件夹里有我十几年来译的四百万字。万一我有个三长两短，这就是我的文学遗产，你经营得好，可以在老家盖座平房，娶个媳妇。"他说："呃……干吗不能在广州？"我说："在这儿不行。只够买个卫生间，媳妇没了。"

呼吁了多年的提高翻译待遇、提高稿费个税起征点的诉求又一次被提出来，甚至有公共账号直接在这条微博上发问：先生，您为何弃世厌世？

最后，"抑郁症"这个残酷的字眼又一次被公众关注，一些同样受着抑郁症困扰的人分享自己患病的经历，另一些人则转发抑郁症的病症、注意事项，相互提醒。

每当这时，我必须提醒自己保持清醒，不要陷入到这场温情脉脉的集体悼念仪式里。朋友圈里有人将孙仲旭微博里引用的"与恶龙缠斗过久，自身亦成为恶龙；凝视深渊过久，深渊将回以凝视"视为"是我所见过的最好译文，今夜为孙先生一醉"。我不得不指出这句话非孙仲旭所译，也不由怀疑有些人是否真的读过他的翻译作品。那些被《一九八四》《麦田里的守望者》影响过的文学青年，读的是否又是孙先生的译本？翻译家、作家在中国的环境的确不尽如人意，但把所有问题归结于此，是不是显得简单而粗暴？每次面对"抑郁症"这个字眼，我都是又高兴又害怕，高兴这个病得到大家的重视，害怕的是看看我们身边有多少人错误地将自己视为"抑郁症"患者，或者每天口头禅似的来一句"我抑郁"。

"抑郁"是一个听起来有些迷人的字眼，压抑、忧郁，正切合大家对自己的病态想象：被现实环境压抑，内心却又充满着略带浪漫主义的忧郁情怀。如果只有忧郁，而把当下的语境抽离掉，那就有些"为赋新词强说愁"的味道，好在有混乱纷杂的现实作为外因。和另一种疾病"焦虑症"相比，"抑郁症"更适合一些内心充满情怀的人们，而"焦虑症"则像一个为生活奔波忙碌、无所凭借的人得的病。而那些声称自己"抑郁"的人，往往是拥有太多、了解太多、选择太多。我用了"声称"一词，是因为人们并没有对"抑郁症"形成完全正确的认识，甚至很多人至今也不相信谈笑风生的孙仲旭会有这个问题，并且遗憾在他离世前没能及时地劝慰他。和那些把"抑郁"挂在嘴边的人相比，孙仲旭并没有求救于谁，有一个更强大的一心赴死的自我击溃了他。在这里我们需要纠正一个概念，"抑郁症"并非源自具体事件的强烈刺激，而是从生理到心理的严重障碍,导致无法维持正常生活,需要经过严格的诊断与治疗,而身边很多人将具体的挫折、郁闷都归结到"抑郁症"的范畴,只会给自己徒增烦恼。并且当我们以精神疾病来解释、处理一种极端选择时,会不再去追问我们的精神世界究竟出现了怎样的问题。

作为一名资深的文学爱好者,孙仲旭的辞世让我反观文学与生活的关系。从他的豆瓣可以看出,他在用文学、电影、音乐来构建自己的精神世界。文艺青年的精神世界并非完全封闭,但留有的与现实世界交流的通道却十分狭窄,他们有选择性地汲取现实经验,并且挑剔所交流的对象。造成这个局面的原因有很多:在当下浮躁的环境里,学脉被中断,一些有才华的人只能在精神世界里得到滋养,养分就是那些艺术作品,而其中书籍又是最为经济和丰富的资源。和过去的读书为了做学问或者为官所不同,如今读书只是为了让自己充实起来,与现实剥离的心太过空虚,需要不停地靠阅读来填满。我们甚至是疯狂地在阅读,从中外小说到经典社科到人物传记再到科普读物。看得多,又依靠直觉形成了一种迅速的表达习惯,这个表达可以是刻薄的点评,也可以是精彩的拆解,与之伴随的是一套令人眼花缭乱的语言和概念的创新(这也使得文艺青年往往语出惊人)。与此同时我们忽视了知识,知识是具有内在性的逻辑展开,这需要更加沉稳的阅读和生活的体验。举一个例子,我们可能因为《一九八四》而对极权主义感到厌恶,但我们并不明白"极权主义"的词源和发展史,它并非我们以为的严苛统治下的压抑这么简单。我们长期沉浸在这样的阅读中,难免造成平面的认知,而这种认知又得不到现实世界的及时修正,最怕的是成为小圈子里的某种共识,这只会造成文艺青年的表面自足,内心却充满挑剔与刻薄。他们认为自己了解得多,只是不讲出来罢了,正因为不讲也就无法验证正确与否,于是生活在自己的逻辑里,并用这个逻辑反观他人。

"古之学者为己,今之学者为人。"古人学习是为了提高自身修养,如今我们学习是为了向他人炫耀才华。这使得我开始反思:成为文艺青年有没有炫耀的成分在其中?尽管我们一面否认"文艺青年"这个称号,并将其视为另类,但另一面又没能阻止我们不停囤积图书,在豆瓣上积极为每部文艺作品打分,享受着游离于主流世界之外的独立感。我们太需要一个自足的精神世界来填补现实的空虚,太需要建立一套价值标准来评价人与事,这些我们都期望通过阅读获得。但这种带有功利色彩的阅读,往往使我们在手持一面照亮他人缺点的镜子同时,看不见自己身上的局限。我身边一些有才华的朋友,读书甚多,也有想法,却无法正常交际,在与他人的交往中,他们总是担心自己所坚守的审美标准和价值判断被干扰,却又不屑于争论。哪怕尝试交流,也还是会被强大的自我战胜,用一句"就这样吧"来终止对话。因为长久以来的封闭让他们相信的只有自己,偶尔被感动也是源于他人对自己才华的崇拜。

我相信孙先生并非我所提到的这种"文艺青年",但作为一名文学从业者,他面临着无法处理好生活与文学之间关系的问题,尤其是当生活环境不再那么单纯,他需要面对更复杂和繁重的工作时,对翻译本身也产生了怀疑。这就涉及另一个问题:如何处理生命与创作的关系?

对此,学者张文江有一段精彩的论述:"应该用写作来提高生命本身的纯度,调整它的音韵、节奏、气息,生命本身就是诗,那才是写作的真谛。生命本身不精彩，诗怎么会精彩呢。如果力量不够，把生命去支付写作，文字虽然可能会好一点，但是生命太亏了，为我所不取。如果文字好而生命不好，我相信，这个文字还不是最好的。"

几年前，我朋友得到过一张"抑郁焦虑综合征"的诊断证明，出自北京某三甲中医院，一起带回的还有一些精神科的药物，我查过那些药物的介绍，有让人嗜睡、精神消沉的副作用。那些药物我没让她吃，时至今日，她依然陷入自我否定的纠结中，唯一的办法就是不断给自己设立一个又一个目标，然后逐步去实现，在实现中重新发现自己的价值。我建议她试着跟生活贴得更紧一些，从书本里挣脱出来，无论购物、旅游，还是运动，都是完善自我的方式。如果我们注定无法成为一个才华横溢的人，那不如将最后一点力气，用来雕琢生活这件艺术品。

那些奔走于假书店的假读书人

家门口的购物中心新开了一家连锁书店，我慕名而去。

一到门口，就看见一个穿着入时的女青年举着一把气球在书店门口拍照，她先是背对着镜头，踮起脚尖，用手指向书店招牌，短款上衣和长裙之间露出一截蛮腰，青春正好。然后她跳上书店的台子，和橱窗里假装读书的泰迪熊对望，咔嚓又是一张照片。拍完照以后她就走了，我不知道她进没进书店，反正没有买书。

走进这家网红书店，我愣了一下，它和我脑海里对书店的印象已大不相同，布置得像个童趣乐园，显眼位置在售卖文创产品。我大概浏览了下它的推荐区，全是畅销读物，有些几万字就能撑起一本书，鸡汤文案加上花哨的装帧和名人推荐，卖出不菲的价格。时髦青年们正围着书架聊天，男青年向女青年推荐："这本书豆瓣评分很高"、"这家出版社的书品质都不错"、"梁文道推荐过"。

豆瓣、出版机构、读书人，已经成为买书的三大指标。

我们一直抱怨文学的边缘化，却忽略在豆瓣上有一个庞大的群体坚持阅读文学作品，他们是除了学界以外唯一真正关心中国文学发展的一群人。他们主动撰写评论、打分、分享推广，承接了经典阅读的传统，不至于使传统彻底地寿终正寝。他们在豆瓣建立了自己的评价体系，这个评价体系的建立和成熟，其实标志着中国知识界的思考方式和讲述话语的一场自我更新。同时这个体系也反映出中国知识生产的分裂，一些文学界认为好的严肃文学作品，在豆瓣上口碑并不好。当然也有一些作品在传统文学界和豆瓣上都取得了良好的反响，调和了大众阅读跟精英文学之间的差距，契合了当下的时代精神。而文学界一直缺乏对这个评价体系的研究，仍沿用陈旧的审美标准或政治标准评判文学。

过去豆瓣被认为是文艺青年的聚集地，代表着某种特定的品味，由此得不到重视。但随着移动互联网的发展、代际更迭和观赏习惯的改变，豆瓣正在慢慢聚集一个以城市人口为主体的新兴文化消费群体，这个群体教育程度提高，流动性增强，信息捕捉能力和社会议题参与度也在提升。他们尽管还不能算作中国的大多数，但在文化消费领域具有自主性和相当程度的话语权，掌握着文化符号资本，可以反作用于文化生产。所以豆瓣评分已经成为衡量当下文艺创作的重要指标，也被主流媒体所采纳。豆瓣评分不光是对于作品好坏的评判和接受程度的体现，更赋予了作品在读者心目中的经典地位。有人把"豆瓣高分"等同于"经典之作"，形成一个"TOP"榜单，观者如果想要完成对经典的赏析,就需要对这个系列有所了解。对经典的熟悉程度也被豆瓣用户视为人格修养提高的重要指标,所以他们才会那么重视对榜单的收集。

但一部分人离开豆瓣,就不会读书了。他们买书之前要先查查豆瓣上的评分,超过4星的可以买,5星必买,如果豆瓣未收录,就坚决不买。他们喜欢收集书单,尤其赶上电商打折,就会按别人的书单狂买一通。一旦有名人逝世、诞辰等纪念活动,也会临时买几本补课,参与到相关话题的讨论中来。买完以后要按步骤标记:想读、在读、已读,还有按国别、题材、作家贴上分类标签,摘抄经典段落、撰写阅读笔记,强调阅读的仪式感。读完最重要的是评分,行使豆瓣赋予的文学民主权利。但有时他们也会故意跟主流话语、市场选择相违背,彰显一种独立精神,一旦不符合自己的期待视野,就打出1星评价:什么玩意儿,哪有吹得那么好? 有时会不相信自己的第一判断,而是先浏览一下大家都怎么点评。如果大家都称赞好,自己却没读懂,就会产生自我怀疑,小心翼翼不知该如何评价。豆瓣的评论也为人们拓展了讨论空间:有人补充作品的背景知识,使得创作被放置在一个更大的历史框架中;有人技术性地聚焦细节,一帧一帧读解画面、一句一句拆解文本、一个词一个词比较翻译;有人勾连自身生活经验,唤醒过去的阅读记忆,敏锐对于生活的感觉。人们越来越依赖豆瓣,却对其体系建构、标准生成和对阅读习惯的改变,缺乏深入的了解。

借助新媒体平台,一些新的出版机构正在崛起。和被层层约束的传统出版社、财大气粗的民营公司不同,它们致力于彰显鲜明的个性,满足特定人群的阅读趣味,以出版的方式介入当下多元的文化建构。有些剑走偏锋出版小众读物,有些主打社科彰显启蒙精神,有些小资文艺渲染生活情怀。什么是情怀? 编辑给作者写信约稿十年是情怀,理科生放弃高薪工作投身出版是情怀,亏本出书只因童年记忆是情怀,所有人都不看好还坚持要出更是一种情怀。为了凸显这种情怀,书出版时必定配上一段感人的编辑手记,和冰冷的商业操作形成鲜明对比。

这种情怀能打动很多文艺青年,他们讨厌铺天盖地的营销,讨厌书店里侵占性的图书码放,喜欢在网络自主整合信息,形成专属自己的知识系统。他们还喜欢从书架的角落里抽出一本书,放在咖啡杯旁,形成光晕,拍一张 HDR 效果的相片,发在朋友圈,配上酝酿许久又轻描淡写的文案。有情怀的出版机构不光出书、更新公号,还要印书签、明信片、制作帆布袋、举办读书沙龙,把文艺下沉到生活。有情怀的出版机构要用一些抽象的词语来命名,如"新经典""理想国""单向街""大方""后浪",情怀要像生活态度一样能被掌握。随着阅读人群的不断细分,出版机构也创建了越来越多的子品牌,如"见识城邦""知日""甲骨文"等。一旦它们的出版理念和编辑情怀被认可,读者就会对它们的产品照单全收,成系列购买。随着社会发展,出版机构逐渐从情怀营销变成描摹目标读者的形象——通过阅读你会成为一个怎样的人? 以此建构一种身份认同。

过去"读书人"被认为是"书呆子",现在则不然,书读得多也成了一种象征性资本,可以指导别人怎么读书、在读书沙龙担任嘉宾、在读书专栏撰写心得、录制读书节目、开设鉴赏课程、给出版机构担任顾问。"读书人"成为一种职业,因其专业性和表述的平实,他们的推荐显得更具分量和亲近感,以区别于"高冷"的学院知识分子。书读得多,命运自然不会太差,书里给出了万千可能,读书人应该比常人更能做出对的选择。但要防止出现三种情况：一是读书人可能过于狭窄的阅读趣味导致往往偏好某一类型，贬低另一类型；二是读书人有时会夹带私货，这种"夹带"还不能被轻易识别，因为他们形成一套特殊的话语方式，东拉西扯、避重就轻，把一本平庸的书也说得天花乱坠；三是读书人尽管有着自己的知识谱系和精神结构，勇于发表见解，但由于受到人文话语的影响，缺乏对社会政治经济的深层了解，容易把现实问题转化为人文问题进行消解。

还有一些不能被称为"读书人"，只能叫"买书人"。他们常炫耀自己家里的几套房子都用来装书，一看照片往往是大部头的古籍，乍看耀眼，细看却发现塑封都没拆，就那么堆着落灰。他们一买书就拍照发在网上，加几句空洞的阅读感受，还"@"相关人士，组成了一个小圈子互相激励，靠着不读书人的赞叹，获得一种想象性的满足，以此支撑他们继续买下去。豆瓣"买书如山倒，读书如抽丝"小组里充斥着打折信息和晒书的帖子，"我有"大于"我读"、"我懂"。青年依靠买书缓解自己不够充实的焦虑，或是制造自己假装努力的幻觉，憧憬于下一本书带来的惊喜，但实际仍陷入了消费主义的陷阱。买书取代读书成为一种自我建构方式，"买什么书"和"成为什么样的人"被画上等号，而阅读、思考的关键环节却被忽略。

在网络购书和便携阅读越来越成为主流的当下，书店也在寻求突破。现在的书店不光卖书，LAMY 钢笔、Moleskine 笔记本、帆布包、陶瓷杯也成为标配，有的还卖家具、服饰，变成文艺生活馆。精神生活要想不再虚无缥缈，就需要靠物质生活落在实处。书店努力渲染着一种生活情趣，每件物品看似围绕着书，也能随时离开书。所以有些人哪怕没买书，也会买一点纪念品带走，因为这些物品沾染了书香气息，拥有它们就仿佛沉浸在阅读氛围里。书店还开辟咖啡区，在书海里谈论的话题肯定不能关于北京房价和 X 轮融资，只能漫无目的的闲扯和无聊发呆。在昏黄的书店咖啡馆里，人能平静不少，书香倒真有改变气质的功效，至于咖啡好不好喝，就不那么重要了。

为了吸引人气，书店还会举办读书沙龙，形式是作者和嘉宾对谈，嘉宾的选择从评论家、作家到企业家再到娱乐明星，能吸引到的读者（粉丝）数量也逐渐增加。沙龙通常会围绕着一本书谈论一个话题，话题设置得浅显易懂，符合大众的口味，但也蕴含无法深入的可能。沙龙开始前，读者会掏出手机对着宣传海报拍一张照片，嘉宾入座后，他们会像拍摄明星一样狂轰滥炸。文艺青年拍摄的对象并非是慷慨激昂的男作家跟温婉的女作家，而是镜头后的自己，宣扬一种在场感——看，我在文学沙龙，我吸着北京的雾霾，心却被文学浸染着。参加沙龙的大部分人是没看过作品的，因为很容易能看出他们把照片上传到社交网络后的躁动不安，持续两个小时的沙龙既是一种生理考验，又是一种心灵折磨，他们只得一边听一边频繁变换坐姿，把手机刷到没电。

沙龙的尾段通常会安排提问赠书环节，这时有人举手提一个和这本书无关的问题，或者仅仅依靠对书和作家浅显的印象说点什么，比如：您写这部作品的动机是什么？创作时最大的困难在哪里？这本书跟您之前作品相比最大的突破是什么？还有一种提问方式是谈及自身——"××老师，我知道您不是学中文出身，我也是这样，但我热爱文学，请问我该如何坚持梦想？""××老师我看您微博上提到经常在夜里写作，我晚上也有熬夜的习惯，是不是夜晚更容易激发灵感？"而最让人头疼的问题莫过于："××老师，您怎么看待×××？"对这类问题作家并不难回答，但能看出他眼里流露出的一丝失望和无奈。失望在于他期望得到关于这本书最直接反馈的落空，无奈在于他在这个沙龙里所扮演的角色不再是一个分享者，而是一个自我推销者。

书店开始成为打卡圣地，能买到的好书却越来越少。它从选书、码放都有更为商业性的考虑，喜欢进一些成套的公版书，把包装精美的书摆在显眼位置，扩大儿童区压缩文学区。选书人的角色越来越被大数据所代替，也就不再有人对书的品质负责。读书人常讲究的版本也不被重视。

至于一些小型的有品位的依靠专业眼光挑选图书的书店，正面临被关停的命运。我求学时常去一家叫"盛世情"的书店，那是我见过老板态度最差的书店，他总是在干扰你买书，你掏出手机他就会在旁边严厉指出你要在网上购买的企图，然后大吐实体书店艰难的苦水，他还会挖苦你的学校、同学，会把绝版书囤积卖高价，但即便如此，这家小小的书店依然引领了很多人走入学术之门。几天前我又去了这家书店，老板不知所踪，书架上摆放着《极品传人》《特血士兵》《成功是一种态度》等二手书，有些还是盗版。这家从 1980 年代书摊发展起来的书店逐渐把业务转移到了网上，实体书店变成仓库，想想真觉得悲哀。

其实我也很少进书店了，改为网络购书，每年唯一的期待就是北京书市。但逛书店是我童年最美好的回忆，那时我家的位置是每个读书人都梦寐以求的，周围分布着三联韬奋书店、涵芬楼、王府井新华书店、隆福寺中国书店、人民文学出版社读者服务部，还有社科院考古所书店。进书店就像进了一个宝库，书是开架的，不必央求店员把书拿出来，也不必在她脸色变差时着急把书还回去。阅读亦是我童年唯一的乐趣,抱着一本《福尔摩斯探案集》能津津有味看上半天。

最近身边的人都在忙着整理书,我们从买书变成了书籍交换。某一天,听一位前辈说他知道自己生命有限,心里清楚能看的书还有多少,所以他把有限的时间留给最好的书。我忽然难过自己过去看了很多不好的书,耽误了太多工夫。如今成了专职读书人,阅读速度却越来越慢,对书的选择也就更加严苛。读书那么好的事情,希望不被辜负。

新媒体文学的推送时代

　　不久之前,我们还刚刚习惯把网络文学称为"新媒体文学",但现在网络文学已经"过时",更新的"新媒体"出现了。当互联网终端从一台 PC 机开始越缩越小,缩到一部手机、一台阅读器,"新媒体"这一概念指代的已经是各种移动终端了。文学的形式随不同载体发生变化,而吸引我们的精髓依然埋在深处,不期然地敲打着每个人的内心。

　　前几年被广泛关注的网络文学,篇幅长、情节曲折、枝节丛生,实质是旧式章回小说的变形。无论是在阅读习惯上,还是在写作习惯上,网络文学并没有明显创新,一些作品不加节制的叙述与离奇的情节,造成了叙事上的凌乱,甚至成为章回小说的倒退。

　　是移动互联网这个更新载体的出现,带来了文学写作的新契机。

　　在这个更新载体上出现的文学作品，我们不妨篡夺网络文学曾经的命名，将其称为"新媒体文学"。它可分为出版机构、书店、作家的公共账号、文学精选类公共账号和 APP、原创文学公共账号和 APP、电子阅读器 APP、语音文学 APP 等。跟网络文学比起来，新媒体文学其实更像网络文摘，把根据编者意愿挑选的文学作品放在一个公共平台上。在筛选何者可以出现在平台上时，编者本人的偏好和市场、流量的导向起了更大的作用，从而顺应或引领着某些阅读习惯和偏好。

　　诺贝尔文学奖得主莫迪亚诺谈道："我很好奇下一代人，也就是和互联网、移动电话、伊妹儿和推特共同诞生并成长的一代，会怎样利用文学来表达他们对当今世界的体会？"曾经我们与书生活在一起，如今我们不得不与网络生活在一起。在这一形势下，排斥或批评网络并没有太大意义。重要的是我们该如何跟网络相处，跟这个碎片化的阅读时代相处，并在此基础上创造新的文学形态。无论成败，新媒体正给出新的可能性。互联网时代的碎片阅读带有很大的随机性，挑选阅读的篇目会耗费大量的时间，如何筛选适合自己的内容，成了让人头疼的事。一些内容推荐类平台的出现，就是为了应对这个问题。这类平台帮读者进行第一道筛选，使其逐渐明晰自己的文学阅读趣味。韩寒主编的《一个(ONE)》发刊词写道："身边的碎片越来越多，新闻越来越杂，话题越来越爆，什么又都是来的快去的快，多睡几个小时就感觉和世界脱节了，关机一天就以为被人类抛弃了……于是就有了你所看见的《一个》。每天都只有一张照片，一篇文字，一个问题和他的答案。但也只是一枚碎片。"聪明的韩寒明白，我们对于碎片的依恋和无能为力，是一种不想被时代抛弃，又对时代变化无所适从的矛盾心理。碎片本是时间刻在我们身上的一道道印记，韩寒却把它变成可以握在手心、装进手机的生活点缀。但碎片也有高下之分,钻石、水晶、玻璃,各不相同,如何寻找到好的碎片,重新组合成世界的多棱镜,是新媒体文学工作者需要考虑的。

对作者来说,新媒体文学的出现为僵化的文学生产撕开一个口子。在畅销书霸占排行榜、传统期刊日薄西山的今天,一些对文学有所追求却没能进入体制的人,面临的最大问题就是:在哪里可以发表作品,让更多的人看见?"果仁小说"就提供了这样一个平台,每天更新一部短篇小说,将传统刊物冗长的发表周期缩短为一周。每篇小说都标记着作者的身份:青年作家、在校生、报社记者、公司职员、酒店服务员、药厂检验员。这也是吸引作者的一种手段,它取消了写作的职业门槛,唤起更多潜在写作者的关注。"果仁小说"的口号"这就是小说"具化为三条标准:故事性、文学性和可读性,三者之间不是此消彼长的关系,而是和谐统一。它拒绝晦涩难读的作品,没有人愿意花时间精力去看一篇"不知所云"的小说,读者需要快速浏览一个好看的故事,给千篇一律的生活增添点情趣。并且这个故事也需要娴熟的叙述技巧和对生活独特的发现。

当然也存在一个问题,即:一旦提出标准,那标准的制定者是谁?如何保障这个标准的实现?当新媒体文学从业者指责传统期刊的评判标准已经过时时,是否考虑过自己提出的标准失之于武断,规模越小的团队越容易出现这个问题。有些文学账号是个人在运营,他在运营伊始脑子里可能是有一个标准的,但由于每天要应对内容的更新,这个标准会慢慢变得模糊,一些标准线以下的作品也会受到推荐。新媒体平台加快了作品的传播速度,却省略了精细的内容编辑和专业评论,发展为三种趋向:一种是曲高和寡,最后吸引到的只是一个小圈子的人;另一种是秉持流量至上原则,一味迎合大众;还有一种就是夹带私货、换取名利。

新媒体文学目前仍是一种单向传播,互动机制只能靠点赞、留言、转发来表达。ONE里不同文章收获的点赞数有时相差几倍甚至十几倍,这会让作者不自觉地陷入互相比较中。这个点赞数只能代表作品受欢迎程度,和本身的质量未必匹配。一些作品稍有艰涩,就会被评价为看不懂,也就失去了被鼓励和继续传播的可能。而读者的反馈又是编辑约稿的重要标准,这就使得一些作品刻意浅显而直白。如何建立有效的互动机制和评判标准,是摆在从业者眼前的问题。新媒体满足了阅读的私人化、个性化,但人终归是交流动物,并且在交流中不断形成自我判断。豆瓣网的出现打通了选择、购买、阅读、评价、创作的链条,让一些闷头读书的人有了交流的场所,并且通过志趣相投来建立社群关系,从而在一定意义上改变了人们的精神生活。但多数新媒体文学并没有找到自己的出路,除了简单的点赞、留言,只能依赖微博、微信等社交工具进行分享,还没能建立起自己的交流平台。

新媒体文学对写作者的创作习惯也产生着影响,它要求作者更精炼、迅速地抵达目标。这和网络文学刚好相反,一个是拉长,一个是压缩。网络文学是按字数计算稿费,而新媒体文学则是按篇计算稿费,如何在有限的字数内把事情表达完整、把观点阐述鲜明、把情绪渲染充分,成为对作者功力的考验。"拉长"是稿费制文学生产的弊端,长篇好过中篇、中篇好过短篇,一个故事的容量明明没有那么庞大偏要拼命填充,短篇这种最具叙事技巧的形式却受到冷落。年轻读者更是被青春文学大段不及物的抒情和形容词叠加带坏了味口。这时对字数的掌控倒不妨看作一种写作训练,但也促生了另一种风气——格言式写作。在 ONE 上，最受欢迎的栏目是开篇的一段话，这段话从整篇文章里摘选出来，更能受到广泛的认同，因为它脱离了上下文的语境，变得可随意代入。读者越来越强调代入感，一边代入自己来感受情境，一边靠代入感的真实与否来衡量作品的好坏。ONE 选取的格言刻意渲染了一种文艺气息，如李海鹏的"你知道，一个人配不上你的世界的最简单标志就是一些配不上你的人总想跟你共饮一杯啤酒"。还有"生活总是让我们遍体鳞伤，但到后来，那些受伤的地方一定会变成我们最强壮的地方"。都充满了心灵鸡汤的味道，"你"、"我们"这些代入词汇，会让读者感同身受，从而具有更广泛的传播性。这种格言式写作源于网络签名档的诞生，更远可追溯到那些贴在学校墙上的名人名言。我们活在这些格言里，好像懂得了很多道理，但在现实生活中这些道理并没有发挥作用，反过来只得寻找新的格言自我安慰。

我不同意韩寒在谈到 ONE 植入广告问题时的表达，他说："我觉得人们对收费的东西会有更高的要求，而文艺作品是一个没有评判标准的东西，当你收费了以后，人们都会觉得你的文章达不到他的要求。"这是一种简单粗暴的逻辑：我提供给你免费的吃穿，你就不该对生活质量再有要求。对文学标准的降低，实际是经营者自己目标的缩小或者转移。韩寒更关心的是 ONE 的下载量，这直接关系到广告效果。所以 ONE 不是一个单纯的文学 APP，而是一个文艺生活 APP，文学只是披在身上的华丽外衣。ONE 所要打造的是一种文艺青年的生活方式，是一个"小文艺"概念，小到可以被一段话、一篇文章、一个问答、一件商品所承载。点开 ONE 就会看见各种创意产品，隐藏着对物质潜在的购买召唤，文艺气息一旦落到了物质层面，就不免嗅到一股铜臭味道。当然文艺青年们可能并不介意，他们自我确立的标志就常是通过对物质的占有来实现的。

在新媒体文学日益发展的今天,传统出版机构也开始向网络进军,出版社、杂志都创办了自己的微信公号,每日推送。他们有庞大的内容资源和作者资源,但传播效果并不理想,因为他们继续以经营传统媒体的方式经营公众账号,稍有新鲜感的就是创作谈和编者按。曾有人开玩笑说:"自从文学刊物纷纷开通公号以后,中国作家的创作谈大增,创作谈水平提高了好几个档次。可以肯定地说,这几年中国作家写得最好的,既不是诗歌,也不是小说,而是创作谈。"传统文学的新媒体化更大意义是提供给越来越边缘化的纯文学作家一个自我展示的机会,而非促进文学生产和文本形式的变革。

传统的文学生产方式是文学作品、文学评论、文学奖项的单线操作,这三者在网络上并无吸引力,不会有人先入为主读一篇传统文学评论,作品也因为篇幅和版权限制无法全文刊登。并且大部分文学杂志公号设计简单,用心一点也就是配上图片和突出某些段落。而一些做得好的文学阅读公号通常由专业团队经营,已经形成了独特的编辑理念和推送模式,比如打出"阅读,让一切有所不同"的口号,宣扬一种文学态度、一种文学的思维方式。他们紧扣时代热点,进入冬季会推送和冬天有关的经典作品,进入射手周期会梳理射手座的文豪。这也是一种文化趣味的迎合,当文艺青年开始用星座、水逆周期作为生活的标志物,将标志物以文学方式呈现出来的平台就容易获得关注。这也表明文学与生活正在以新的形式进行勾连。

但这些账号面临的一大问题是版权,谁给予了他们使用文章的权利? 他们是否支付作者转载稿费? 还有大量的洗稿行为,如果没有充分考虑到知识产权保护问题,他们在营造阅读环境的同时,也在破坏生产环境,毕竟现在转载一篇文章连录入的步骤都省略了。而这在传统媒介里正是原创刊物与文摘类刊物的矛盾,在新媒体平台这个矛盾只会越来越激化,发展到极端,有一天原创内容的生产会全部停止,大家依靠转载、抄袭、洗稿度日,直到资源耗尽。

人们仿佛乐于宣扬"已死"的概念,例如"文学已死"、"期刊已死"。在缺乏文学生活的今天,我们乐于做一个看客,而对自己知识的贫瘠不自知、不惶恐。新媒体文学的出现并不代表它们要和旧媒体进行一场决斗,一切持有决斗思维的人必将两败俱伤。新旧两种载体的竞争不应是互相消灭,而是共同参与文学样式和知识生产的变革,维持文学进步的张力。人们会乐于见到一些传统媒体的作者出现在新媒体平台上,他们也必须丢掉过去那套"期刊腔"和"慢节奏",而迅速进入情境。他们要用一个精准的词语代替一段繁复的描述,要了解大众最关心的问题,并且以独特的方式切入,要在网上把一个可读性不强的题材,用一个吸引人的方式讲述。他们必须给大家讲一个好故事,因为好故事是大部分人阅读的渴望,为了讲好这个故事,他们也需要扩充自己的知识体系。这使得文学将从学科、题材的概念里被解放出来,"物理小说"、"叙事体评论"都有可能成为一个强大的巨人。沉重、封闭的文学形式已经和飞速发展的时代节奏相违背,需要有人扫除过去的陈词滥调。

这世界本不该有纯文学的概念,"纯"是一个无法界定的范畴,有的只该是"文学"。对文学持有固定标准的人,一直用"纯文学"制造和其他文学的对立,例如对商业文学、网络文学、类型文学,他们就自觉地不以文学的标准去衡量。这既是对它们的放纵,也是对自我坚守的不确信。因为他们不相信悬疑、推理、奇幻这些类型叙事会和文学结合得天衣无缝，只相信救赎、灵魂、道德这些所谓的严肃内容。他们还没尝试就关上门说不欢迎你们，这使得一些人只能寻找新的平台，转向更提倡文学民主的新媒体。等到他们规模庞大以后，持有固定标准者又开始产生危机感，积极组织研究、颁发奖项、进行收编。说到底依然是想把"纯文学"的概念维系住，将经典的认定标准牢牢掌握在自己手里。但因为传播媒介的革命性变革，阅读的选择权再次回归大众，这个标准的维系越来越艰难，那些持有固定标准的人是不是应该放弃扭扭捏捏、弱不禁风的"纯文学"概念，在新的作品样式里感受一下勃勃生机？真正有野心的文学从业者，并不是要战胜陈腐的旧文学和商业化的新文学，而是要将自己的作品放在历史长河里对照。它接受的不仅是当下读者的确认，更是未来读者的检验。

　　文学民主是一把双刃剑，它给予发表的便利，也必将带来竞争的无序。这个无序，一是知识产权的不规范，随意的转载、洗稿；二是如何在浩瀚的作品海洋里脱颖而出，因为一些辨识度不高却精心创作的作品，很可能被淹没在文字的洪流里。但更可怕的是一种妥协，他们用哗众取宠的标题和华而不实的风格使自己脱颖而出，一旦获得一次成功，紧接着大量相似题目和同样炫目而无实质内容的作品就会被炮制出来。一次世俗的成功很容易把文学创作的思想、技巧简化为一种套路，这个套路一旦被破解，此前笼罩于其上的光环也就迅速褪去。说到这里我们不难发现，在这个新媒体文学的推送时代，或者不管是任何什么时代，对一个有追求的写作者来说，他/她需要的品质，仍然跟古老的写作技艺相同——诚恳地写出自己的卓越。

新媒体上的文学表演

——以"匿名作家计划"为例

进入 21 世纪以来，随着新媒体技术的发展，文学的生产、传播方式、评价体系、作者队伍乃至文本形态正在发生深刻的变化。2018 年由《鲤》书系、腾讯大家、"理想国"联合发起的"匿名作家计划"正是这种变化的集中体现。

比赛以每期 7 位匿名作家加 1 位踢馆作家的方式，把 35 篇小说匿名发表在网络上。经历了半年的比拼，通过五轮初赛，由五位初评委推荐了 11 篇作品，再由格非、苏童、毕飞宇三位终评委选择其中的 6 篇作品进入决选。决选通过网络直播的方式呈现，把对于小说的分析、作家的猜测、风格的争执等评审过程实时公开，最终选出《仙症》（作者郑执）为首奖。

敏锐的人已经感觉到了一个新的文学时代的来临，吴俊就指出新媒体形成了一个区别于传统媒体的文化场域，它标志着文化权力构成及其所属的结构性重组或重建。传统的经典作品价值地位发生"位移"，文学形态和评价体系的改变、新的文学审美标准的重建，共同导致了"文学史的终结"。[1] 在这个时代里，阅读和创作的人群大量增加，可供写作的题材更加丰富，类型化写作技巧日趋娴熟，个人化、个性化写作无处不在，与此同时文本却呈现碎片化趋势，写作和作家的神圣性被消解，阅读不再充满着一种仪式感，而是更加随机。新媒体提供给作家一条新的登场路径，流量亦成为作家被大众认可的新标准。如何在保证文学性和获取流量之间找寻平衡，这是必然面临着的问题，否则在新媒体时代，又会面临"文学已死"的争论。

在这个转型的过程中，传统文学期刊也在寻求新的变化，可分为"平移"和"平行"两种方式。"平移"是一种技术性的平台转移，仍然是按照纸面文学方式运作，只是提供了更便捷的方式来查找和阅读。[2] 例如创办电子杂志、开设微信公众平台，但是编辑的审核和评论家的评论制度却没有发生变化，他们依然扮演着"守门人"的角色。"平行"则是在原有文学空间之外"平行地"展开了另一个空间，非但没有影响到原有纸质文学的生存空间，还扩大了阅读人口。"平行"更有可能改变文学运作的整个结构。[3]

《鲤》作为一本创办了十余年的文学书系，也积极地参与到了这次

---

[1] 吴俊：《新媒体语境与"文学史的终结"——兼谈文学批评的现实困难》，《文艺研究》，2016 年第 6 期。
[2] 张颐武：《"平行"发展之后：新媒体时代的文学的状况》，《文艺评论》，2017 年第 4 期。
[3] 同上。

的变革中，由于是非体制内刊物，它们的求新求变更加大胆，通过举办"匿名作家计划"以评奖作为突破，对于赛制设定、参赛人员、评审标准进行改革，体现诸多新意。但在从"平移"向"平行"转变的过程中，它首先展现出一种表演性，成为一种景观化的文学生产，把过去个人化的文学创作和封闭化的评价体系呈现在大众眼前，把神秘的文学评奖变成可供观看的"事件"。这背后有商业文化的影响，新媒体也为此提供了便利，比如作品首发在微信公号，发起有奖竞猜，在赛程上借鉴娱乐节目，借助短视频、网络直播等方式呈现，不断强化着"悬疑感"，后续还有时尚专题采访、举办作家演讲等系列推广。但这种"表演性"并没能真正弥合传统文学和大众阅读之间的裂痕，更多是一种营销方式的转变，把个人化的文学书写变成群体化的"文学格斗"，营造名家 VS 新人的对立。本文即从赛制设定、作者队伍、评审原则三方面对这种尝试进行分析。

一、赛制设定

2013 年，《哈利波特》的作者 J. K. 罗琳以新名字向两家出版社投稿侦探小说《布谷鸟的呼唤》，随后收到了两封退稿信，在其中一封信里，编辑好心地建议罗琳不如先去读个写作班，或者至少看看关于出版的书籍。最终《布谷鸟的呼唤》以新笔名出版了，销量只有五百本，但在该笔名被宣布是罗琳的一个新面具后，《布谷鸟的呼唤》的销量陡增 507000％。随后在 2016 年公开的退稿信使这一切看起来像个游戏，把"势利"的出版商和"盲目"的读者都戏弄了一把。[1] 现象级匿

─────────────

〔1〕 张悦然：《卷首语》，《鲤·匿名作家》，北京：北京日报出版社，2018 年 4 月版。

名作家埃莱娜·费兰特至今从未露面，而她写作的《我的天才女友》系列销量过千万。两位作家不约而同地选择"匿名"，成为一种有趣的文化现象。这两次匿名事件对张悦然产生触动，成为她举办"匿名作家计划"的诱因。

过去匿名的原因多是逃避审查、维护名誉、防止迫害。从内容看，不是挑战了"性的伦理"、"道德禁忌"，就是高度的"政治敏感"与"暴露批判"。[1] 写作者都经受着强大的外部压力，是一种被迫匿名。而J. K. 罗琳和埃莱娜·费兰特则是一种主动匿名，前者是感到名字的负累，想得到读者最真实的反馈，后者把匿名当作小说生产的意义，《我的天才女友》是一部带有浓郁自传体色彩的小说，身份不明的作家和主人公纠缠在一起，产生出一种混沌的气质。

"匿名作家计划"的"匿名"更像"一场事先张扬的游戏"，"匿名"是被打出的旗帜、一个噱头，营造出一种"悬疑感"，推动读者全程关注。为了让"匿名"具象化，模特头戴动物面罩接受"史上最特别的作家访谈"，以视频或者聊天页面截图方式在文本前呈现。初评委也化身韦小宝、唐璜等文学人物，配有专门的头像和性格介绍，凸显其个性化特征。为了进一步激发读者的好奇心，比赛特别设置了"读者竞猜，瓜分三万元现金大奖"环节，通过网络发起限时竞猜，但这个竞猜环节最后不了了之，没有提及是否有竞猜成功的读者。

"匿名作家计划"举办的深层原因是：《鲤》作为一本创立了 11 年的文学主题书系，如何摆脱其所陷入的瓶颈？十年前凭借着"主题书"

---

[1] 俞耕耘：《〈我的天才女友〉：作者的匿名写作让小说如此透明》，《澎湃新闻》，https:// www. thepaper. cn/newsDetail_forward_1606914。

和青春写作的余温,以及主编张悦然的影响力,《鲤》获得了一定的成功。但是由于趣味的狭窄,使得它变成了一本越来越局限的文艺主题书。这个狭窄一是选题的狭窄,从最开始的情感挖掘到围绕着文艺青年生活的方方面面;另一个是创作队伍的狭窄,它形成了一个固定的撰稿团队,这些人被当作《鲤》的文学标准,也就形成了一种惯性,编辑和读者只能接受风格相似的作品,这使得《鲤》变得越来越像小圈子的文学游戏。随着新媒体的发展和青春文学的衰落,《鲤》不断下滑的销量和影响力也让张悦然等人感受到了危机,从而寻求一种突破的可能。

　　表面上他们寻求突破的方式是从扩大作家队伍入手,以匿名的形式来刊发更多元化的作品,以回归文本本身的方式吸引更广泛的读者。但更多是一种营销方式的转变,这场"匿名作家计划"更像是一次依托新媒体平台的文学表演,它从概念上借鉴了"蒙面歌王"等综艺节目,发表主要依托"腾讯大家"——一个隶属于腾讯网并在微信公众号有着130万读者的新媒体平台,直接把过去只有几万的读者扩大数十倍。它还结合了短视频、网络直播等新媒体形式,发布会邀请了梁文道捧场,最大限度发挥文化名人效应。主办方精心设计了最后的决选流程,把它变成一场文学真人秀直播,让三位评委走进密室,摄像机360度聚焦评审全过程。三位作家的着装风格、精神气质都被树立为一个成熟作家的典范,后被邀请进行时尚大片拍摄。他们在直播中的争执和严肃的神情,视觉化地呈现了文学的众口难调。获胜者戴着面具上台领奖,揭下面具,从苏童手中接过奖杯,完成一连串文坛"新老交替"的仪式。直播首先是面对活动现场,张悦然和止庵实时点评,读者在花费79元购买门票以后,既可以看到两场相互交叉的小说分析,也可以看到几位文学偶像。直播还面对广大网友,有26万人观看了最终的决选过程,借助新媒体平台,给人置身其中的参与感。

这一切都扩大了"鲤"作为一个文化品牌的影响力,以便后续衍生一系列文学课程、电影改编、图书出版、作家演讲等新的文化产品。

但这些面向大众的文学表演反而有可能阻碍"回归文本本身",原因在于尽管主办方希望"只用文字和读者沟通,摒弃了所有外在干扰,读者唯一需要信赖的是自己的阅读感受",但恰恰是新媒体平台给了读者更多的干扰,有对"匿名"的好奇和对有奖竞猜的期待,有"随意"的留言和与其他读者的争执,有主办者的故意引导和名人效应吸引,一些值得深入的讨论与阅读渐渐被大众话语所淹没。

传统文学奖由各单位推荐或自由来稿,而"匿名作家计划"分为两种渠道:专业参赛者由主办方直接约稿产生,同时开放大众参赛通道接受自由来稿。投稿者身份、年龄、国籍不限,提交作品须为 5000—20000 字的中文短篇小说,主题、内容不限。[1] 最后呈现出来的是 31 篇约稿、4 篇自由来稿,约稿的比重更大,显示出主办者对于稿件质量、风格依旧加以把控。强调不限身份和国籍,是为了邀请日本作家和机器人参赛,以与时俱进的姿态实践跨界和人工智能创作。

在注意事项里特别提示:"因为这是一次'匿名'比赛,参赛的短篇小说仅根据其文学上的优点进行评估,而不是基于作者的声誉,所以参赛者的姓名或其他潜在识别特征均不得出现在小说的任何地方。"[2]但在实际操作过程中还是有犯规的情况。悬念和真相之间是一种张力,作者希望因为鲜明的风格被认出,而主办方则希望作者换

---

〔1〕《鲤·匿名作家计划官方细则》,《鲤·匿名作家》,北京:北京日报出版社,2018 年 4月版。

〔2〕同上。

一种风格,这就使得作者不得不放弃固有的风格,去挑战新的风格,有可能带来惊喜,也可能使作品不够流畅。比如擅长东北现实主义叙事的双雪涛写作《武侠家》参赛就被误认为是徐皓峰,《卜马尾》被故意引导向女性作者。主办方不断通过新媒体放出烟雾弹,制造悬念,为的是营造悬念揭晓时戏剧性的反差感。因为匿名,所以赛制也有不严谨的地方,比如第一期被邀请参赛的大头马被淘汰后,又以踢馆者的身份在第六期继续登场。

初评共分 6 期,按照来稿顺序在腾讯大家上发布参赛作品。每期跨度一个月,每月发布 6 篇(含 5 篇专业参赛作品和 1 篇大众投稿入选作品),大众投稿作品作为踢馆选手参赛,由初评评委投票,取当月票数的前两名晋级至终评。终评委审读所有晋级作品并投票,选出 6 篇进入决选,根据票数评出最终优胜者一名。这种以月为单位的晋级制度和新人踢馆制度,都模仿了娱乐节目的 PK 形式,持续不断地制造热点。但能否脱颖而出,不光取决于作品本身,还有对手的实力,有可能不同月份之间作品水平参差而使得不错的作品被淘汰,这暴露出流程设置缺乏一个全盘的考量,而娱乐节目通常是以"复活制度"作为弥补。

"匿名作家计划"为了吸引大众阅读,放弃刊物首发权,而选择新媒体平台首发。文章开头的宣传语和底部的刊物售卖链接起到广告作用,每一次点击都是刊物的一次曝光。所合作的腾讯大家创办于2012 年,是一个拥有 130 万读者和上百人撰稿队伍,已经形成自己风格的新媒体平台。它以腾讯新闻客户端和微信公众号为阵地,每天发布 3—5 篇原创作品,平均每篇文章都能有过万的点击。但为了追求影响力,腾讯大家的文章多是即时性新闻评论,强调反应速度和观点的鲜明以及对读者情绪的调动,由此获得"十万＋"的传播效力,也形成了一批忠实的读者群。"匿名作家计划"敢于把文学直面大众,勇气可嘉,但文学作品并不具备公共议题的可讨论性,更像是"锦上添花"的消遣阅读,腾讯大家的读者也非文学读者。所以"匿名作家计划"通常被安排在最后一篇文章推送,尽管配有短视频、精美插图,但突破10000阅读量的情况不多,有效阅读就更少,而且由于篇幅的冗长,违背了新媒体的传播规律,读者缺乏分享的欲望,也无法形成讨论热度,可以说"匿名作家计划"文艺的风格和新媒体平台喧闹的风格并没有很好地契合。

尽管放在大众平台,但对作品好坏的评判还是依靠评审,这违背了"由读者决定"的初衷。大众在这个比赛中除了观赏并不发挥作用,他们发表意见的方式只能通过文章底下的留言,并且这个留言也需要经过后台筛选才能呈现。实际上网友转发、点赞、留言、互动已经成为新媒体平台的一大特色,可以促进内容的再生产,而本次主办方只是借用了一些负面评价营造了一种精英写作和大众阅读间的对立感,没有细致地解读这些评论,分析他们所反映的阅读诉求与实际文学创作间的差距。

"匿名作家计划"一面选择在新媒体平台发表,借用竞猜、直播、短视频等方式,让文学生产变得更富有观赏性、戏剧性;另一面仍采用编辑约稿、审稿的传统文学生产方式,评审标准也是对叙事风格和写作技巧的强调,秉持着"纯文学"原则,凸显精英趣味,强调文学创作的专业性。不高的点击率和缺乏讨论热度一是因为对平台的选择不够准确,腾讯大家的阅读群体喜欢即时性、情绪性的话题评论;二是因为在文学观念、主题、形态上的改变有限,大众阅读趣味和纯文学性之间的裂缝并没有得到根本性弥合,使得读者反响不尽如人意。其实这些年"豆瓣阅读征文大赛"以及"ONE·一个"等文艺类新媒体已经逐渐尝试弥合这种差异,一批写作者提供了对生活新的观察角度,把社会变革嵌入在文学情境中,在情感表达和故事编排上颇费心思,让人感同身受。而"匿名作家计划"的"文学格斗"表演过于炫技,让文学素养参差不齐的大众读者纷纷表示"看不懂"。

二、作者队伍

具体来看这次"匿名作家计划"的作者选择,34 位作家里笛安、七堇年是青春文学代表作家,马伯庸是知名网络文学作家,阎连科、石一枫、路内是有着鲜明个人风格、在传统文学界受到肯定的纯文学作家,btr、黄昱宁是资深文化人,骆以军、陈雪是台湾中生代作家,双雪涛、班宇是近年来备受瞩目的东北新生代作家。还有一批通过新媒体平台涌现出来的作者,如郑执、吴晶晶、大头马、温凯尔、苏方、默音等,组成可谓多元。还有一个值得注意的现象,这里面有几位接受过或正在接受创意写作的专业训练,而张悦然、阎连科、杨庆祥、苏童正担任他们的导师。

在谈到举办"匿名作家计划"的初衷时,年少成名、作为青春文学代表作家的张悦然坦陈:"我自己作为一个作家,也常常在想我自己的名字和我自己所写作出来的东西之间是一种什么样的关系。其实我从 20 出头开始写作,也比较幸运的算是年少成名吧,我在很长一段时间里觉得这个名字是我的一个负担,因为这个名字带来很多误解……常常会怨怪,会被不公平的对待,会有很多人觉得张悦然是写青春文学,张悦然是写网络文学的,张悦然是写各种奇奇怪怪东西的。我通过十多年的努力,好像在慢慢地矫正着这个名字带来的误解,算是有一点小小的成效吧。但是到了某一天开始,我忽然发现之前好像在受制于这个名字,但是现在我好像又在受惠于这个名字了。作为写作很多年的人,现在不会再有被退稿的经历。任何文学杂志包括出版社都会给我非常好的支持。但是我有的时候也会怀疑这点,我会怀疑我写出来的这些作品如果和这个名字分割开的话,是不是那么值得信赖的? 这是作为作家永远应该有的焦虑吧。"〔1〕

张悦然所指出的"名字成为写作者的负累"主要是指以新概念作文大赛出道,写作青春文学成长起来的一批"80 后"作家。他们走上文坛时,由于善于抒发青春期的苦闷,铺陈对青春的幻想,文字华丽、个人风格鲜明而获得成功。但这种风格也成了桎梏,他们和青春写作被捆绑在一起,即便 20 年过去,坚持写作的人寥寥无几,但一提到他们的名字,依然想到的是那些疼痛青春的作品。他们的名字成为一种"为赋新词强说愁"风格的指代,这就是张悦然花费十余年时间想要纠正的。但名字也成为他们在文坛的财富,他们受到文学期刊的青睐和评论家的关注,每一步转型都会被与过去作比较,他们"迷途知返"走向正统文学序列成为一种值得言说的文学现象。

但这批作者的名字并非是文学品质的保障,只是被讨论的起点。这批年轻人的写作出于一种表达的急迫性,在处于青春期的成长中,在新世纪之交中国社会结构转型的巨大变革中,写作是他们唯一抒发

---

〔1〕 王穗:《匿名作家竞赛的启示:作者的名字对文学作品来说到底意味着什么》,《好奇心日报》,http://www.qdaily.com/articles/54071.html。

的渠道和走向历史舞台的路径。他们作品的成功和作者本人鲜明的姿态密不可分,韩寒的叛逆、郭敬明的自卑与自恋混杂,张悦然的华丽、七堇年的文艺,作家都在身体力行地实践着自己作品所描绘的人生,过分地关注自己,直至自我抽空。这种个人主义、自恋式的写作方式成为"青春文学"的同义词。他们一边写作小说,一边通过随笔记录小说创作的过程,出版的作品里配有精美的插图,在乎自己公众形象的呈现,在采访中时常"语出惊人",这是最初的文学表演。而不成熟的读者们也容易将他们视为偶像,将虚构和现实生活混淆在一起,对作品里那些标志性的符号按图索骥,希望过上小说中的文艺生活。当读者以作者的名字为标准挑选作品时,其实是代表着对于一种风格、模式的期待,与文学品质无关。作家们也会为了满足读者的期待,更深陷于这种极致的风格中。对于这批作家而言,匿名虽然是一种挑战,但有可能因为丧失掉过去的风格而不被读者接受。

还有一批通过新媒体平台涌现出来的作者,他们来自"one·一个"、豆瓣阅读等平台,但他们不是传统意义上的"网络文学"作家,而是借助新媒体这个更细分的渠道,实践着文学性,再向传统文学期刊蔓延。对于他们匿名与否并无区别,名字本就是一个符号。他们被称为"网络野生作家","野生"这个概念相对于"专业"而言,专业的身份有两种:一是作协体制内的专业作家,二是依靠写作畅销书或网络小说谋生的职业作家,而"野生作家"则是一群白天依靠其他手段谋生,利用业余时间创作的写作者。"野生"也是相对于他们的经历而言,和循规蹈矩、按部就班成长的文艺青年相比,"野生作家"有各自不同的成长轨迹,从事的工作不一定和文学相关。虽然不够"专业",也缺乏评论者的关注,但他们身上体现了真诚坦然的创作态度和对文学对生活独特的理解,他们丰富的生活经验也为创作提供了源源不断的素材,纠偏了当下文学创作由于生存背景和汲取资源相似而越来越同质化的倾向。[1]

和从文学期刊登场不同的是,"野生作家"的发表渠道通常是互联网,他们首先是新媒体的深度用户,再逐渐变为内容创造者,新媒体不光是"发掘"还创造出了大量的作者。传统文学是投稿、编辑发现、发表、评论、获奖的单一线性模式,而新媒体写作者经由读者反馈、作者交互、作品共享来确认自身存在的价值,形成了"作者共同体"。[2] 随着一些人获得成功,这个共同体也在逐渐被媒体、文学期刊所关注。

事实上当下的文坛喜欢新人,每个杂志、编辑、评论者都想承担起挖掘新人的工作,寻找新鲜血液和年轻声音,是文坛的一种刚需。《钟山》副主编何同彬就谈道:"很多国内刊物在推广青年人方面不遗余力,像动力十足的收割机一样,一茬一茬地割,生怕漏掉谁。"[3]这反映出当下文坛并非如张悦然所认为的只看重已经成名的作家,更焦虑于没有新的作家,使得"发现新人"也成为一种文学、媒介竞争。"匿名作家计划"获胜的郑执正是一个文学新人,本次比赛变成了"新人横空出世"直播,在宣传中不断渲染他新人的身份,还特地使用"文坛巨擘被淘汰"的字眼,以凸显文坛新老交替、推陈出新的意义。新人能带来什么? 从文本上说是一种新鲜、异质性的经验和对世界独特的思考。

[1] 董子琪:《江湖的苦恼与脱轨的浪漫:〈野生作家访谈录〉背后的故事》,《界面文化》https://www.jiemian.com/article/3317593_qq.html。
[2] 吴俊:《新媒体语境与"文学史的终结"——兼谈文学批评的现实困难》,《文艺研究》,2016 年第 6 期。
[3] 许旸:《面对文坛"年龄焦虑",被"催熟"的青年写作怎么破?》,《文汇报》,2019 年 7 月8 日。

从文化生产角度来说,是"横空出世"所带来的言说空间,媒体就围绕着郑执的非专业作家身份和生活经历大做文章。比赛结束后郑执立刻接受演讲邀约,不谈文学而是讲述自己的东北成长史,"东北"由于其特殊地理位置、历史变迁越来越成为文化消费里最热的景观符号。从读者角度来说是对于驾驭文字"超能力"的"新人"期待,因为越来越多人想要走上自由撰稿的队伍或正从事和文字相关的工作,"新人诞生"给他们提供了一种可能性。对文学发展来说,则预示着新的创作主体的登场。

　　"匿名"在抵抗文坛名人效应、挖掘文本自身魅力的同时,也带来一个问题:当作者消失之后,所有跟作者有关的研究方法就不再奏效,如时代背景、作家生平、作者意图、文学场域等。杨庆祥就认为:"文学与商品不同,它必然和某一类特殊的经验密切相关,文学最终呈现的不仅仅是'文本'的形象,同时也是作家和时代的形象。"[1]作家作为一个中介,把文学作品和时代相关联,不光要看他写作什么年代,也要看他在什么年代写作。因为作家和作品都诞生于某个特定时代的庞大社会结构和文化环境之中,受到特定群体的影响,文学创作也是一种社会现象,[2]所以需要对他进行一种基于社会史背景的考察。就比如我们谈论"80后"写作,除了对于写作水平的判断外,更重要的是对于世纪之交这种文学代际写作现象的出现有着怎样的社会史视野下的把握,它与中国的经济发展、文化转型、生育政策、全球化进程之

〔1〕　仓鼠:《匿名作家初审评委身份公开:文学依然是这个时代最有创造力的工作》,腾讯网,https://new.qq.com/omn/20181212/20181212A0L841.html? pgv_ref = aio2015&ptlang = 2052。

〔2〕　方维规主编:《文学社会学新编》,北京:北京师范大学出版社,2011 年版,第 218 页。

间的诸种关系,写作主体身份、作家组织形式的变化勾连了哪些结构性问题? 生成了怎样新的权利关系? 如贺照田所看重的,在作品里是否真实呈现出这一代人的"兴奋"与"苦恼"? 他们的生存经验经过了怎样的加工转化为独特的精神感受? 显然要解决这些问题作者本人是无法缺席的。而且作家的创作也受到同时代人的影响,分享着共同的经验,有着相类似的情感结构,写作成为一种建立彼此关系的纽带。采用"匿名"这种极致的手段,其实也是把创作主体简单化,遮掉名字的同时也遮蔽掉背后一系列复杂的社会关系。

况且这种尝试并不新鲜,新批评学派的瑞恰慈就在课堂上引导学生阅读匿名诗篇,不提供任何信息,只根据文本进行解读,脱离了社会历史背景,使得过去从作家到作品的传统批评方法失效。但这种力求"科学"、"客观"的态度,使得文学语言变成孤立的对象,缩小了文学研究的范围,阐释作品意义的过程也就变成了考查文学语言运用的过程,从文本出发,终止于文本,对文本背后的一系列历史生成不去考虑,陷入了形式主义和文本主义的泥沼。[1]

"匿名作家计划"像是对于罗兰·巴特"作者之死"理论的一次实践。但具体分析作者、文本、读者之间的关系,主办者最初设想的匿名作者、凸显文本、面对读者的链条,由于商业的介入而被中断。首先当匿名作为一个噱头时,它就不再是真正的匿名,而是一种表演,唤起读者期待,把阐释文本的精力投入到猜测作者身上。其次忽视了评论者的一环,在这次比赛中,评委的权力远远大于读者的权力,也就是说真

----

〔1〕 童庆生:《汉语的意义:语文学、世界文学和西方汉语观》,北京:生活·读书·新知三联书店出版社,2019 年版,第 70—72 页。

正阐释文本、赋予意义的是评委。"作者之死"的前提是作者具有绝对的权威,但当下越来越同质化的中国文学创作,真正具有独特风格、对世界充满洞见的作者不是太多而是太少了,难以给人多元的阐释空间。作者的权威和对读者的统治权早就瓦解了,文本的意义不再是由作者和读者赋予,而是由资本和代表权力的评论者赋予,并且两者有着越来越紧密的合谋关系。

三、评审标准

中国的文学奖评比,最初是国家用来调整文学政策、彰显主流意识形态的手段,后来随着茅盾文学奖、鲁迅文学奖等官方奖项的设立,在坚持思想性与艺术性统一的原则下,强调作品的艺术品位和社会影响力。不同地方、行业也根据自身特点设立了官方性文学奖项,评审标准与国家保持一致。

与此同时一些民间文学奖开始兴起,主办者有文学杂志、文学网站、大众传媒、个人等。不同的主办者秉持着不同的评审原则和文学意识形态,如文学杂志主办的更强调文学性、审美性,主要面对专业创作群体。榕树下、豆瓣、天涯等文学网站举办的征文大赛,则面向网络文学爱好者,看重作品的故事性。《南方都市报》主办的"华语文学传媒大奖"(现更名为"南方文学盛典")追求艺术质量和社会影响力并重,以"华语"为界,把评审范围扩大到了台港澳和海外华文文学范畴。还有一些文学奖,如"新概念作文大赛"面向青少年群体,优胜者被打造为文学新星,一部分输送给文坛,一部分投向市场成为畅销书作家,主办者更看重他们的创作潜力和话题性。同样面对青少年的"The next 文学之新选拔赛"由郭敬明团队主办，以 PK 晋级、封闭创作、全程直播、作者包装、旅途记录的方式进行文化表演，只不过那时新媒体平台还没能完全发挥作用。

总之不同的文学奖有不同评审原则，由此形成自己的风格。大致可以分为两条线索：一条是自上而下，在官方认可的文学意识形态或期刊把控的审美原则主导下选拔作品；一条是自下而上，由读者投票选择作品。"匿名作家计划"则是把不同的评审标准融合在一起，最终入选的作品经过了五层评审。

第一层，《鲤》书系编辑的趣味。作为一本创办了 11 年的文学书系，它已经形成了自己固定的风格，但这种风格也是一种桎梏，局限在文艺、生活、内心情感的狭窄趣味里，一切社会问题都可以以文艺的方式得到消解，复杂的人物性格、命运则被星盘解析等方式简化。《鲤》的编者和读者共同塑造了一套独特的文艺化的世界观，在这种世界观的笼罩下，他们与历史、现实保持距离，或沉溺在细腻的情感中(孤独、嫉妒、暧昧、上瘾)，或停留在一段时光里(最好的时光、变老、来不及)，与他人关系不外乎寻找同类(文艺青年、像空气一样的理想伙伴)。尽管近年转为日常生活的呈现，但也是文艺化的描述"一间不属于自己的房间"、"不上班的理想生活"、"猫知道一切"。这种趣味也影响了本次征文的筛选标准，尽管张悦然声称"想跳出从前的视野，以一种不同的角度，重新为读者甄选优秀的作者、优秀的小说"，[1]但因为编辑掌握约稿、选稿权，在 35 篇作品里熟悉的文艺气息占了多半。

第二层，初审评委的趣味。"匿名作家计划"依托的是评审制，评

---

〔1〕魏冰心：《一场文学界的"公平格斗"》，《男人装》，2019 年第 3 期。

审的构成就值得考量。五位初评评委(杨庆祥、走走、小白、王聪威、张佳玮)化身五位文学人物,匿名对每期作品进行打分、点评,最终推选出两篇作品入围。评审的构成有所差异,王聪威是台湾作家,也是《联合文学》的主编,对台湾文学生态有着独到的观察,他在评审过程中加入了两岸对比的视野。杨庆祥作为大学教授,同时也是一名对青年群体、时代有着独到观察的评论家,更注重捕捉一代人的特殊经验和时代之间的关联。走走曾是《收获》杂志编辑,凭借十几年编辑经验,更能识别一个作者的风格。小白作为专业作家更多是从写作技巧上考虑,游学海外的张佳玮则有着更为国际化的视野。五位评审的关注角度、评判标准不同,使得一部作品出现分歧的可能加大,很多作品得到完全相反的评价,风格突出的作品有可能因为争议遭到淘汰。

第三层,终审评委的趣味。担任终评委的是三位知名作家格非、苏童、毕飞宇。和其他文学评奖不同,终评阵容只选择了作家而没有评论家,显示出评审标准更多是从写作本身出发,而对于社会意义、评论价值不那么看重。他们更期待看见不一样、他们这代人无法创作出来的作品,这就使得具有创新精神和独特认知的作品受到青睐。三位作家都经历了 1980 年代"先锋"、"新启蒙"的洗礼,难免秉持着一种"纯文学"标准,更强调作品的风格化、审美化、虚构性,主张文学世界与现实世界保持距离。缺乏评论者视角,也会忽视近年来将文学重新融入现实,从更广阔的社会结构变化中重新理解文学的趋势。

第四层,读者的趣味。"匿名作家计划"的初衷是交予读者评判,但在比赛过程中读者的意见并没有得到足够的重视。读者可以通过两个渠道表达意见,一是在微信公号下的留言,二是在豆瓣页面的留言,后者比前者更具有专业性。微信公号下的留言呈现了分布不均的情况,有些作品有数十条留言,有些作品则没有留言。以 1 号作品《海雾》为例,留言大致可分为 4 种:1. 猜作者:"张悦然?";2. 作品点评:"满满的萌芽风格"、"文字工整、故事曲折,少点震撼,才气一般,60分";3. 联系自身经历:"其中有一段,失眠加幻听的经历我也有过,生命还是要积极阳光一些";4. 激烈批评:"为啥现在流行这种精神错乱的小说,没有内涵只有错乱! 一个病态的引导和弥漫,文艺宣传部门应该纠正"。这些留言凸显了新媒体平台的特色,言论自由的同时也削弱了评论的有效性,大家可以随意表达却缺乏真知灼见。但也显示出在新媒体平台上,读者对这种文艺风格并不十分接受。

而豆瓣网的留言更值得仔细研究,豆瓣网是"集品味系统(读书、电影、音乐)、表达系统(我读、我看、我听)和交流系统(同城、小组、友邻)于一体的创新网络服务",创办 15 年来,已经积累了数亿用户。在文学方面已成为国内信息最全、用户数量最大且活跃度最高的读书网站。[1] 它的评价体系已逐渐取代官方评奖和评论体系成为年轻一代文学阅读的选择标杆,也越来越被作家看重。2012 年起推出的数字阅读原创平台,更是发掘了一批年轻创作者。

豆瓣网对于文学的改变,在于它催生出一种新兴的"文学民主"权力,当政治权力对于文学的支配逐渐减弱,传统的文学评论话语逐渐失去功效时,文学权力场出现了真空地带,这时豆瓣用户的自发评价、评论,就形成了一股新兴的"文学民主"力量,不再依附于传统媒体审查,也不直接受制于意识形态的权威。[2] 这股力量已经强大到直接

〔1〕 豆瓣网,百度百科,https://baike.baidu.com/item/豆瓣网/5549800。
〔2〕 吴俊:《新媒体语境与"文学史的终结"——兼谈文学批评的现实困难》,《文艺研究》,
　　　2016 年第 6 期。

影响图书的销量,"豆瓣高分"成为市场选择的重要指标,有效地促进了文学消费,也逐渐被主流媒体所采用。它的公信力越来越大于评论家的推荐,由此折射出传统文学批评的影响力逐渐衰弱,新的评价体系和新的审美趣味正在生成。

过去《鲤》的宣传阵地主要集中在豆瓣网,更看重年轻、文艺阅读群体的口碑传播,也通过举办线上线下活动拉近与读者的距离,形成了一批忠实的读者队伍。这次"匿名作家计划"虽然在豆瓣上也有所宣传,参赛作品最后结集为三期主题书出版,但主要阵地转移到了微博、微信平台。而豆瓣网的读者也随着年龄的增长和生活阅历的丰富,对这套文艺化表达方式进行了反思。有读者认为:"匿名作家当然是个好想法,但只有存在一批不出名,实力却够强的作家时,想法才能落到实处……否则就成了编辑借机偷懒把选择权下放读者……读了1—5 号作品后,对参与这一计划的作品质量简直没法期待…等着公布真实姓名吧。"〔1〕"文学性高低与否没有资格评判,可读性是真差!"〔2〕"做不出像样的主题,开始打安全牌了,真是投机取巧,这波女性作家过了青春期写作,集体透着疲态,连主题书也能够看出集体水准的倒退。爱之深责之切,因为以前喜欢过,所以现在的失望是加倍的。"〔3〕总体来看,豆瓣读者大多感觉到了本次比赛文学水准的下降,背后也折射出读者审美趣味的变化。

刚开始一些负面评价还被冠以"毒评"来对照专业评委意见。后

---

〔1〕 张悦然主编:《鲤·匿名作家》,豆瓣读书,https://book. douban. com/subject/30192883/。

〔2〕 同上。

〔3〕 同上。

来面对着腾讯大家和豆瓣网的双重差评, 主办方产生了很大的不适应, 没有认真分析读者评价, 而是认为这些负面评价使得比赛像是"伪文艺青年的照妖镜"——"目前的一个趋势是:匿名似乎成为伪文青们的狂欢盛宴, 而要想拔得头筹只有不停地否定一切, 天下皆黑, 唯我独白"〔1〕, 给予了坚决的回击, 持有负面评价者被认为不再配得上"文艺"二字。这个回击过于夸大因为匿名造成的对立, 不免暴露出主办者内心的脆弱, 以及因为读者群体扩大, 被更大范围的"文学民主"权力冲击的不适应。

当然也有相对专业的评价, 腾讯"文化有腔调"栏目发表了一组评论文章, 但侧重于情节描绘, 对于作品的解读相对简单。复旦大学现当代文学专业的学生进行了一次集体讨论, 涉及了形式与历史、片段与整体、奇观写作、多维写作、东北作家群等专业问题, 这种同代人之间更具专业性的读解富有价值, 打开了文本的丰富性。

第五层, 在这些评审趣味之外, 值得注意的还有作为主办方、出品方的"理想国"的趣味。差不多同一时间"理想国"联合瑞士高级制表品牌宝珀举办了"宝珀·理想国文学奖", 旨在发掘和鼓励优秀并具潜力的青年华语作家, 两个奖项有诸多相似性。作为当下最具影响力的人文图书出版机构, "理想国"主要迎合城市中产阶级对于阅读品味的追求, 自述:"它一直保持着对一个理想社会的期待, 并用开放的眼睛, 看待世界的丰富性与复杂性, 想象另一种可能的存在。它不仅是一家致力于开启民智的出版机构, 以优质文字与思想关怀着人与时代。更

---

〔1〕《伪文艺青年的照妖镜:是真是假, 拉出来照照》, 腾讯网, https://new.qq.com/omn/20181018/20181018A27VW5.html? pgv_ref＝aio2015&.ptlang＝2052。

是一个充满活力的社群,聚集着众多学者、作家、艺术家。"〔1〕在这段阐释里可以感受到"理想国"浓郁的人文情怀,以及"启迪民众、开启民智"的使命感,他们想要建立一套和"国家"、"传统"相对的,"民间"又"人文"的新话语体系。但当它把民众定义为需要被重新启蒙的对象时,也暴露出一种精神上的优越感和再度确立政治主体性的动机。它频繁借用 1980 年代新启蒙主义的精神资源,强调精神活动的参与感,而对于现实、社会的深入理解却只依靠文艺为中介,不免对现实的复杂性有所遮蔽,也难以把批判的锋芒在改变现实的社会实践中落地。〔2〕这也影响到了《鲤》和"匿名作家计划"的风格,他们对于影响力的强调和文学变得越来越缺乏影响力的现实相矛盾,既想要吸引读者,又想要保持自己文学启蒙者的地位,使得整个比赛呈现出一种纠结的状态。而且"理想国"作为一家商业公司,此次参赛作者中一半与其有过商业合作,他们的作品也会被优先签约、推广,这样一个商业的链条使得获奖不仅关乎文学,也关乎文化生产。

结语

艾略特在讨论英国文坛时指出:"我相信从来没有一个时代像现在这样有如此巨大的读者群,或如此毫无抵抗能力地暴露在我们自己时代的各种影响前面的读者群。我相信从来没有一个时代像现在这样,读一点书的人读活人的书的数量大大超过他们读死人的书的

〔1〕《关于理想国》,理想国官网,http://www.ilixiangguo.com/portal/index/about。
〔2〕刘复生:《1980 年代启蒙主义文学思想再评价》,《文艺争鸣》,2020 年第 1 期。

数量。"[1]这段话也可描绘当下中国文学的发展，读者群不是越来越少而是越来越多，他们相比经典文本阅读，更青睐当下的创作，希望看到一种鲜活的生命体验和作者非凡的洞见，这给当下文学发展带来了机遇，也是挑战。

"匿名作家计划"不止是一次文学比赛，它作为文化事件的意义大于文学的意义。或许在这次比赛中，文字高下并不是最重要的，重要的是通过这样一种带有娱乐化的文学表演形式，重新召唤回读者对文学的关注，让读者通过阅读将文学与生活重新勾连，并感受到文学本身所具有的象征意义。这也正契合了《鲤》近年的转型，以生活方式的文学化表达作为主题，以及"理想国"强调人文精神对于日常生活的介入。因为只有当它成为生活方式一种时，才能转化为更有力量的文化消费。但这种关注和介入的有效性值得评估，无论是数百万的阅读还是26万的直播观看，都是一次有着强烈随机性的行为，读者可能只看一眼就关闭了页面，根本没有对文学、生活进行深入的思考。

不可否认，"匿名作家计划"是一次有益的尝试，它注意到了当下传统文学生产所面临的诸多问题：作家队伍、评价体系的封闭、文学生产方式的陈旧、与读者的疏远等。它通过一系列创新，想要依靠新媒体平台寻找文学发展的出路。但由于商业力量的影响和主办者还处于摸索阶段，它采取了一种表演化、游戏化的方式，把文学创作变成景观，让作家扮演"文学格斗者"，在获得关注的同时也遮蔽了一些问题，比如当传统文学转移到新媒体时，在文本形式和内容上发生了哪些变

---

[1] 艾略特：《宗教和文学》，收入《现代教育和古典文学》，上海：上海译文出版社，2012年版，第162页。

化？为何35篇作品里大量充斥极端情境和不正常的人物？科幻、同性题材火爆的原因何在？这些都值得进一步分析。如何通过新媒体平台打破纯文学的封闭状态，和读者建立有效的交流渠道，在作品里呈现更为复杂的现实经验才是比赛带给我们的真正思考。

第二部分

世纪之交的诞生
——"80后"文学创作研究

一种对绝望的热爱

——张悦然 2006 年后的短篇小说

　　对张悦然的创作,相关评论不少,多集中在她早期作品,探讨青春主题和修辞特征。2006 年《誓鸟》出版以后,她创作了几个短篇小说,除了《动物形状的烟火》发表在《收获》杂志,其余均发表在她主编的《鲤》书系。这几篇小说分别为《好事近》《怪阿姨》《七点零一分》《家》《一千零一夜》《老狼老狼几点了》《湖》《沼泽》,所对应的主题为"孤独"、"嫉妒"、"谎言"、"逃避"、"荷尔蒙"、"偶像"、"旅馆"。这几篇作品把抽象的主题具象化,摆脱过往沉溺自我的创作方式,靠描摹人物的复杂性来呈现出主题的丰富性,能鲜明地看出一个青年作家自我突破的尝试,在张悦然的创作谱系里具有重要意义。

　　张悦然早期作品集中在情感主题。在这批作品里,情感则变得更为具体，转化为意象，从内心蔓延到外部世界，以较高的完成度展现了一个青春文学作家的成长轨迹——从自我情感的沉溺挣脱开来，转而关注当下个体的生存状况。在张悦然早期作品里，为了讲圆一个故事，满足年轻读者对极端情境的体验心理，总有一些刻意的设置，情节不免显得突兀。如今她把故事的曲折程度缩减，而把人物的复杂性加深，更尊重生命真实，有意触碰现实世界。〔1〕加上她娴熟的创作技巧，即便是故事，她也讲得与众不同。

　　张悦然早期创作的重复性常被人诟病，几部小说都有似曾相识之感，这一是由于她对个人经验的过度使用，二是因为她将庞杂的文化资源融会其中。莫言在她的长篇处女作《樱桃之远》序言中谈道：

　　　　在故事的框架上，我们可以看到西方艺术电影、港台言情小说、世界经典童话等的影响。在小说形象和场景上，我们可以看到日本动漫的清峻脱俗，简约纯粹；可以看到西方油画浓烈的色彩与雅静的光晕；时尚服饰的新潮的朴素与自由的品位；芭蕾舞优雅的造型和哥特式建筑惊悚的矗立。在小说语言上，她有流行歌曲的贴近和煽情，诗歌的意境和简洁，电影经典对白悠长的意蕴和广阔的心灵空间。这代青少年所接触的所有有关的文化形式，基本被她照单全收，成为她的庞杂的资源，然后在这共享性的资源上，经过个性禀赋的熔炉，熔铸出闪烁着个性光彩的艺术特征。〔2〕

〔1〕范宁：《张悦然：八零后的文学价值在视角》，《长江文艺》，2014年第2期。
〔2〕莫言：《她的姿态，她的方式》，《樱桃之远》序言，沈阳：春风文艺出版社，2004年版。

　　莫言在褒奖的同时,也指出了张悦然创作上的问题:结构、场景、语言对其他文化形式的借鉴,创作依靠对庞杂资源的个性提炼,而非实感经验的捕捉。重细节、轻情节,不以故事取胜,而通过修辞树立自己的风格。

　　张悦然最为人称道的是语言,她用词考究、修辞结构复杂,对一些词语有偏执性的喜爱。莫言曾说"她的文字锋利、奇妙、简洁、时髦而且到位",白烨则用"文字奇绝"来评价张悦然的语言。她虽然被认为是畅销书作家,却像工匠一样对语言精心雕琢,因而洋溢着一种远离世俗的想象力,与口语刻意保持着距离。2006 年以后,张悦然的语言发生了变化,她不再刻意使用生僻的词语,语法结构也更加规范,着眼点不再是个别的词语,而是整个句子和段落,小说因此有了一种稳定的节奏感,叙事也更加流畅。从细部看,她减少了形容词的使用频率,多用动词,小说不再靠情绪支撑,而是靠动作推进,这和她之前的创作产生了明显的区别。

　　在一次访谈里,张悦然把同代人的创作特点总结为"形容词文学":"我们动词萎缩得很厉害,所以我们的小说缺少了行动,更多的是一种特别空虚的描述。大量形容词的出现,源于'80 后'所处时代物欲的爆发。形容词文学有两个特点,第一是很主观,第二是风格可能会变得非常繁复、华丽。其实这是我们这代大多数人的风格,当然我们现在也在抛弃和改变它。"〔1〕可见张悦然对自己和同代人的创作有着深刻、自觉的反省意识。

　　具体分析几篇作品。《好事近》虽然还接续了她早期创作的残酷

---

〔1〕　张悦然:《80 后文学是形容词文学》,《南方人物周刊》,2011 年第 15 期。

青春、暴虐美学风格，但不再刻意渲染家长缺席、缺乏兄弟姐妹陪伴等外部因素，而是致力于探索亲近的人也难以沟通的孤独感、隔膜感的内因。[1] 小说的主人公都有偏执型人格，文中出现了大量对经血和同性之爱的渲染，如"岩石一般的疼痛忽然被凿穿，一丝清洌的泉水涌上来。少年感觉到了甜。""经血就是女人欲望的外溢。血有多鲜艳，欲望就有多猖獗。""垃圾篓里的那团血污像是认识我，看到我，蜷曲的身子就缓缓地打开了，正中裹着一块褐黑的浓血，正在怒放，正在蔓延。"

　　这种对身体细微变化的关注，正是"张悦然们"孤独感的体现。杨庆祥对此进行过分析，计划生育政策后出生的一代作家不再关心社会的宏观，而是关注自身的微观。"孤独"成为标榜自己独特的符号，也成为对他人的指认方式。还是中学生的男主人公对女主人公说："别人都说你冷漠，我却一看到你，就觉得亲切。你身上有一种特别的气味。我确信，我们是同类。那些不能和别人说的事，也许可以和对方说。"孤独不再是一件难以启齿的事情，而变成一代人的情感标记，成为个人狂欢的背景。《好事近》呈现的正是对孤独感的享受——"世界豁然大亮，前后无人，不被牵系的感觉让我非常轻松，甚至不愿意去承认，那一点点因为亲缘遁世而产生的孤独。"从害怕孤独到享受孤独，背后隐含的是独生子女一代在城市化背景下不断被强化并逐渐适应的隔离感，更进一步折射出中国社会结构的巨大变化。[2] 对个人困扰的描写由此与社会议题相勾连。

---

〔1〕 范宁:《张悦然:八零后的文学价值在视角》,《长江文艺》,2014 年第 2 期。
〔2〕 杨庆祥:《"孤独"的社会学和病理学——张悦然的〈好事近〉及"80 后"的美学取向》,《南方文坛》,2009 年第 6 期。

　　《老狼老狼几点了》是将孩童的游戏改写成一则寓言,通过游戏对时间观念的强调折射出当下人对时间、效率的疯狂追逐和历史记忆的消解。原本平静的村庄,因为老狼的一块手表发生了改变,没有时间观念的村庄开始变得井井有条,所有人都在追赶时间的脚步,只有孩子还能享受游戏的状态。后来大家想超越时间,于是调快了手表,想获取更多的时间,连小孩子们也在拼命往前奔跑,钟表幻化成一张血淋淋的大嘴,用齿轮碾压过每一个人。"我"看见周围人眼神里的明亮一点点黯淡,最后把门窗钉死,不让时间透进来,这样才保存下了永恒的回忆。这种寓言式的写法借鉴了美国女作家安吉拉·卡特的《精怪故事集》,故事充满魔幻色彩,民间故事被赋予了当下性,使作品焕发出一种野蛮的生命力。

　　现代社会的效率至上,是"把人逼到死角里,任由它折磨、挣扎、发疯,失去最后一点尊严"的怪物。张悦然在小说里把"时间"具象化:"它是一种病毒,在身体里蔓延,吞噬着你的意志,将你变成了另外一个人。时间真可怕,它像鹰隼一样啄食着记忆,使它变成千疮百孔的筛子,所有珍贵的东西都漏走了。"也是从这个主题开始,张悦然把目光投向了更广阔的社会现实,一场简单的游戏被改写为时间毁灭记忆的寓言,人心甘情愿地改变了自己内在的生物钟,只为了追上社会前进的脚步。在这个过程,人与人之间的信任被隔膜取代,从容被慌乱打破,时间及其所代表的工业社会效率至上原则是吞噬一切的黑洞,而我们心甘情愿地投入它的怀抱,独立性被消磨,青春也被埋葬在时间的废墟里。这本是一个极其复杂沉重的话题,张悦然却用一则"轻"的寓言顺手一击,便翘起了一块我们不愿面对的石板。

　　张悦然擅用意象,在"偶像"这个主题下,她选用湖面这个意象,既写出少女异国生活里的平静与波澜, 又写出了一个被视为偶像的中年作家性格的褶皱。在《湖》里, 张悦然让每个人物的性格和心理自由地流淌出来, 湖心里孤岛的意象比喻无法被打破的孤独和隔阂, 少女对中年作家的贴近, 使得偶像光鲜的外表一层层被剥落, 他不过是一个不会讲英语、脾气不好、善于暧昧把戏的中年男人。"偶像"在彼此贴近中, 作为普通人的部分渐渐显露, 和朋友仰慕、报纸描摹的竟是如此不同。

《动物形状的烟火》是张悦然 2014 年创作的短篇。翻看张悦然的作品, 发现她很少涉及中篇, 而是致力于挑战短篇这极富技巧性的体裁。《动物形状的烟火》可算作她短篇技巧纯熟的作品。

小说讲述了失意画家林沛新年前夜受到画商宋禹邀请, 前往他的别墅共同庆祝。他满怀期待以为能修补和宋禹间的关系, 却被对方的冷漠所刺痛。紧接着他遇到了曾经交往过的女友颂夏, 误以为能寻回过去的感情, 却很快发现对方的出现只是为了炫耀如今的生活。心灰意冷的林沛遇到了一个似曾相识的小女孩, 将他带回过去一段感情的纠葛中, 就在他做出一个惊人的决定时, 故事发生了翻转。

通过这个梗概, 我们发现这是一个可以被概括的故事, 失意画家的重拾希望与不断失望, 结尾留有悬念。由于对感情的沉溺和对人物极端状况的关注, 张悦然此前的作品有可感受性, 却缺乏可讲述性。但这篇作品娴熟运用写作技法, 在有限的篇幅里用简洁的情节和典型的片段来呈现富有个性的人物在生活里的状态, 符合经典短篇小说的基本要义。

小说在结构上考究, 先呈现失意画家林沛的生活现状, 然后一通来自过去朋友的电话引起他的好奇, 以及对回归过去的隐约期待, 由此将他引入了更高层次的空间, 并且导致人物的转变。跨越阶级空间进而改变人物命运的方式,在《家》里已经被使用过一次,即便冒着自我重复的风险,张悦然依然想展现空间对人物性格的影响。在历史感匮乏造成的时间性断裂下,年轻作家更注重对空间感的营造。[1] 过于注重空间的在场性,使得人物对空间的感受也会影响到他们的自我判断和生活选择。

试对比:

> 欧式洋房,有那么大的私人花园,夜晚安静得让人不觉是在人间。一屋子的古董家具,各有各的身世,比祖母还老的暗花地毯,让双脚落地都不敢用力。所有的器皿都闪闪发光,果盘里的水果美得必须被画进维米尔的油画,再被卢浮宫收藏,她攥着酒杯的时候心想,还从来没有喝过那么晶莹的葡萄酒。
>
> ——《家》

> 墙上挂着一张油画,达利晚期最糟糕的作品。他盯着看了一会儿,决定到里面的房间转转。那是一个更大的客厅,铺着暗红色团花的地毯。靠近门口的长桌上摆放着意大利面条,小块三明治和各种甜点。一旁的酒精炉上烧着李子色的热果酒。托着餐碟的客人热烈地交谈着,几乎占据了屋子里的每个角落⋯⋯遗憾的是这个房间连一张像样的、可以看看的画都没有。墙上挂着的那两张画出自同一位画家之手,画的都是穿着旗袍的女人,一个拿着檀香扇,一个撑着纸油伞。他知道它们价格不菲,却不知道

---

[1] 杨庆祥:《当代小资产阶级的历史意识和主体想象——从张悦然的〈家〉说开去》,《文学评论》,2013 年第 2 期。

它们究竟好在哪里。

——《动物形状的烟火》

很明显看出在《家》里，裘洛对富庶环境小心翼翼地观察，而在《动物形状的烟火》里，林沛带着挑剔的眼光审视这一切，他们都在将异质空间与当下生活进行对比，以此确立自己的位置。这个空间林沛并不陌生，他也曾是里面的一分子，正因如此他的挑剔里夹杂着对回归的渴望，这种渴望也成为他最后被彻底击垮的诱因。作者暗示当一个人想要重返他从前的更高的生活时，难免不因偏见、落差做出误判，错误地估计自己当下所处的位置和境遇。这使得人物从一进入更高空间开始，回归的心愿就注定落空。

读者可以清晰地绘制出一张林沛心态起伏的曲线图，见到画商宋禹，抱有重归于好的希望，却因对方的冷漠失望。见到情人颂夏，抱有再续前缘的期待，因对方的庸俗而再度失望，这时曲线要落在第一次失望之下。遇到了可能和自己有关联的小女孩，产生对新生活最强烈的渴望，也是整条曲线的最高点。紧接着情节急转直下，孩子们的联合恶作剧将林沛锁在了车库里，他的心情跌到谷底，"他倚着门坐在了地上，哆哆嗦嗦地点着了身上的最后一支烟"——这句话是林沛彻底败下阵来的写照。在这急剧上升又陡然下降的曲线里，我们发现虽然情节紧凑起伏，却缺乏平滑的过渡，像过山车一样直上直下。这虽然可以理解为短篇小说情节集中的要求，但不自觉间作者又经营起影视剧般高低潮交迭的效果。不知作者在把逐渐加深的绝望三次施加给对过去后悔、对现状希望有所改变的林沛身上时，是否有考虑过给人物留一丝余地？

在究竟是世界不肯给林沛机会,还是作者不肯给林沛机会这个问题上,作者大概一开始就打算将绝望进行到底。开头作者写道:"这一年的最后一天来到了。明天就是新年了。"句号斩断了应然的因果——将厄运在最后一天终结,新一天迎来变化。两个冰冷的句号使得辞旧迎新之间变得没有必然联系,预示着林沛的努力及期望的改变都注定落空。作者在开头就预设主题,使得击垮林沛的是作者,而非命运本身。尽管作品通篇读下来会有宿命、因果循环之感,但都是在为作者想要营造的绝望感服务。

张悦然的作品有一种对绝望的热爱。因为经历了人生的起起落落,前辈作家的绝望可以寻找到实际生活上的对应,而年轻一代作家的绝望好像变成了一个无来由的东西,既非世界强加,也非自然生成,这时绝望就显露一种表演性质。这一表演性质,很难辨别是作者内心绝望的装饰性流露,抑或只是经过化妆的个人性格表现。二者的细微差别,在一定意义上也决定了作品中绝望的品质。如果是前者,即使有表演成分,这绝望也是从温暖中生发,给人一种独特的安慰。如果是后者,则可能是对真实绝望状态的模仿,作者的内心并不能真的感受到绝望的力量。无论是二者中的哪一个,为了使绝望更彻底,张悦然一面渲染冷峻的环境:"他拉开窗帘,外面是杏灰色的天空,月亮挂得很低,像一块烧乏了的炭";一面幻想着烟花绚烂的情景:"他站在黑暗里,想象着烟火蹿上天空,在头顶劈开,显露出诡谲多变的形状"。两相对比,人物本身的想法倒显得不那么重要,关键是书写符合了作者早已定下的绝望基调。

抛开这个问题,张悦然多年来力图抹掉过去青春写作肆意放纵、缺乏节制的语言风格,使得这篇小说叙事从容。她惯用短句:"不,他还有她。他看着面前的女孩。他还有她。他要把她带走。他心里有个声音坚定地说,带她离开这儿。"这里面的句子结构已经达到极简,并列在一起除了强调的效果,也有一种意与现在生活脱离的决绝感。"这正是他喜欢待在画室的原因。隔绝、自生自灭。他渐渐从这种孤独里体会到了快意。"句号带来的冰冷感,正符合这段对林沛孤独状态的呈现。从过去对词语的雕琢,到现在对句子整体效果的打磨,可以看出张悦然创作愈发娴熟。

但尽管努力在控制,依然有不自觉的外溢痕迹:

> 对于一个习惯了失去的人来说,找到其中的一两样根本没什么稀奇。不过想来想去,他也没想到有什么特别值得找回来的。不知道为什么,那些曾经很珍贵的东西,失去了以后再回想起来,就觉得不过尔尔,好像变得平庸了很多。他没有办法留住它们,可他有办法让它们在记忆里生锈。
>
> ——《动物形状的烟火》

从"不知道为什么"开始,作者将前面的意思又点明了一遍,还用了一个"生锈"的具象比喻。这是一种"语录式"写作痕迹的残留,单看"不知道为什么,那些曾经很珍贵的东西,失去了以后再回想起来,就觉得不过尔尔,好像变得平庸了很多",是可以作为网络签名档或微博文案的。因为年轻写作者早期创作以描摹细节、情愫见长,这些语句往往脱离上下文依然可以单独存在,细节大于情节、结构,语言大于意义,文学的全景化呈现被碎片化的表达所取代。

在2006年后的短篇小说创作里,张悦然从对单一而纯粹的价值观的摒弃到对多元复杂性的开掘,从对虚构梦境的着迷到对现实的主动贴近,从迷恋生僻词语到对段落节奏的有效把握,收束了她青春情感的宣泄,文字和技巧的使用开始倾向于节制,尽管还会有不自觉地外溢痕迹,但小说风貌因此明朗起来,开始从人们心目中一代人的代表,渐渐蜕变为独特的"这一个"。

长不大的孩子和他的欲望

——郭敬明解析(上)

一、词语、意象的拆解与拼装

郭敬明坦言,他最喜欢自己的散文作品,并把散文写作的过程比喻为:"站在一片山崖上,然后看着匍匐在自己脚下的一幅一幅奢侈的明亮的青春,泪流满面。"[1]2013年末,郭敬明出版了三卷本散文集,其中《愿风裁尘》收录了他2004—2013年间的散文作品。《怀石逾沙》收录了他2003年作品集《左手倒影,右手年华》的部分文章,以及《最

---

〔1〕 郭敬明:《左手倒影,右手年华》,上海:上海译文出版社,2003年版,第2页。

小说》前期的专栏,同时也收录了他为公司旗下作者撰写的序言。《守岁白驹》则以他处女作《爱与痛的边缘》的文章为主并加以增补。

三卷散文集的名字都是四个字,但并非成语,是郭敬明从不同渠道化用而来。"愿风裁尘"许是出自"不知细叶谁裁出,二月春风似剪刀",风、尘两个意象组合在一起略显凌乱,但郭敬明将其扩展成一段文案,词语就变得具象了:"愿风裁取每一粒微尘,愿灵魂抵达记忆的尽头,愿一切浩瀚都归于渺小,愿每身孤独都拥抱共鸣。愿衣襟带花,愿岁月风平。"[1]"怀石逾沙"中"逾沙"二字取自成语"逾沙轶漠",形容跋涉了长远路途,经历了很多事情。"怀石"则被解释为虽然这段岁月的跋涉非常沉重,但依然艰难前行。[2]仔细分析"石"与"沙"轻重相对,却与"逾沙轶漠"中"沙"与"漠"二字包含的渺远意象相违背,新的组合抹掉了原意中的明朗。但经过郭敬明的解释,这个生造的词语产生了一种陌生化效果,也衍生了新的意义。"守岁白驹"意指留下这本书,化成一匹白马,守望曾经的岁月。[3]这个词语从"白驹过隙"化来,源自《庄子·知北游》,本义指白色的骏马在缝隙前越过,比喻时间过得很快,光阴易逝。郭敬明把形容光阴飞快的意思暗中转换,体现了他对语言的拆解能力,但同时把一个意象明晰的动态词语,变得非常含混。"守岁"和"白驹"都有时间感,但在感受上一缓一急,组合在一起显得混乱。

这三个编造的艰涩词语一旦成为书名并辅以解释,很快就因其陌生感成为青少年间的流行词汇,被加以模仿。维克托·什克洛夫斯基

---

〔1〕 郭敬明:《愿风裁尘》封底,武汉:长江文艺出版社,2013 年版。
〔2〕 郭敬明:《怀石逾沙》内容简介,武汉:长江文艺出版社,2013 年版。
〔3〕 郭敬明:《守岁白驹》内容简介,武汉:长江文艺出版社,2013 年版。

说:"经过数次感受过的事物,人们便开始用认知来接受:事物摆在我们面前,我们知道它,但对它视而不见……使事物摆脱知觉的机械性,在艺术中是通过各种方法实现的。"〔1〕把这段话中的"事物"替换为"词语",同样适用。郭敬明书名中词语使用的陌生化,在积极意义上也算得上使词语摆脱知觉机械性的一种尝试。

郭敬明还有一些篇名,是难以领会其意思的。如《陈旧光墨与寒冷冰原》,"光墨"是画家何宝森提出的绘画概念,与郭敬明的文章并无联系。通过阅读才发现,作者是把光线与墨水这两个意象强行并置在一起,组成了"光墨"这个词语。郭敬明像是很喜欢"墨"这个意象,2011 年又创造了不明所指的"荒墨"一词。另如《绘日行》这个题目,在读完全文以后依然无法揣摩出作者的用意。还有《雾时之森》《翅影成诗》《浪名前少年嬉戏》,都是让人不知所云的篇名,却成为文章的起点,是一种从篇名衍生出的写作。除此以外,他还常把两个意象并列作为篇名,如《虚构的雨水与世界尽头》《灰蒙地域与萤火之国》《荒芜尽头与流金地域》等。虽然这些作品刊登在《最小说》这样的青春文学刊物上,因为配有插图对作品画面感有所要求,但作者不顾合理性,把完全不相关的意象强行组合在一起、生硬嫁接,也是一种不成熟的表现。

对比郭敬明散文的初版与修订版,发现他并没有修改内容,却有意改写了几个篇名,足见他对篇名的看重大于对作品本身。《断夏》原名《某年某个春末夏初》,《七日左右》原名《七天里的左右手》,这两个

---

〔1〕【俄】什克洛夫斯基等著,方珊等译:《俄国形式主义文论选》,北京:生活・读书・新知三联书店出版社,1989 年版,第 7 页。

改动是将原本啰嗦的篇名精炼。《计月器》原名《四季歌》,《小围城》原名《围城纪事》,《杨花》原名《扬花》,这三个改动是将原本动态的篇名名词化,加深了对围城、杨花这些意象的强调。可以看出郭敬明对意象的敏感,他的散文很多是从意象出发,这在专栏里表现得尤其明显。这些专栏,题目多选取一个意象,如《人间森林》《光之芒》《静流的云层》《投影仪》《冬绒》,文章是这些意象的展开与想象。写法上的共同特征是开篇描摹一个意象,展开一段不及物的抒情,然后把"我"嵌入到意象铺陈的情境之中,最后在自我抒发中硬性提炼主题。

如《冬绒》[1]这篇千字文,先描绘了冬天的意象:"冬天的天空很硬,像一整块橱窗。白云偶尔紧贴天壁,一动不动。睫毛上凝结的霜花,是眼泪带来的告别。时间像被水草缠住的锚,它抓紧海底,不肯告别。"接着是不及物的抒情:"记忆也抓紧我,不肯告别。无数过去的日夜仿佛数百个冰冷的灵魂,等待着被点燃,被温暖,被漆上美丽的颜色。"接下来他将岁月、气味等抽象化的名词具象化:"岁月像是饱满的海","你留下的气味像插在森林里的削尖后的木桩",然后"我"出现:"我前几天的梦里,有梦见你",最后再抒发对冬日的感叹,并在意象落实中结束:"大雪可以把一切都装点得干净而原始。仿佛这个世界上所有悲惨的命运、凄凉的纠葛、不甘的缠绵都不曾存在过。它把一切都温柔地包裹进一朵小小的绒花。它开放在最远最远的山泉边上。就像你别在领口上的那枚冬天。"

对意象的看重,使得郭敬明对描写对象永远近距离取景,将所取的景直接占据整个画框,把细节和微不足道的事物无限放大。这乍看

---

[1] 郭敬明:《冬绒》,收入《愿风裁尘》,武汉:长江文艺出版社,2013 年版。

有日本"浮世绘"的特点,仔细分析却缺少浮世绘里要传达的婉转的人间之情,不关注所写对象的真实、具体,只是将细节一味放大。作者直奔某个情感主题,使读者发觉原来生活中每一个事物都可以引发如此多的感叹,至于感叹的深度和广度,不是作者追求的。这种风格有它存在的理由,当前辈作家思考宏大的历史主题和宽广的历史场景时,他们思索的问题始终得不到解决,郭敬明一代则转而投向细节,把审美的意境、历史、时间都集中在一束小花、一个被赋予生命的茶杯上面,用细节承载情感。[1] 不是说不能用细节承载情感,只是在郭敬明这里情感、细节过于泛滥,使年轻读者丧失了从宏观处着眼问题的能力,只得以微观抒情的方式作为应对。

二、不再任性的彼得·潘

郭敬明早期的散文是从描摹人物的状态出发,这个人物就是作者本人,他的散文无一例外是"我"的讲述,其他人物的出现也都以"我"为中心。《爱与痛的边缘》是他的处女作,收录的《我上高二了》《三月,我流离失所的生活》《2000,我的泱泱四季》都是他对校园生活和所珍爱的文艺生活的描绘。

在这些文章里,郭敬明不断强调自己是个孩子。他的标志性段落:"我是一个在感到寂寞的时候就会仰望天空的小孩,望着那个大太阳,望着那个大月亮,望到脖子酸痛,望到眼中噙满泪水。这是真的,好孩子不说假话。而我笔下的那些东西,那些看上去像是开放在水中

---

[1] 张柠、霍艳:《小清新的审美趣味和生活姿态》,《文化研究》,2013 年第 14 辑。

的幻觉一样的东西,它们也是真的。"[1]还有黄平搜集整理的"一个永远也不肯长大的孩子也许永远值得原谅"、"但我是个任性的孩子,从小就是"、"而我是个很寂寞的孩子"、"我是个容易受伤的孩子"、"孤独的孩子悄悄地在风中长大了"、"我是个会在阴天里仰望天空的好孩子,我真的是个好孩子"、"我就是这样一个孩子,我诚实,我不说谎",不停指认、强化的是他"孩子"的身份。[2]

有一段关于自己是"孩子"的描述,已经到了矫情的地步:

> 很多很多的人告诉我我应该长大应该成熟应该开始培养一个男生最终要成为男人的理智,可是我还是任性地把自己叫做孩子,我不想长大,就像彼得·潘一样,永远当一个小孩子,这样我就可以沿着时光脚印退回来,抱着膝盖蹲下来小声唱歌。我是个小孩子,大家不要欺负我。[3]

他从童话《彼得·潘》里寻找作为"孩子"的理由——"彼得·潘是个永远长不大的孩子,他永远也长不大。看到这句话的时候我想我是嫉妒他的。""朋友说彼得·潘是个落拓的孩子,他太任性了。可你和他一样。"尽管作者表示自己不喜欢"这个长不大的小怪物",可还是接受了自己是个让人伤心的孩子这种说法。他一面指责彼得·潘的骄傲和任性,没有爱过别人,是个可怜的孩子,一面享受着在幸福里成

---

〔1〕 郭敬明:《爱与痛的边缘》,上海:东方出版中心,2001 年版,第 3 页。

〔2〕 黄平:《"大时代"与"小时代"——韩寒、郭敬明与"80 后"写作》,《南方文坛》,2011 年第3 期。

〔3〕 郭敬明:《爱与痛的边缘》,上海:东方出版中心,2001 年版,第 197 页。

长,有父母的疼爱,不想继续长大、不想让人失望,希望和爱的人永远在一起的"孩子"状态。他虽然认为作为孩子没有错,而错的是彼得·潘的任性和固执地不想长大,表面也接受人不断成长这个现实,但实际并不打算承担责任,并且辩白他对身边人的伤害是"有意想让别人快乐一点"。暴露出郭敬明在成长中不成熟的状态,将文学创作当作掩饰。

郭敬明在不断强化"孩子"身份的同时,也剖析阻碍自己继续作"孩子"的原因,一是他矛盾的性格,二是现实社会的残酷。

郭敬明形容自己是一个白天明媚,晚上忧伤的孩子,原因他是双子星座,这特性与生俱来。比如"我出生在六月六日,神话中魔鬼之子降生的日子,双子星座……我是个矛盾的人,双子星的两个顽皮的孩子在我的身体里面闹别扭,把我朝两个方向拉。"〔1〕"我一直迷路的原因恐怕得归结于我是个双子座的人,有着双重性格……一句'我是双子座的,就可以解释很多事情,但'很多'不是'全部'……星座书上说:双子座的人永远不安分,渴望扮演不同角色。"〔2〕

星座原本属于占星术的一种,涉及人们理性的局限和对未知的迷狂。郭敬明没有对星座深入研究的兴趣,只是借用这个工具来合理化自己性格中的矛盾。这种轻易的应对方式,冲淡了他对现实生活复杂性的敏感,简化为一种二元对立。这种冲淡并未让郭敬明消除作品中对生活的虚拟不满,而是在两套生活准则里游刃有余——他一面抱怨社会残酷,一面深谙其运行规则。他一直是大家心目中的好孩子、好

---

〔1〕 郭敬明:《爱与痛的边缘》,上海:东方出版中心,2001年版,第1页。
〔2〕 同上,第59页。

学生,而非叛逆者。与此同时他又流露出一种自负情绪,一是对于自己聪明才智的自负,二是对于自己文化品位的自负,这种自负往往带有一种炫耀:"我很喜欢《麦田守望者》那本书,所以当我在音像架上看到麦田守望者这个乐队时我就开始冷笑,我想:一支蹩脚的九流乐队。"〔1〕

这种自负,在郭敬明后来的作品里转化为一种巧妙的混合体。他时常带着自卑口吻回忆过去:"我也经历过第一次参加时尚杂志的拍摄,提着一大包自己喜欢的衣服去摄影棚,然后被杂志的造型师翻着白眼,在我的纸袋里翻来翻去,找不到一件她看得上的衣服的时刻。摄影师在旁边不耐烦地催促着,造型师更加不耐烦地说:'催什么催!你觉得他这个样子能拍么!'"〔2〕过去时的自卑是为现在时的自负赋予合理性,郭敬明持有的逻辑是正因为过去遭受了冷漠的对待,如今对金钱的挥霍才是理所应当,是"我"奋斗来的结果。这个逻辑在《小时代》里被发挥得淋漓尽致,作品里一切对上海奢靡生活的展现,对品牌的着迷与高端生活方式的享受,都是合乎逻辑的。这个逻辑对于一直追随着郭敬明的读者是具有迷惑性的,因为从早期作品他就不断强化着普通人只有靠金钱、奋斗才能高人一等的逻辑,并且作为文学偶像他也真实上演着奋斗翻身的神话。而对于初看《小时代》的读者,这种扑面而来的铜臭气息和对于资本的夸张抒情与谄媚,让他们难以接受,也就造成了郭敬明作品口碑的两极分化。

例如在《投影仪》〔3〕里,郭敬明对《小时代》主人公林萧有一段告白:

---

〔1〕 郭敬明:《六个梦》,收入《爱与痛的边缘》,上海:东方出版中心,2001年版。
〔2〕 郭敬明:《愿风裁尘》,武汉:长江文艺出版社,2013年版,第67页。
〔3〕 郭敬明:《投影仪》,收入《愿风裁尘》,武汉:长江文艺出版社,2013年版。

　　我经历过和你一样的屈辱——当我穿着廉价的球鞋走进高级酒店时，服务员用那种眼光对我打量；出席某一些高级 Show 的时候，被负责宣传企划的人毫不客气地对着身上已经精心准备好的衣服问："我带你去更衣室吧，你把便服换下来，我们这个是正式场合，你带来的礼服呢?"

　　我经历过第一次逛名牌店的时候，店员眼睛都不转过来看我的情景。我鼓起勇气问一下其中的一件衣服，询问是否可以拿下来试穿，店员依然没有回过头来，她对着空气里不知一个什么地方，冷冰冰地说："你不适合那件衣服。"

　　真的，那个时候我看着那些衣服上的标签，我一直都觉得他们的价格是不是多打了一个零。

这段写给林萧的话，也是郭敬明对于自己过去处境的写照。他对于受过的"屈辱"记忆深刻、反复描摹，但这些"屈辱"实际只是暂时无法适应上流社会，却被作者上升到人格羞辱层面，并将这一切归结为社会环境：

　　这个世界像是突然被翻转了 180 度一样，露出了你完全不认识的一面。

　　物质冲击着人类的情感，只有真正被这些滔天巨浪所包围的人，才有资格谈论起所谓的理想和庸俗。就像没有真正从战场上回来过的士兵，没有资格谈论战争的伟大或者残酷一样。

　　我和你一样，也对生活有着巨大的沮丧。无论你付出了多少努力，别人不会看到，他们只会永远死死抓紧你跌到的时刻，时刻期望你摔倒,期待着你的生活突然间变成一团乱麻,突然就变得破败褴褛。

　　是社会的物化,是同伴的别有用心,让林萧处处受挫后"抓紧了顾里的手",认同了这个物质女王的资本逻辑。同样,也是上海对一个来自四川自贡少年的嘲讽,才让他付出比常人加倍的努力,来换取物质生活的享受。"贫穷被人欺,出人头地,改变生活境遇",这个逻辑在过去的文学作品里一直受到国家、历史等宏大价值体系的遮蔽,一切以集体利益优先,个体欲望得不到张扬。当宏大叙事不再发挥作用以后,对资本的认同因市场经济的发展和贫富差距的加大变成一种共鸣,但改变生活境遇被简化为占有更多资本,而非精神层面的提升。郭敬明是"80后"第一个勇于表达对资本认同的,2003年他就在散文里直接表达对钱的热爱:"我和钱的关系比较暧昧。我们是情人,我爱她,她也爱我……我爱钱,这没什么好掩饰的。"〔1〕这背后折射出年轻一代对于奋斗标准的变化,过去奋斗是为拥有美德与真挚情感,能做出正确的道德判断,是为国家、集体所做出的牺牲奉献,而如今奋斗仅仅意味着经济自由。按照传统的评价标准,这种煽动欲望的作品应该受到批判,如今时代变了,或许在这个奇特的共同体里,我们已经可以温和地接受这一切。

三、刻意为之的矛盾修辞

　　郭敬明早期作品着迷于一个矛盾的主题,例如"青春是道明媚的

---

〔1〕 郭敬明:《左手倒影,右手年华》,上海:上海译文出版社,2003年版,第216页。

忧伤"。"青春"跟"忧伤"都是抽象名词，在这里做主宾结构，"道"是用来形容疤痕的量词，却用来量化忧伤。修饰语"明媚"既符合青春的特征，又与"忧伤"相反，映照出青春的美却消解了伤痕的残酷，实际上是拒绝对青春可能出现问题的反省。"矛盾"是理解郭敬明作品的一个关键点，他不断强化着自己天生矛盾的性格，在作品中善于抓住矛盾对比书写，运用一种矛盾修辞法。

郭敬明有很多作品直接将矛盾作为主题，他运用一个分身的框架，设置不同轨迹的 A、B 角色，赋予他们截然相反的性格或境遇。在第四届新概念作文大赛获奖作品《剧本》[1]里，他设置了一个叫左岸的男人："左岸是个摇滚乐手，也是个很有灵性的诗人。他有一头很有光泽的头发，明亮的眼睛和薄薄的嘴唇。左岸之所以叫左岸而不叫右岸，是因为他偏激、愤怒、冲动、自负。左得很。就像曾经的我。"他以右岸作为对比："右岸是个老实的男人。如果这个世界上有按照最让人放心最不会让人害怕的条件打造出来的男人，那么右岸就是这样的人。右岸之所以叫右岸而不叫左岸是因为他的温文尔雅他的逆来顺受。右得很。右岸留一头简单纯色的短头发，穿合乎场合的服装，有恰如其分的微笑，用平和清淡的古龙水。就像现在的我。"如果说一个人存在着两面性，这个两面可能是同一时刻存在的，也可能是不同时刻存在的，但都显露出人本身的复杂性，郭敬明则把这种复杂性做了简化处理，分置在不同的人身上，刻意凸显他们的差异，把人物性格单一化。

在《爱与痛的边缘》里多次出现了小 A 这个人物，他既是"我"的补

---

[1] 郭敬明：《剧本》，收入《爱与痛的边缘》，上海：东方出版中心，2001 年版。

充,也是"我"的对应。小 A 果断地选择了"我"割舍不下的文科,将"我"的犹豫衬托得格外醒目。小 A 是个天才且话语幽默,"我"却为成绩苦恼。小 A 脸上的笑容安静,是"我"难过时第一个想到的倾诉对象,用自己天生的快乐映衬了"我"的忧伤。郭敬明在《回首又见它》一文里写道:"小 A 不知道我有多么地羡慕他,一个人可以活得那么安静恬淡与世无争。"[1]但根据郭敬明的朋友回忆,现实生活里并没有小 A 这个人物,并且郭敬明的事业上了轨道以后也不再提及小 A,使我们不得不怀疑这个人物其实只是作者虚构出来的一个分身。

2006 年创作的《二重身》里,他使用了当下的自己与过去的自己对话的模式,这时性格的差异变成了境遇的差异。一个是在上海享受荣耀的"我",一个是高三在四川县城上晚自习的"我",现在的"我"一面羡慕过去"我"的青春和真实,一面告诫"我"残酷的社会法则。郭敬明把这种自我分裂的对话以疾病的理由赋予合理性:"二重身是心理学上的一种现象,指在现实生活中自己看见自己。出现二重身的人,往往有很严重的心理疾病,都会以死亡告终。"[2]他抛开人性的复杂,也不去讨论社会发展对人精神世界的冲击和可能造成的问题,而直接给予了精神分裂的病因,由此满足人们对自己病态的想象。在之后很多作品里,他把"我"呈现的复杂性都归因于过去与现在、四川与上海、纯真与残酷的对立,总给人物寻找一个外因,而非内部开掘,或者仅仅把内因简单归于双子座的天生矛盾。

傅雷说:"了解人是一门最高深的技术,便是最伟大的哲人、诗人、

〔1〕 郭敬明:《左手倒影,右手年华》,上海:上海译文出版社,2003 年版,第 7 页。
〔2〕 郭敬明:《愿风裁尘》,武汉:长江文艺出版社,2013 年版,第 284 页。

宗教家、小说家、政治家、医生、律师，都只能掌握一些原则，不能说对某些具体的实例—— 一个人——有彻底的了解。人真是矛盾百出，复杂万分，神秘到极点的动物。"[1]优秀的作品会呈现人性的复杂，但郭敬明却把复杂简化，把人物的单面特质无限放大，缺乏深入剖析的耐心。这种一根筋似的人物在他小说里也时常出现，《小时代》里顾里的拜金、林萧的懦弱、唐宛如的滑稽、南湘的犹豫，都是简化后的结果。简化的好处是容易构成戏剧冲突，便于追求故事的曲折，但牺牲的是人物性格的深邃与张力，这种写作其实是一种倒退。

福斯特在《小说面面观》里提出"扁平人物"概念，也称作"类型人物"或"漫画人物"——"他们最单纯的形式，就是按照一个简单的意念或特性而被创造出来。扁平人物的一大长处是容易辨认，他一出场就被读者那富于情感的眼睛看出来……第二个长处是他们事后容易为读者所记忆。由于他们不受环境影响，所以始终留在读者心中。他们随着环境而变动，这更显出其性格是令人放心的。即使他们所在的那本小说会销声匿迹，但他们仍然不被人遗忘。"[2]扁平人物在性格呈现上不如圆形人物，但在戏剧效果上却大有用场，这就是为什么郭敬明作品里总会出现让人捧腹或潸然泪下的段落，但这种戏剧感是以牺牲人物复杂性为代价营造出来的。

郭敬明在作品里过多地运用了"小说家笔触"，实则对人物内心深处的复杂性缺乏了解。"它为了文学的目的，只从男性或女性中选出两三种最引人注目的，因而也是十分有用的特性成分，而将其余的成

---

〔1〕 傅雷：《傅雷家书》(增补本)，北京：三联书店出版社，1984 年版，第 269 页。

〔2〕 【英】爱·摩·福斯特著，苏炳文译：《小说面面观》，广州：花城出版社，1984 年版，第 58 页。

分放置一旁。任何与选取的特性成分不合的东西都给删掉,务必删掉,因为不这样做,就站不住脚。要充分占有材料,然后将一切与所需材料不合的东西扔掉。这样做,他们有个似是而非的为'小说家笔触'辩解的借口:它只取其所好,而弃其所不好而已。事实上,他们这么做,也许是对的,但选取得太少了。作家所说的也许是事实,但并不是人生的真象。"〔1〕在福斯特强调的"扁平人物"和"小说家笔触"里,不要说将扁平人物变成圆形人物的潜质,就连刻写得准确和生动,都无法在郭敬明的作品里要求。他更注重描摹人物外形、夸张的语言,以及人生经历的极端反转,浮于表面,牺牲了对性格深入挖掘的空间。

　　也许郭敬明并不能准确地把自己的写作手法定义为矛盾修辞,但当他看见周嘉宁的文章《明媚角落》时,大加称赞:"周嘉宁用简单的四个字就制造了一场感觉上的风暴,我佩服得很。'明媚'和'角落'很格格不入,因为后者不会具有前者的性质而前者不会出现在后者身上。因此它独特。因此我喜欢。小A说很多时候两样不相容的东西混在一起之后就会变得诱人。"〔2〕郭敬明是一个天生对文字敏感的人,当他学会这种矛盾性的词语超常搭配以后,就大量地运用到自己的作品中,而这种强烈的修辞效果正给他浓郁的抒情增添了魅力。

　　如:

　　　　我眼前总是浮现这样的画面:一个裹着黑色风衣的人站在大雪的中央,夜色在四周发出锦缎般撕裂的声音,那个人回首,早已

---

〔1〕 同上,第62页。
〔2〕 郭敬明:《爱与痛的边缘》,上海:东方出版中心,2001年版,第221页。

是泪流满面，我知道他的忧伤无比巨大，可是他已经哭不出声音了。

——《回首又见它》〔1〕

夜色是视觉，声音是听觉，两者组合在一起，使得孤独感具象。作者进一步用锦缎撕裂的华丽音效来形容孤独，更使孤独具有了一种排山倒海的气势。

再如：

写字的人会生病，寂寞会逐渐从皮肤渗透进来，直到填满每道骨头的裂缝，直到落进所有的血液里。这是一场华丽的放逐。

——《与魔鬼之子共舞》〔2〕

寂寞是抽象名词，作者将它具象化，像液体一样可以渗透、可以填满裂缝，显示出人被寂寞包围的状态。但安妮宝贝的"生命不就是一场华丽的放逐"被郭敬明改装为"寂寞是一场华丽的放逐"，并不合乎逻辑。"放逐"指古时候把被判罪的人流放到边远地方，如果说人的生命可以遭到流放，那寂寞作为状态是无法被流放的，它是与人紧密缠绕的感觉，一旦人的主体消失，感觉也就自然消失，不能脱离主体而单纯谈论感觉。

因此我们需要警惕的是，这种矛盾修辞有时能产生巨大张力和特

---

〔1〕 郭敬明：《左手倒影，右手年华》，上海：上海译文出版社，2003 年版，第 6 页。
〔2〕 郭敬明：《爱与痛的边缘》，上海：东方出版中心，2001 年版，第 2 页。

殊的审美情趣,但随意组合、故意违反语法规则、人为制造陌生化效果,为了怪异而怪异,并非从上下文情境出发,则会变成一种文字游戏,仅仅显示出作者对语言的卖弄。郭敬明被指责语言华丽而空洞跟这种卖弄不无关系。

四、单纯的语言游戏和组装式写作

除了超常搭配,郭敬明还善于营造一种排山倒海的文字气势,滥用复杂句和排比句,这种写法在他 2004 年创办《岛》以后愈演愈烈。是因为《爱与痛的边缘》《左手倒影,右手年华》还主要描写高中生活,抒情只是调剂,而郭敬明在《岛》《最小说》上开设的专栏,已经是商业化的文学操作,文字沦为插图的附庸,仅仅一个意象就能引发大段的抒情,不加克制。

如:

就像我再也不会讲,我很难过。

如同我早已习惯讲,你去死吧。

我再也不是当初那个会躺在被窝里用笔写下每天烦恼的高中男生。

你也再不是当初那个因为黄昏起风的操场空无一人就会感到伤心的女生。

我再也不是当初那个穿着白衬衣独自骑车上学放学的男生。

你也再不是当初那个会在下雨天淋着雨独自练习投篮的男生。

　　我再也不是当初那个喜欢在学校顶楼折纸飞机的男生。

　　你也再不是当初那个偷偷在课桌下面为男朋友生日织围巾的女生。

　　我再也不是当初那个戴着耳机在凌晨的台灯下面用最平静的表情听最激烈的摇滚乐的男生。

　　你也再不是当初那个因为不小心看到前排女生露出的肩带而突然脖子和脸都变得通红的男生。

　　男生啊男生啊我们。

　　女生啊女生啊你们。

——《世界里最平凡的传奇》〔1〕

　　排比句是一种加强抒情、叙事或描写效果的修辞，仿佛某种能够重复言辞的扩音设备。但在郭敬明的排比句里，这些效果并没有达到，而只是简单的意象、句式罗列，目的是为了凸显画面感。

　　你说要陪我周游世界却比谁都走得更远。

　　你说过要好好地生活却在电话里哭得一塌糊涂。

　　你说过下次凤凰花开的时候我们都要回来，站在学校大门口重新穿起笨重的校服重新拍那张你不小心闭了眼的毕业照片。

　　你说过那些诅咒我们侮辱我们的人只是因为我们过得比他们更好，所以我们永远不要低下头。

　　你说过我们承受的那些不白之冤那些莫名的责难总有一天

---

〔1〕　郭敬明：《世界里最平凡的传奇》，收入《愿风裁尘》，武汉：长江文艺出版社，2013年版。

会真相大白,总有一天别人会看到我们挥动着翅膀认真而努力地
在飞翔,我们所唯一需要觉得遗憾的事情只是说要证明这一切要
证明我们自己需要的仅仅是一个漫长的时间。我们可以等,不知
道别人能不能等。

你说过就算被大雨淋湿了头,我们也不能哭。就算被人打落
了牙齿,我们也要用力地把那口血吐回到那个人的脸上去。

——《世界里最平凡的传奇》

在这段排比句里还套了一个复杂句——"你说过我们承受的那些
不白之冤那些莫名的责难总有一天会真相大白,总有一天别人会看到
我们挥动着翅膀认真而努力地在飞翔,我们所唯一需要觉得遗憾的事
情只是说要证明这一切要证明我们自己需要的仅仅是一个漫长的时
间"——这个长句是作者人为制造的阅读障碍,目的仅仅是炫耀语言
才华。

由于失去了事件的依托,感情缺乏承载,郭敬明有几篇专栏只是
段落的并列组合,如 2009 年《爱是琥珀》〔1〕,他选取了独占欲、手机、
思念、海潮、小雪等关键词,每个词下面用 3 到 5 个短句组成段落,把
并不紧密的段落连成篇章。2011 年的《你在世界尽头》全文共有 3 个
段落、8 句话,没有一个标点符号。

01

世界尽头的雨水　云层　奔跑的仓皇和绝望

---

〔1〕 郭敬明:《爱是琥珀》,收入《愿风裁尘》,武汉:长江文艺出版社,2013 年版。

我想与你分享的世界　和　开满我心房的白色繁花

我把对你的思念　用云层包裹成一个漫长的句点

02

你笑容里的天地　有黄昏里起风的悲伤

我没有在你的房间里看过天亮　我没有为你拉亮盏灯

所以你也没有为我等

03

我们说遥远的世界背面　地壳中心　月亮坑洞　深峡谷

都有爱的存在

我只要你的心里　又对我的爱的存在

　　这已经不再是文学写作，而是词句的罗列，就算有图片作为视觉辅助，我们也很难理解作者要表达的意思。如果说传统写作的出发点是对社会、历史的宏观价值进行思考，用一个故事来承载这些思考，到郭敬明这里则是从一个细节、一个意象或是一种状态出发，描摹成一段文字，然后加上情感的抒发和个人经历的印证，组成段落，最后拼接成一篇文章，是一种从小到大的组装式写作。

　　这种组合方式的好处是语言精致、细部精彩，尤其是句子和段落常有神来之笔，这使得郭敬明不少语段成为年轻读者的模仿对象，甚至成为金句名言。其原因在于一代人将关注的重点不断微观化，聚焦在个体、物质的身上，不再关心逻辑与宏观价值。同时网络媒介的发展使得语句代替篇章，成为年轻一代彰显个性的手段，谁能说出一段漂亮的话，谁就能吸引大家的注意，而篇章所要求的更高层次的谋篇布局，则容易被缺乏耐心的读者忽视掉。这种写作方式存在着巨大的隐患,使读者不加思考患上思维的懒惰症,缺乏全景意识,一代人的阅读变得碎片化,陷入夸大感官体验的泥沼中。长此以往年轻一代更容易变得情感泛滥,以自我表达为中心,追求纯粹的精神世界,关注瞬间的感受,将过去、现在、未来浓缩在碎片式的意象之中,字里行间弥漫着的情绪泛滥消解了缜密的逻辑,专注于构建内心世界来自我欣赏,却无法对现实社会进行有效的探索和发现。[1]

就算把郭敬明作品里所谓精致的词语单独拿出来看,也有很大问题。他不光从传统诗词、日本名物里化用词语,还生造词语。如他喜欢用的"柢步",第一次出现在其主编的《岛》书系,作为整本书的名字《岛·柢步》,作者赋予它的意思是:"柢步"是英语 Debut 的音译,意思是首场演出,同时也取"第一步"连读的谐音。从英文音译为中文,是郭敬明造词的一种手段,《岛》系列的六部:《岛·柢步》《岛·陆眼》《岛·锦年》《岛·普瑞尔》《岛·埃泽尔》《岛·泽塔》《岛·瑞雷克》,岛屿名称多是把英语音译为汉语,相对应为:

柢步:Debut(首场演出)

陆眼:Eyeland(陆地之眼)

锦年:Silkage(锦色年华)

普瑞尔:Prayer(祈祷者)

埃泽尔:Ether(苍穹)

泽塔:Zeta(希腊语的第六个字母)

瑞雷克:Relic(遗迹)

词语本该是一种约定俗成、具有广泛认知的文学元素,但到了郭

---

[1] 张柠、霍艳:《小清新的审美趣味和生活姿态》,《文化研究》,2013 年第 14 辑。

敬明这里变成了东西方文化的杂交和可随意拆解的碎片。这些碎片
肆意地在郭敬明作品的上空浮动，却很少落到现实的土地上。这并非
对汉语语法规则的有益突破，只是一种自娱自乐的文字游戏。

五、混乱的时间，随意的结构

翻看郭敬明的创作谱系，发现他很少涉及中短篇小说，几篇带有
习作性质的小说收录在《爱与痛的边缘》《左右倒影，右手年华》两本集
子里。他的短篇小说和散文相类似，以"我"为主角，讲述"我"在成长
中的孤独和与周围人的关系。小说结构简单，经常用不同叙述者反复
叙述同一事情，更注重抒情，主要是描绘一种"青春流逝，逐渐长大"的
感伤状态。除了"我"以外，他人都显得脸谱化，情节也似曾相识。

《1995—2005 夏至未至》是郭敬明 2005 年推出的长篇青春小说，
仍延续了短篇小说、散文的写作手法，缺乏对结构的精心设计，重抒情
轻叙事，使得小说节奏混乱、情节随意反转，作品风格难以统一。故事
发生在浅川高中里，高中生立夏和傅小司以及他们的好友陆之昂、程
七七、遇见上演了爱恨离愁，既有对梦想的追逐，也有对爱情的守候。
在小说的后三分之一处，情节突然翻转，缓慢而安静的叙述被不停的
变故加快推动，几个人进入社会各自奋斗却遭遇了现实的残酷。随着
时间的流逝，原本温馨的友情因世俗沾染而走向破裂。

郭敬明在这部小说里非常强调时间的流逝感，从篇章名就可以
看出：

chapter·01   1995 夏至·香樟·未知地

chapter·02   1996 夏至·颜色·北极星

篇章以时间命名,选取了 1995 至 2005 年十年间的夏至,混杂东西方不同的文化资源,既有"破阵子"这样的词牌名,也有"柢步"这样的音译名,再插入作者精心选取的意象,如浮云、暖雾、漩涡、芦苇等。但郭敬明刻意凸显的时间感淹没在这些浮泛的意象里,混混沌沌,有种时间停滞在青春时期的感觉。以意象来概括主人公的成长状态,就难以避免地要依靠大段抒情来营造氛围,如"那些高大的香樟像是从小在自己的梦中反复出现反复描绘的颜色,带了懵懂的冲撞在眼睛里洋溢了华丽的转身。立夏觉得浅川应该是没有夏至的,无论太阳是否升到最高,这个城市永远有一半温柔地躲藏在香樟高大的阴影下面,隔绝了尘世般闭着眼睛安然呼吸。"[1]作者想营造一种浅川世外桃源的氛围,把时间粘连在一个特殊的时空里,但"带了懵懂的冲撞在眼睛里洋溢了华丽的转身"这样的句子对时空的营造毫无用处,并且很可能是个病句。

――――――――――

〔1〕 郭敬明:《1995—2005 夏至未至》,沈阳:春风文艺出版社,2005 年版,第 8 页。

可以说在《1995—2005夏至未至》里,郭敬明刻意为之的时间感已经影响了叙事的进程,除了以"立夏日记"的形式随意插入倒叙,故事的前后两部分叙事节奏严重脱节。作者在前半部用几百字进行一段不必要的景物描写,在后半部却吝惜把剧情交代清楚,人物性格的转变也不具备合理性,热爱文艺的程七七一下子变成了心机恶人,高材生陆之昂则突然失去了理智为好友伤人。傅小司从事业的高峰跌落谷底,源于竞争对手的陷害,这实际是当时郭敬明陷入抄袭风波的写照,他把作家"郭小四"变成了画家"傅小司",在作品里为自己辩白。时间在这部作品里几乎不再是一个设定着世界也改变着世界的物理量,而成了作者予取予求的趁手工具,可以按他的方式随意编排。

除了随意为之的时间感,作品叙事视角也随意切换,立夏、傅小司、陆之昂、遇见都作为叙述主体,中间还用黑体字穿插着主人公多年以后的回顾,把作品仅有的留白之处填满。在陆之昂母亲突然得癌症去世的段落,面对死亡本应使得少年们长大,作者应该给予读者更多的感受空间,但郭敬明却用文字把空隙全部填满。

叙事视角通过一个手机铃声的牵引,先是从傅小司跳到了陆之昂:

> 小司从口袋里掏出手机,看到是立夏。接起来刚刚说完两句话,那边就突兀地断掉了。挂掉电话傅小司朝陆之昂看过去,正好迎上陆之昂抬头的目光。
>
> 陆之昂听到了和自己一模一样的手机铃声于是抬起头,他知道是傅小司。站在自己面前的小司一身黑色的衣服,伫立在渐渐低沉的暮色里,像是悲悯的牧师一般目光闪耀,而除了他明亮的

眼睛之外，他整个人都像是要融进身后的夜色里去一样。陆之昂胸口有点发紧，在呼吸的空隙里觉得全世界像是滔天洪水决堤前的瞬间一样，异常汹涌。这样的情绪甚至让他来不及去想为什么傅小司永远模糊的眼睛会再一次清晰明亮如同灿烂的北极星。[1]

紧接着，作者又插入一段傅小司为叙述主体的第一人称独白：

　　我永远都不会忘记陆之昂那天抬起头时看我的目光，在开灵师一声一声的锣鼓声里，陆之昂大颗大颗滚烫的眼泪顺着脸庞往下滑。我可以看得出他想控制自己的情绪，可是嘴角依然像极了他小时候被欺负时向下拉的那种表情。我记得在幼儿园的时候我几乎每天都看他这么哭，为了阿姨的责骂，为了争不到的糖果，为了和我抢旋转木马，为了尿裤子，为了我把玻璃珠给了一个漂亮女生而没有给他……而长大之后的之昂，永远都有着阳光一样灿烂的笑容，谈话的时候是表情生动的脸，快乐的时候是笑容灿烂的脸，悲伤的时候……没有悲伤的时候，他长大后就再也没有在我面前有过悲伤的时刻，我都以为自己淡忘了他悲伤的脸，可是事隔这么久之后再被我重新看到，那种震撼力突然放大十倍，一瞬间将我变成空虚的壳，像是挂在风里的残破的旗帜。
　　在浓重的夜色里，在周围嘈杂的人群里，他像一个纯白而安静的悲伤牧童。我很想走过去帮他理顺那些在风里乱糟糟的长

───────────

〔1〕 郭敬明：《1995—2005夏至未至》，沈阳：春风文艺出版社，2005年版，第69页。

头发，我也很想若无其事地陪他在发烫的地面上坐下来对他说，哎，哪天一起去剪头发咯。可是脚下生长出庞大的根系将我钉在地上无法动弹。因为我怕我走过去，他就会看到我脸上一塌糊涂的泪水。我不想他看到我哭，因为长大之后，我再也没有在他面前哭过。

陆之昂，妈妈一定会去天国。你要相信我。

——1996 年·傅小司

这是一段极富感受力的青春叙事，作者以漫画的笔法把陆之昂描绘成了一个天使般的人物——"在浓重的夜色里，在周围嘈杂的人群里，他像一个纯白而安静的悲伤牧童"。浓重的夜色、嘈杂的人群，反衬悲伤牧童的孤独感，他们本来都在安逸的环境中成长，是现实的残酷和死亡的陡然而至将他们的快乐击碎，把他们推到人群中间。作者很好地寻找到了一个青春与现实的临界点，并把年轻人在这个点上的错愕描摹了出来。[1]"在开灵师一声一声的锣鼓声里，陆之昂大颗大颗滚烫的眼泪顺着脸庞往下滑。我可以看得出他想控制自己的情绪，可是嘴角依然像极了他小时候被欺负时向下拉的那种表情。"在描摹当下的同时，作者迅速用闪回镜头来回忆过去的快乐："我记得在幼儿园的时候我几乎每天都看他这么哭，为了阿姨的责骂，为了争不到的糖果，为了和我抢旋转木马，为了尿裤子，为了我把玻璃珠给了一个漂亮女生而没有给他……"现在与过去的对比，将成长过程的残酷衬托出来。作者在这段文字里运用了自己擅长的比喻："一瞬间将我变成

---

[1] 乔焕江:《郭敬明论》,《文艺争鸣》,2006 年第 3 期。

空虚的壳,像是挂在风里的残破的旗帜",强行制造了一种人被抽空的状态,显出现实的残酷对人的摧毁。尽管情节编排得十分混乱,但这种过渡状态却写得淋漓尽致,吸引为数众多的年轻读者也就不足为奇。

让人好奇的是在这种混乱的时间设置里,人物如何成长? 我们会发现郭敬明作品里人物成长的动力不是源于自我完善和内心转变,而是源于他人的影响与陪伴,自我是他人镜像的投射。

所以,与一般青春小说不同的是,郭敬明作品里的青春不光是男女之恋,更是同性的情谊,尤其是男性之间的友谊。在传统文学里男性之间总是充满兄弟义气或是阳刚之气的争斗,但郭敬明作品里则细致地描绘男性之间的相互理解与陪伴。《1995—2005 夏至未至》里傅小司与陆之昂的关系延续了郭敬明散文里"我"与小 A 的互补关系,甚至陆之昂去日本的选择也和小 A 一样。傅小司是作者本人的化身,是一个性格有点自闭、为人低调、不善交际却富有艺术才华的人,而陆之昂性格外向、乐于交往、学习优秀、善良直率。两个人家境优越,从小一起长大,尽管性格迥异,他们却相互陪伴鼓励。陆之昂母亲去世后,他本变得沉默、安静温和、成熟稳重、懂得照顾人。可到结尾时,陆之昂为了傅小司名誉的清白,却用啤酒瓶砸破竞争对手的头,逃亡过程中沦落为乞丐,最后被捕。

在两人的成长过程中,陆之昂对傅小司有多次告白:

　　他说:小司,你知道么? 其实这 20 年来我过的很快乐。因为有你在我的身边。

　　因为你,我很努力的学习很努力的画画,从以前那个每天只知道淘气顽皮的傻小子变成了好学生。

　　因为你，我终于从失去母亲的剧痛中挣扎着站了起来，不再颓废不再自暴自弃，只为了实现母亲和自己的理想，只为了你干净的没有忧虑的笑容。

　　小司，一直没有说出口的话是，那些和你在一起的时光，那些穿着白色衬衣的日子，那些躺在草坪上看天空的日子，那些我们笑的没心没肺的日子，因为有了你，都像是天国的日子。

　　小司，我是多么的想回到过去。

　　小司，我的梦境里无数次的出现那样一个场景：我们站在香樟树下，仰起头大口大口的喝掉手中的可乐，喉结不断的翻上翻下。

　　小司。我很好。我只是，很想念你。

　　傅小司也对好朋友几番评价："他最清楚，陆之昂整天笑眯眯地对谁都很客气，这个人是从来不会把别人的事情放在心上的，这点跟自己一样，只不过自己表现的比较直接而已。"[1]这种男性情谊的养成，事件并不是主要的助推力，而是日常生活里两个人相互感受的加深，使得男性情谊细腻而微妙。傅小司将陆之昂放在与立夏同等重要的位置，形容与二人的关系是："那个男孩，教会我成长，那个女孩，教会我爱，他们曾经出现在我的生命里，然后又消失不见，可是我不相信他们是天使，他们是世间最普通的男孩和女孩，所以我就一直这么站在香樟树下等待着，因为我相信他们总有一天会回来，回来找我，教会我

〔1〕 郭敬明：《1995—2005 夏至未至》，沈阳：春风文艺出版社，2005 年版，第 29 页。

更多的事情。"〔1〕这种陪伴、共同成长也出现在《梦里花落知多少》《小时代》里,总有人扮演着强势导师的角色拉扯其他人、摆平一切事情,从而代替父母的功能,形成了一个共同体。他们不是因为志趣相投、三观一致走到一起,而是因为性格反差、互补,也使得小团体的情谊往往显得那么单纯、牢固。因分裂而造成戏剧冲突也折射了作者本人对于友情既看重又怀疑的矛盾心理。郭敬明作品的目标读者正是独生子女一代,他们虽然能从他的作品里感受到不同以往的对同性情谊的描绘,并从中生发温暖,但这种陪伴设定只是对于独生子女孤独状况的文学性弥补,反而会因为小圈子的封闭性而阻碍青少年对世界的真正探索。

《1995—2005 夏至未至》是郭敬明时间感最强烈的作品,全书以时间点作为章节划分,描述了几个少年的十年成长历程,不断出现和时间有关的段落。对时间,郭敬明做了以下几种处理:一、将时间作为情感标记,如全书第一句:这是 1998 年的夏天。7 月 9 日。晴。没有云。一朵也没有;二、描写时间的流逝感:于是岁月就这么轰隆隆地碾过了一年又一年;三、拉长时间的幅度:第一秒钟笑容凝固在脸上。荒草蔓延着覆盖上荒芜的山坡。第二秒钟笑容换了弧度。忧伤覆盖上面容,潮水哗哗地涌动。第三秒钟泪水如破堤的潮汛漫上了整张脸。夏日如洪水从记忆里席卷而过。第四秒钟立夏知道自己哭了。〔2〕作者不以人物性格的变化为线索,而以时光的流逝为线索,是因为郭敬明并不关注人物,只关注人物所承载的青春的状态,如时光将青春消磨的

〔1〕 郭敬明:《1995—2005 夏至未至》,沈阳:春风文艺出版社,2005 年版,第 170 页。
〔2〕 同上,第 41 页。

痛楚,不得不进入成人世界的冷酷无情等,成长里的喜怒哀乐最后被简化为只有青春逝去的感伤。

从这点来看,郭敬明作品里突出的是青春而非成长。巴赫金说:"大部分小说只掌握定型的主人公形象……除了这一占统治地位的、数量众多的小说类型之外,还存在着另一种鲜为人见的小说类型,它塑造的是成长中的人物形象。这里主人公的形象,不是静态的统一体,而是动态的统一体。主人公本身,他的性格,在这一小说的公式中成了变数。主人公本身的变化具有了情节意义;与此相关,小说的情节也从根本上得到了再认识、再构建。时间进入人的内部,进入人物形象本身,极大地改变了人物命运及生活中一切因素所具有的意义。这一小说类型从普遍涵义上说,可以称为人的成长小说。"[1]但郭敬明创作的并非成长小说,因为他作品里的人物不是变化的,而是定型的甚至是脸谱化的,他们被作者赋予了一种与生俱来的气质,哪怕是发生改变也是极端的翻转,而非在成长中的逐渐变化,因而即便人物的形象看起来是变化的,但仍是一个静态的统一体。因此郭敬明作品里的时间是外在于人物的,它只能给予主人公一种青春流逝的感伤,并不能对人物本身造成改变,这使得时间只是作品里的一个刻度、一个装饰性的背景,而非镌刻在人物内心深处,对人物命运产生影响。

所以在《1995—2005 夏至未至》里尽管不停地提到时间,我们却很难理出一条清晰的时间线索。书名中是"1995—2005",但作品引子的起点是 1998 年的夏天高中毕业,在正文的部分才回到 1995 年高中入

〔1〕【俄】巴赫金著,白春仁、晓河译《小说理论》,石家庄:河北教育出版社,1998 年版,第229—230 页。

学。引子部分是一段预叙——事先讲述或者提及以后事件的叙述活动,预叙的作用是将悬念提前,好在接下来的叙述中逐步推进悬念,但这部作品并非营造悬念,因此这个预叙并没能发挥作用,只是一种装饰性设置。小说的第一章时间开始于 1995 年夏天,高中开学第一天,立夏到浅川的第三天,小说本来可以沿着这个时间线索发展下去,但"立夏日记"的出现又将时间提前到立夏来浅川的第一天,以几千字的篇幅事无巨细地讲述了来浅川头三天发生的事情,接着才是又一段顺叙。第二章题目名为"1996 夏至·颜色·北极星",但只有 2000 字的篇幅讲述 1996 年,而前面近两万字依然停留在 1995 年,这就使得题目和行文出现了不符的情况。

　　从第三章开始文章中出现了黑体字的插叙,尽管题目是"1997 年夏至·遇见·燕尾蝶",但时间依然错位在 1996 年,第一个插叙则是"小司,如果那个时候你停下一秒钟,也许我的问题就能出口了。你……是祭司么？是我一直喜欢了两年的……那个独一无二的人么？——1998 年立夏"。[1] 也就是说在 1997 年作为标题的章节里,顺叙发展在 1996 年的故事里插入了 1998 年的追忆。很快又出现了第二段插叙:"立夏,你知道么,那个时候我在浅川一中没有朋友,在认识你之前,我从小到大都没有朋友,所以,有人关心的感觉第一次让我觉得很温暖,那是像夕阳一样的热度。你相信么,即使很多年之后的现在,我依然这么认为——2002 年遇见"。[2] 这段插叙则来自 2002 年的遇见,而接下来又插入 1996 年遇见的独白,至此整个时间线索全被

〔1〕　郭敬明:《1995—2005 夏至未至》,沈阳:春风文艺出版社,2005 年版,第 44 页。
〔2〕　同上,第 45 页。

打乱。黑色方框里的插叙其实对情节并无实质性的推动作用，只是一段抒发，如"遇见，拉着你的手，无论是在哪里，我都感觉像是朝天堂奔跑，你相信么？1999 <u>立夏</u>"[1]。作者不惜打乱时间线索，在不同的时间点上跳来跳去，只为了肆意抒发感情，显示出他在结构上的随心所欲，以及对小说这种文体的片面理解。小说除了是语言的艺术、情感的表达，也是一件精巧的装置，而结构作为小说的基本要素，体现出一个作者谋篇布局的能力，如何将材料、人物、事件按照主次均匀组织和安排是一门艺术，而郭敬明在这方面明显是存在不足的。

---

[1] 同上，第52页。

假装的悲伤和愤恨

——郭敬明解析（下）

六、对真实世界的漫不经心

同样描写校园生活的《悲伤逆流成河》，几乎抽离掉了温情的部分，只剩下青春的残酷，并且与这种残酷正面交锋。郭敬明此前作品的核心主题是——"青春是道明媚的忧伤"，而这部作品则把"忧伤"升级为"悲伤"。前者是淡淡的，因青春期的敏感而对世界有别样体味，而后者是激烈的，因现实世界的残酷而遭受巨大的情感冲击。前者是一条平缓的曲线，情绪随着成长而轻微起伏，后者是一条急剧升降的抛物线，大喜大悲，跌入谷底或抛上顶点，而这一切变化都是由作者决定的，因为它已经从散文或者自传体小说,变成了一部真正虚构的文学作品。

在《1995—2005 夏至未至》的结尾,主人公们从虚构的浅川中学走出来进入大都市,很快被现实击垮。而《悲伤逆流成河》一开始就将主人公们放置在上海的弄堂里,让他们的日常生活充满了困境。为了突出"悲伤"和"残酷"的主题,作者设置了几重困境,一股脑地强加在人物身上。整部作品充满了刻意的桥段,披着现实主义的外衣,唱着底层文学的调子,用文字营造似洪水猛兽般扑面而来的悲伤气势。有批评家尖锐地指出:"在某种意义上可以这么说,《悲伤逆流成河》是一种慢性毒药,是青春文学中的一朵恶之花,它将这么多丑恶的东西以温柔甜蜜伤感忧郁的煽情的方式无形中侵入年轻人的纯洁的灵魂,这绝对是中学生不宜的。"〔1〕

参考王军朋对《悲伤逆流成河》情感体系的分析〔2〕,十六岁少女易遥应该算是青春文学里悲剧感最强的人物,她的处境是几重困境的叠加。在家庭,她和当暗娼的母亲相依为命,忍受着邻居的指指点点。母亲动不动就以"贱"、"白吃白喝"、"为什么不死在外面"来责骂她,稍不顺心就是一记洪亮的耳光,并且在金钱上严加克扣。易遥没有钱买校服、春游,甚至当堕胎跟母亲要钱时都被拒绝,而母亲知道真相后又是一记耳光。易遥转而求助父亲,也遭到了父亲的拒绝。在学校,由于得罪了唐小米,她堕胎的事情被当作把柄,时刻受到威胁,忍受着校园内关于自己"一百块钱可以睡一次"的谣言。在感情上,她被不良少年李哲抛弃,和齐铭的感情若即若离,认识了顾森西,却遭遇了巨大的

〔1〕 肖舜旦:《青春文学的一朵恶之花》,《文学报》,2012 年 2 月 9 日。
〔2〕 王军朋:《谈〈悲伤逆流成河〉的情感体系》,《作家》,2008 年第 10 期。

误会,为了自证清白而跳楼自杀。易遥最大的困境莫过于她和母亲之间相互折磨又相互依赖的关系。她这么形容母亲:"你说林华凤啊,她是个妓女,是个很烂的女人。我恨她。可我有时候还是很爱她。"[1]而母亲在女儿被学校处分时"像一棵树一样笔直地跪了下去",易遥艰难萌生的感动,很快又被母亲尖利的"妈逼的你闭嘴吧"所打破。在母亲去世后,易遥才发现柜子里藏着一个信封,上面写着"遥遥的学费"。

齐铭生活在一个充满家长里短的逼仄而潮湿的弄堂里,母亲靠说闲话换取骄傲。这个敏感的少年形容生活:"就是这样的世界,每天每天,像抽丝般地,缠绕成一个透明的茧。虚荣与嫉妒所筑就的心脏容器里,被日益地灌注进黏稠的墨汁。发臭了。"[2]而感情上,他心疼并且守候着一起长大的易遥,却因为易遥怀上了不良少年的孩子,并且在校园内名誉蒙羞而痛心,他"感觉到突然有人朝自己身体里插进一个巨大的针筒,然后一点一点地抽空内部地存在"。当一次一次失望后,他选择了和顾森湘走到一起。

一贯优秀、得到家庭宠爱的顾森湘的困境在于喜欢齐铭,却只能默默陪伴,最后因被人侮辱丧失名节而自杀。弟弟顾森西的困境在于母亲对姐姐倾向性的宠爱,喜欢易遥却不得不接受她不堪的过去。在接受与怀疑中,他把姐姐去世的原因指向易遥,从而导致了喜欢的女孩自杀。

不难发现《悲伤逆流成河》里人物的困境来自于家庭、学校、感情

---

〔1〕 郭敬明:《悲伤逆流成河》,武汉:长江文艺出版社,2007 年版,第 23 页。

〔2〕 同上,第 21 页。

的几重叠加，这是每代人都会面对的困境，成熟的作家会勾连到时代、历史、社会等问题，呈现出这个时代独特的风貌。但郭敬明并未领会到这一点，他更关心的是设定一些遗世的独立情节，沉溺于小我的困境。这就决定了《悲伤逆流成河》依然脱离不了青春文学的范畴，它所有情绪的触动都源于个体自身，青春期的敏感和反叛、同代人之间的嫉妒和家庭的失序。

就像小说题目一样，"悲伤"是这部作品的情节推动力，"逆流"是对传统青春叙事的反叛。而问题也在于此，由于情感成为推动力，那情节只是情感的承载物，而非情感的释放体，于是作品里充满了刻意的巧合，甚至主角的去世都用了发错短信的桥段。这些巧合变成书中人物难以逾越的情感危机，使这一代人个体生命的敏感和脆弱被极端放大，痛苦的强度也由此上升，形成了连绵不绝的悲伤气势。只是无论这气势怎样浩大，因为是作者的刻意而为，在小说中展示出来的不过是一种虚构的悲伤。

《悲伤逆流成河》是郭敬明作品里少有的正面描写母女、母子冲突的作品，但两代关系的呈现可谓夸张到变形。易遥的母亲是下流的妓女，齐铭的母亲是爱嚼舌根的小市民，两人的共同点就是粗鄙、自私、丑陋、无情，这条弄堂里的其他人也是一群唯恐天下不乱的看客，整个家庭环境犹如一条下水道，散发着腥臭气味。父辈在作品里也都懦弱、爱财如命，对子女起不到任何正面的引导作用。

易遥只要一回家就遭到母亲的辱骂和殴打，她这么形容自己的母亲："挪揄。嘲讽。尖酸刻薄。"并且毫不留情地指出她是暗娼的事实："你不是一直在卖吗?"而母亲对她最经常说的是"怎么不早点去死"、"怎么还不死"、"死了干净"之类的话。易瑶隔三岔五就要忍受母亲的耳光和砸过来的拖鞋,做完人流顾不上休息依然要为母亲做饭,遭到的却是母亲近似疯狂的对待——"林凤华突然伸手抄起床边的凳子朝床上用力地摔下去,突然扯高的声音爆炸在空气里。'我叫你妈逼的装'!"这种关系维持到后来,易遥对母亲的感情竟然是"恨不得你去死,就像你恨不得我去死一样……其实谁死都是迟早的事"。〔1〕

　　齐铭跟母亲李宛心的关系同样紧张,他对这个小市民母亲充满了嫌弃,一面看着母亲一张脸洋溢着掩饰不住的得意,一面听到邻居对母亲的议论。母亲在儿子第一次遗精时,炫耀地将男孩成长中的秘密告诉邻居,让齐铭"恨不得突然弄堂被扔下一个炸弹,轰的一声世界太平"。他对易遥的怜惜却换来母亲一句:"人家家里的事儿,你操什么心!"两家吵闹以后,李宛心竟然当着儿子面说出:"闹啊! 随便闹! 你最好把你自己生出来的那个贱货给杀了!"当易遥求齐铭一家救救自己的母亲时,"李宛心伸出手指着齐铭的鼻子:我告诉你,你少管别人家的闲事,弄堂里那些贱女人七嘴八舌已经很难听了,我李宛心还不想丢这个人。"儿子执意要出门,"李宛心一把扯着齐铭的衣领拉回来,抬手就是一巴掌。"这种极度冲突的母子关系,极具煽情性的描写,将人生困境推到顶点。

　　但作者将成人世界描写得丑陋不堪、阴暗无比,仅是为了渲染一种悲伤的情绪,并不讨论、提醒任何问题。结尾处作者安排了林凤华的突然离世,易遥发现了母亲为她攒下的学费,这时作者刻意进行了一次煽情:"好像是在之前的日子里,自己还因为齐铭手机上自己的名字不是'遥遥'而是'易遥'而生气过。但其实,在世界某一个不经意的

---

〔1〕 郭敬明,《悲伤逆流成河》,武汉:长江文艺出版社,2007年版,第274页。

地方,早就有人一直在称呼自己是遥遥。只是这样的称呼被封存在铁盒子里,最后以死亡为代价,才让自己听见。"〔1〕这段煽情大概是为了给人世的苍凉保留一点温情,却因为前面对母女关系的极端书写而显得浮泛失实。

许是张爱玲肇端,从被社会荼毒的曹七巧亲手破坏女儿的幸福开始,作为文学形象的母亲被披上了恶的外衣。铁凝、陈染、徐小斌、张洁、王安忆都在作品里探讨过母女间的关系。徐坤认为:"九十年代女性写作的一个突出特点就是母亲谱系的梳理和母女关系的重新书写。"〔2〕这种关系并非和谐,根据李雪的梳理,徐小斌在《羽蛇》里写了紧张尖锐的母女关系;陈染的《另一只耳朵的敲击声》写了失去男性依仗的母亲对女儿强烈的控制欲和对女儿近乎变态的监视;铁凝的《午后悬崖》写了母亲对女儿具有威胁性质的爱和付出,和女儿对母亲恶作剧似的折磨;到了残雪,慈母彻底变成了恶母,充满着变态、神经性人格。〔3〕属于青春文学范畴的《悲伤逆流成河》也延续了对母亲恶的形象的建构。

母亲作为普通人有着各种缺点,但郭敬明将母亲极端恶化,并且这个恶毫无来由,既不是社会的迫害,也非天生心理的扭曲。这并非是为打破母性神话,还原母亲的本来面目,而是强行扭曲母亲的形象,以突出悲伤的主题。作者对女性主体意识的呈现毫无兴趣,对母女关

〔1〕 郭敬明:《悲伤逆流成河》,武汉:长江文艺出版社,2007年版,第317页。
〔2〕 徐坤:《双调夜行船——九十年代女性写作》,太原:山西教育出版社,1999年版,第20页。
〔3〕 李雪:《爱与恨的痴缠——当代女作家笔下的母女纠葛论析》,黑龙江大学硕士学位论文,2009年。

系失衡后的重建也并不关心,把本应多角度探索的女性心理简化为单一的恶,把母女关系失衡的悲剧简化为悲伤。这在一个程度上反映了他对真实世界的漫不经心,且缺乏深入了解。

七、身体性情感体验

《悲伤逆流成河》依然延续了郭敬明抒情的语言风格,但不再依赖复杂长句,而是通过短句和分段刻意制造出一种节奏感。如开篇的一段环境描写:

> 弄堂里弥漫起来的晨雾,被渐渐亮起来的灯光照射出一团一团黄晕来。
>
> 还没有亮透的清晨,在冷蓝色的天空上面,依然可以看见一些残留的星光。
>
> 气温在这几天飞快地下降了。
>
> 呵气成霜。
>
> 冰冻三尺。
>
> 记忆里停留着遥远阳光下的晴朗世界。[1]

如果放在郭敬明以前的作品里,这一段环境描写肯定属于同一自然段,他善于展现自己的长句制造能力。但在这部作品他追求一种节奏感,将"呵气成霜"与"冰冻三尺"对举是为了将悲伤具象化。悲伤不

---

[1] 郭敬明:《悲伤逆流成河》,武汉:长江文艺出版社,2007年版,第17页。

光体现在感情上，也可以表现在环境里，这段描写中的晨雾、黄晕、冷蓝色等词语，均表现出一种不明朗的气息，与"遥远阳光下的晴朗世界"形成反差，也预示着整部作品的灰暗基调。〔1〕

在作品的结尾部分，郭敬明利用短句、分段、排比的方法刻意制造高潮：

> 我就是恨不得你去死。
>
> 我就是恨不得你代替她去死。
>
> 恨不得你去死。
>
> 恨不得你代替她去死。
>
> 你去死。
>
> 你去死。
>
> 你去死……〔2〕

作者连用了十四个"你去死"，反复表达顾森西对易遥的失望，硬生生地烘托悲伤的情绪。如果说一部成熟作品里的重复是给读者造成余音绕梁的回旋效果，郭敬明则是把所有回声一遍遍地叠加，反复且生硬地撞击读者心灵。

在这部作品里，郭敬明的另一特点是将情绪和身体融合在一起，为悲伤寻找了承载物。也就是说每当悲伤的情绪来临时，身体率先做出反应，参考田忠辉对于这部小说"意识经验与身体经验共同展现审

〔1〕 田忠辉：《情绪体验：80 后写作的审美突破——一样本研究：〈悲伤逆流成河〉》，《文艺争鸣》，2013 年第 9 期。
〔2〕 郭敬明：《悲伤逆流成河》，武汉：长江文艺出版社，2007 年版，第 330 页。

美趣味"的研究[1]，我们可以称其为"身体性情感体验"，这种生动、细腻的体验感，这种代际特有的反应方式正是"80 后"文学的魅力，例如：

> 他看着她安静地擦拭着自己的不锈钢饭盒，胸腔中某个不知道的地方像是突然投进了一颗石头，滚向了某一个不知名的角落。然后黑暗里传来一声微弱的声响。[2]

这段文字出现在第一章，齐铭看着易遥用冰冷的水洗饭盒，观察到"她的小指上还有一个红色的冻疮，裂着一个小口"，不由对她产生了怜悯之心。这虽算不上悲伤的范畴，但读者心里却似乎被石头撞击了一下，产生了微弱的回响，作者用身体经验具象地表现出情感的波动。

当易遥指出母亲是暗娼时，林凤华的脆弱与愤怒被具象为"心上像插着把刀。黑暗里有人握着刀柄，在心脏里深深浅浅地捅着。像要停止呼吸般地心痛"。[3]一般作家只会写到"心上像插着一把刀"，但郭敬明用"深深浅浅地捅着"，将一个母亲被女儿指责时内心的崩溃，写得具体形象。

小说里易遥的身体性情感体验最为丰富：

> 只是现在，在死之前，还要背上和母亲一样的名声。这一点，

---

〔1〕 田忠辉：《情绪体验：80 后写作的审美突破——样本研究：〈悲伤逆流成河〉》，《文艺争鸣》，2013 年第 9 期。

〔2〕 郭敬明：《悲伤逆流成河》，武汉：长江文艺出版社，2007 年版，第 28 页。

〔3〕 同上，第 37 页。

在易遥心理的压抑,就像是雪球一样,越滚越大,重重地压在心脏上,几乎都跳动不了了。

血液无法流回心脏。

身体像缺氧般浮在半空。落不下来。落不到地面上脚踏实地。所有的关节都被人拴上了银亮的丝线,像个木偶一样地被人拉扯着关节,僵尸般地开阖,在街上朝前行走。

眼睛里一直源源不断地流出眼泪,像是被人按下了启动眼泪的开关,于是就停不下来。如同身体里所有的水分,都以眼泪的形式流淌干净。〔1〕

郭敬明清楚地知道身体和情绪表达的关系,他有一段写道:

人的身体感觉总是在精神感觉到来很久之后,才会姗姗来迟。

就像是光线和声音的关系。一定是早早地看见了天边突然而来的闪光,然后连接了几秒的寂静后,才有轰然巨响的雷声突然在耳孔里爆炸开来。

同样的道理,身体的感觉永远没有精神的感觉来得迅速。而且剧烈。

一定是已经深深地刺痛了心,然后才会有泪水涌出来哽咽了喉。〔2〕

---

〔1〕 郭敬明:《悲伤逆流成河》,武汉:长江文艺出版社,2007年版,第43页。

〔2〕 同上,第141页。

　　实际上他笔下身体的感觉并没有滞后于精神,而是同步甚至是超前的,身体的反应无形中把精神感觉又加深了一层。过去郭敬明不停地在散文里直抒自己的悲伤,而在《悲伤逆流成河》里他以身体疼痛的方式将悲伤具象地表现出来,是一种创作上的变化。

　　《悲伤逆流成河》其实涉及了一个具有性意味的题材:易遥因为缺乏家庭温暖而跟不良少年滥交导致怀孕,背着母亲自行堕胎。性题材如果放到"70后"作家笔下,大概是对快感的放纵和对器官的观赏性呈现。而在郭敬明的作品里,是这么表现的:

　　　　像是有一只钢铁的尖爪伸进了自己的身体,然后抓着五脏六腑一起活生生地往身体外面扯,那种像要把头皮撕开来的剧痛在身体里来回爆炸着。

　　　　一阵接一阵永远没有尽头的剧痛。

　　　　像来回的海浪一样反复冲向更高的岩石。

　　　　开始只是滴滴答答地流出血水来,而后就听见大块大块掉落进便盆里血肉模糊的声音。

　　　　易遥咧着嘴,呜呜地哭起来。[1]

　　作者没有表现性的快感,而是渲染性放纵的后果。在这段堕胎的描写里着重表现的是剧痛感,像是拉扯五脏六腑的钢爪,像是体内的爆炸,像海浪拍打着岩石。这种剧痛感的渲染正是为了应和悲伤的主题,表现一个16岁少女的孤独和承受力:因孤独而导致的放纵,需要

───────────

[1] 郭敬明:《悲伤逆流成河》,武汉:长江文艺出版社,2007年版,第255页。

在人生最艰难时刻独自承受后果。

有人说："从身体的被藏匿，被遮蔽，甚至被消灭，到被重新注意到，被唤醒，被尊重，中国当代文学史走了很长的路，有弯路，也有岔路。不过，只要文学存在一日，与身体纠缠的这条路就得一直走下去。"〔1〕不同于"70 后"作家的身体写作：男作家笔下的身体，是对政治反抗的道具，女作家笔下的身体是欲望、快感的载体。而郭敬明代表的"80 后"作家，将身体变成青少年敏感情绪的载体，变成对孤独生命体悟的外向展现，也变成这一代人特殊的审美趣味。

而这种对于身体的可感受性的过分强调，在追求生动体验感的同时，也不免牺牲了作品的思想性。

八、造作的"大腔圣调"

北大教授、著名作家曹文轩为《幻城》作序，在序言里毫不吝啬地称赞了郭敬明的文学才华。他从作品中独特的人名说起："樱空释、梨落、星旧、泫榻、岚裳、蝶澈、潮汐、迟墨、片风、皇栎、渊祭、剪瞳、离镜……不要小看这些名字。一篇作品中的一字一句，其实都可闪现这篇作品的风采。一篇作品写到什么份上或者说处在什么格上，光看里头几个人名就能有一个判断。说起来，这可能有点玄虚，然而，在我的阅读经验里，却是被反复证明了的事实。事情就是这样的奇妙，东西的好坏，格调的雅俗，有无特别的艺术用心，竟然会反映在一篇作品的所有方面……这些富有意境的字以及这些字的出其不意的组合，其背

──────────

〔1〕 李伟长：《无处安放的身体和灵魂》，《上海文化》，2014 年第 1 期。

后是一个人的才情、天趣、知识、智性与创造力。而当这些名字成为整篇作品的有机部分和谐如汤汤大水滚滚向前时,就更能体现出一个书写者的能耐。"[1]

郭敬明在小说创作的伊始,就注重了人物的命名。2000 年创作的小说《崇明春天》[2]第一句话就用来解释主人公的名字:"我叫崇明,我出生在上海的崇明,所以很多人第一次知道我的名字的时候都会告诉我你的名字很有意思"、"我叫春天,每个人都说这是个好名字。我出生的那天正是立春,并且北京居然没有像往常一样漫天黄沙,而且阳光明媚得一塌糊涂。所以我父母在亲了我一口之后就决定叫我春天。"整篇小说就围绕着"崇明岛"和"春天"两个意象展开,描绘了被迫返乡的男孩和春天般明媚的女孩之间的感情纠葛。正因为开篇就点出人物名字的含义,在叙述中郭敬明反复插入崇明岛、春天的意象,例如:"这个春天里,我实在是个碌碌无为的人","崇明也许真的就应该待在崇明,过些面朝大海,春暖花开的生活"。再如"你叫什么名字呀?崇明。那你是哪儿的人啊?崇明。我知道你叫崇明,我是问你是哪儿的人。崇明。"这些插入有刻意之嫌,同时为了突出人物的名字,郭敬明在作品里较少使用第二人称代词,哪怕在一句话里重复出现两次人名,如:"春天看着我不说话,过了很久,春天说你这算什么,彻底地告别吗?"

在处女作《爱与痛的边缘》里,命名还有重复的地方,例如"崇明"在《崇明春天》《消失的天堂时光》出现了两次。在《幻城》里,郭敬明给人物起了独一无二的名字,主人公名叫卡索与樱空释,整部作品就是围绕着

---

〔1〕 曹文轩:《喜悦与安慰》,《幻城》序言,沈阳:春风文艺出版社,2003 年版,第 1 页。
〔2〕 郭敬明:《崇明春天》,收入《爱与痛的边缘》,上海:东方出版中心,2001 年版。

两人的兄弟情和前世的宿命展开。前世,卡索是炼泅石上捆绑着的人,樱空释是停在他肩上的霰雪鸟。为了给卡索自由,樱空释向巨石俯冲,撞死在炼泅石上,鲜血在黑色的岩石上绽放,如同鲜艳的火焰般的红莲,而捆绑人的链条也被撞开。《幻城》的发展正是基于前世宿命展开,因此"卡索"的名字也就别有意味,意思是被链条囚禁在石头上的人,"樱空释"既有释放、追求自由之意,也有鲜血绽放、如樱花坠落的画面感。[1]

　　在《幻城》里郭敬明第一次全面展现了自己语言的天赋,曹文轩评价:"在语言网络,他居然将自己当成了幻雪帝国的年轻之王。词语的千军万马,无边无际地簇拥在他的麾下。他将调动他的词语大军当成了写作的最大快意。他更多的时候是喜欢词语大军的漫山遍野,看到洪流般的气势……阅读《幻城》,感觉到的是作者对把握语言的自信。滔滔不绝,左右逢源,无论在描物状态方面还是在剖析灵魂方面抑或是哲理性的解说方面,都无搜索语言的捉襟见肘。意象新颖,对对话有古典话剧之对白一样的讲究,长短句相得益彰。"[2]

　　曹文轩的评价里也婉转地指出了郭敬明的问题——展现语言成为写作的最大动力,至于写作所承载的社会意义、个人心灵的重建、对生活的捕捉和品味、对思绪的梳理和对认识的深化,在郭敬明的作品里并不占主导。《幻城》里的语言首先具有一种画面感,这得益于艺术电影和日本动漫的影响,他用笔触代替摄影机,向读者生动描摹了一副奇幻世界的画卷,如:"我总是看见他每天坐在屋顶上面。眼睛里落满星光,他的脸上有寒风刻下的深深的轮廓,眉毛斜飞入鬓。风从四

〔1〕 齐凤艳、聂英杰:《悲伤逆流成河的〈幻城〉——〈幻城〉的悲剧解读》,《社科纵横》(新理论版),2008 年第 23 卷。
〔2〕 曹文轩:《喜悦与安慰》,《幻城》序言,沈阳:春风文艺出版社,2003 年版,第 3 页。

面八方涌过来,吹动他及他如雪般的幻术长袍,他的头发在风中展开如光滑的丝缎。"[1]这是一段纸上电影,先是一个全景再特写眼睛,镜头再逐渐拉远到脸、全身、头发,这个画面充满了动态,将人在风中的状态表现得淋漓尽致。

再如:"当我离开刃雪城的时候,我的脑海中突然浮现出无数的画面:我看到我的哥哥站在积雪的中央俯下身子对我微笑;我看到飞鸟的阴影落到他的眼睛里面如同弥散的夜色,他眼中的一场一场声势浩大的幻灭;我看到迟墨站在城门口守候我归来的目光闪烁如同星辰,他衣服上的花魂色彩流转;我看到我的小哥哥坐在最高的城墙上弹着琴等我回家,风吹动他的头发朝正北方飞舞,他的幻术袍永远干净而飘逸;我看到我星目剑眉的哥哥被钉在墙壁上,他的眼泪掉下来浸润了我的脸也浸润了他的蓝色的幻术袍,大朵大朵的水渍在长袍上绽放开来如同莲花……"[2]连用五个"我看到",镜头在蝶澈与哥哥过去相处的场景中闪回、切换,文字华丽却又带着离别的悲伤。郭敬明的文字有一种特殊的张力,连用排比句和比喻更使得感情扑面而来。

《幻城》的语言虽然谈不上"用了莎士比亚的大腔圣调",但的确有一种戏剧的郑重腔调,例如:"王,请您坚强地活下去,皇枥要我对您说,也是我想对您说的话,因为在这个世界上,有人等着与您重逢,您的身上,有他们全部的记忆。"[3]小说通篇都是这样的对话,省略引号,是经过作者加工的一种看似对话的叙述,它不以交流为目的而是以抒发情感为指向,有时带有独白的性质。这种加工使得作品带有了

---

〔1〕 郭敬明:《幻城》,沈阳:春风文艺出版社,2003 年版,第 21 页。

〔2〕 同上,第 78 页。

〔3〕 同上,第 186 页。

一种浓郁的文艺腔、舞台腔。但莎士比亚戏剧里的对话是为适应舞台表演的需要,虽然经过了剧作家的夸张变形,可每个人物语言的背后都有切切实实属于这个人的实感经验。而《幻城》里的对话将实感经验抽离,落在文字上则有一种凭空编造的虚假感。

九、取消了残酷的宿命

在《幻城》的序言[1]里,曹文轩还指出:"中国文学的可检讨之处,就正在于若干年来停滞于摹写,而无法将文字引入虚构。"他认为:"中国小说既未能接通'红楼'之血脉,也未能将'西游'之精神承接下来。摹写是浮皮潦草的,而虚构之能力基本衰竭。结果使中国小说几十年如一日地平庸,赖在地上打滚,少有飞翔的快意与美感。"曹文轩尖锐地指出了现实主义传统给中国文学发展造成的阻碍,同时将《幻城》称为"大幻想"的作品:"它的场景与故事不在地上,而是在天上。作品的构思,更像是一种天马行空的遨游",这使得"我们不仅拥有了一个驳杂纷呈的现实世界,我们还拥有了一个用心灵创造出来的五光十色的天上世界"。

曹文轩在说这番话的时候,不会想到几年后网络文学飞速发展,幻想小说成为一种主流文学类型,还衍生出穿越、架空、异界、玄幻、仙侠等不同的子类型。《幻城》虽然是幻想小说,但它的底色依然是中国的,小说的核心主题是:人在宿命安排下的无力。

随着西汉末年佛教的传入和影响扩大,作为佛教核心的轮回渐渐

―――――――――――
〔1〕 曹文轩:《喜悦与安慰》,《幻城》序言,沈阳:春风文艺出版社,2003 年版。

成为一种普遍的认识。在传播的过程中,轮回也开始脱离原始意义上的天、人、阿修罗、地狱、恶鬼、畜生的六道概念,从佛教的逻辑序列里解脱出来,越来越成为一种通俗意义上的宿命认知。文艺作品对轮回的处理不尽相同,笼统说每个人前世所造的种种善恶业,会影响今世一切的命与运。[1] 这种认知在传统小说尤其是明清小说中多有所反映,当代文学对轮回关注的一个较为典型的例子是莫言的《生死疲劳》,郭敬明在《幻城》中也使用了经过变形的轮回。

《幻城》里套了两重轮回,先是卡索与樱空释兄弟流落凡间,哥哥为了保护弟弟第一次动手杀人,再是弟弟为了成全哥哥对自由的向往,而用卑鄙的手段夺取皇位,最终死在哥哥的剑下,通过梦境卡索进入第一重轮回,前世他是因为触犯禁忌而被囚禁在炼狱石上的巫师,而樱空释是为了使他获得自由一头撞死的霰雪鸟。第二重轮回,卡索为了帮助弟弟重生闯入幻雪神山,希望统治者渊祭赐予有复生作用的隐莲。经历了无数关卡,卡索终于得到隐莲,却被告知无法立刻复活记忆。这是渊祭留下的一个伏笔,她利用这点使得卡索两个重生的爱人颠倒了身份,拥有了卡索错位的情感,也使得转世的罹天烬成为卡索强有力的敌人,最终在卡索自杀的一刻恢复了作为樱空释的记忆,兄弟得以相认,却永远错过。

如果说轮回是《幻城》的规则,那这规则的终结点则是宿命。在小说结尾,作者借剪瞳之口道出:"我终于知道了命运的无常和残忍,如同一个霸道的人注定要让世间所有的人尝尽命运轨迹中的无奈和可

---

〔1〕 齐凤艳、聂英杰:《悲伤逆流成河的〈幻城〉——〈幻城〉的悲剧解读》,《社科纵横》(新理论版),2008 年第 23 卷。

笑,那些充满嘲讽和黑暗的时光的裂缝。"〔1〕尽管每个人都在追求法力的强大以抵抗命运的安排,但几番轮回下来证明这种努力是徒劳无功。小说大部分都是在写卡索和护法勇闯幻雪神山,以求拿到隐莲,但结尾借命运之口就全盘翻转。作者从一开始就和宿命一起玩弄了一个游戏:宿命是一切悲剧的源泉,在宿命面前任何抵抗都苍白无力。"红莲即将绽放,双星终会汇聚,命运的转轮已经开已经开始,请您耐心等待……"这句咒语在全文出现了多次,"终会"、"已经"、"耐心"这几个词语都显示出命运的强有力的操控感。如渊祭所言一切只不过是她安排的一场游戏,在他们拿到隐莲的那一刻游戏才刚刚开始。〔2〕可这宿命感不过是一个游戏设置,经不起推敲,宿命本应是更残酷的东西,但郭敬明设置了一个有形的人物渊祭,一切只是渊祭的操纵而已。这样处理一是表明作者对宿命的残酷并不是真的有所体会,不过是借着宿命的壳说一个故事,二是在作品里表现出一种游戏心态,消解了生命的庄重和严肃。但借由宿命所营造出的一种巨大的悲剧感、人永远无法战胜命运的无力感,反而提供给读者一种宣泄的快感。在悲剧氛围里郭敬明擅长的抒情也就有了用武之地。〔3〕《幻城》看似是一本幻想小说,但仍是一本青春小说,在冰族、火族之争里,郭敬明依然加入了大量的抒情,有时不惜以抒情打乱作品的节奏感和情节线,这也是他创作的一贯问题。

---

〔1〕 郭敬明:《幻城》,沈阳:春风文艺出版社,2003 年版,第 209 页。

〔2〕 齐凤艳、聂英杰:《悲伤逆流成河的〈幻城〉——〈幻城〉的悲剧解读》,《社科纵横》(新理论版),2008 年第 23 卷。

〔3〕 笔者多年后读到黄平、张卉菁:《抄袭·模仿·为何又畅销?"郭敬明现象四人谈"》,《文学报·新批评》,2011 年第二期,才发现《幻城》里的"宿命论"是模仿、借鉴了 CLAMP "命运三部曲"的"宿命悲剧论",该文对两者异同有更清晰的辨析。

十、对游戏与影视的模仿

《幻城》的情节设定采用了游戏模式,第一章《幻城》是整个游戏的引子,介绍游戏背景,雪国两位王子从相依为命到争夺王位,直到卡索杀掉樱空释进入轮回才看到真相。第二章《雪国》是游戏的主场景,在介绍了相关人物、任务要求、关卡设定后,卡索作为主人公带领随从一起进入幻雪神山。主人公通过战胜每一关的敌人获取法力,增强自己的战斗力。电子游戏的主要任务就是对能量的补充,作者却设置了"不能传授只能继承"的严格规定,所以主人公无法通过自身修炼而获取法力,只能通过打败敌人吸收对方的能量。历经磨难,卡索终于见到了操控整个冰雪王国命运的渊祭,夺取宝物隐莲,可小说旋即仓促地进入尾声,也为游戏改编留下空间。

2014年7月,《幻城online》宣布由百度公司代理,"游戏围绕最后一次圣战,卡索和嵝天尽相继陨落,刀雪城周边冰雪融化,坠入凡世。渊祭不甘寂寞将卡索复活,但卡索虽在人世心魂已灭,所以他用幻术了结自己的生命,当渊祭第十三次复活卡索以后,给予了他无尽的生命,剥夺了他自杀的权利,卡索成为了永恒的幻神,被囚禁在这孤寂的时空中,无奈间选择了引入凡世。渊祭做完这一切,将深渊恶魔召唤到凡世来进攻人类,人类面临窘迫的境地。在这种境况下新的英雄出现,建立了各种职业工会。最后一次圣战后,冰火两族的幻术流传,职业工会大肆培养灵觉者。冰族和人类联盟开始对抗火族、深渊恶魔和凡世的恶势力,但真正能够解救他们的是拥有无边法力的幻神卡索,

如何唤醒卡索，人们在不断为之奋斗。"〔1〕

从这段对《幻城 Online》的背景介绍来看，游戏是小说结尾的延续，它设置了人类、冰族、神裔三个种族和英雄殿、铸剑之基、烬莲池、黎草阁、幻星宫、月神宫等多个场景，每个场景里有相对应的职业：骑士、剑士、火巫、巫医、占星师、月隐，每个职业有其定位、武器、属性和攻击类型。除了围绕小说中的主要人物，讲述各类灵觉者联合拯救卡索的故事以外，游戏对小说中的世界构架及力量来源也有着更为详细的描述和展示。〔2〕

出版于 2003 年的《幻城》还是一种角色扮演的闯关游戏，读者扮演卡索，在虚拟的世界中、在游戏规则的操控下，依靠攻击动作达成目标，叙述视角一直集中在主人公身上。而出版于 2010 年的《爵迹》更像是一个大型网络互动游戏，可选择扮演的人物众多，每个人都有不同的法力，有时为了打败一个共同的敌人协同作战，有时为了获得对方身上的魂力彼此交战。在每个角色身上，除了自身特殊技能外，作者还给他们配备了装备魂器和坐骑魂兽。由于所扮演角色的不同，叙述角度也就各不相同，作者如上帝般在人物之间自由切换，有时是限知视角，有时是全知视角，这取决于作者叙述的方便而非对文学性的追求。

由于是角色扮演，郭敬明在创作伊始就对人物有了精心的设定，除了每个人生日、血型、星座这些基本属性以外，还设计了神的属性。小说中人物众多，可扮演的角色就有 24 种，以核心人物银尘为例：

〔1〕幻城 ol，百度百科，http://baike.baidu.com/view/14189387.htm? fr＝aladdin。
〔2〕郭敬明成名作《幻城》改编网游，百度游戏代理，https://games.qq.com/a/20140714/025433.htm。

银尘(七度王爵)　上代(天之使徒)

年龄:24

魂兽:雪刺(无限魂兽)

魂兽形态:蝎子

生日:8月26日

星座:处女座

血型:A型

使徒:麒零

魂器:湮灭、细长刺剑、护心镜、云决、女神的裙摆(碎片)、定身骨刺、聚魂玉、黄金源泉等。

天赋:无限魂兽魂器同调、四象极限[1]

在文学创作中,作家多是先有了人物的大概轮廓,然后通过情节发展使人物的性格在事件中不断鲜明。但通过这个角色档案可以看出,郭敬明的《爵迹》里是先有人物再虚构事件,在人物设定初期就给他们制定了一套游戏运行法则,也就是档案里所出现的那些专有名词,诸如奥汀大陆、王爵、使徒、魂兽、爵印、赐印、心脏、预言之源、白银祭司等,各有专门解释。了解这些专有名词,我们才能粗略看懂整个小说的架构。这是一个宏大的架构设定,已经无法由作者一人完成,像游戏一样需要团队的开发和协作。在推出《爵迹》的同时,郭敬明签约作者张喵喵、消失宾妮,推出了设定集《爵迹·燃魂书》,全面解读

––––––––––––––

〔1〕 爵迹,百度百科,http://baike.baidu.com/view/2119576.htm? fr=aladdin。

《临界·爵迹》神秘大陆、世界观、史实背景、战斗力分析、角色性格、伏笔解析、悬念提示。[1]脱离开这些,一个读者在初次接触到《爵迹》会难以进入情境,因为这个虚拟世界的架构太宏大,世界的运行规则和人物的生存法则相互交织在一起,分不清头绪。

《幻城》里人物的名字还带有东方气息,《爵迹》里的名字则是中西混杂,主人公麒零是中国古代神话传说中的神兽,而银尘的名字则取自他的人物设定:冷漠、雪山般挺拔、有银色的瞳孔。格兰仕、特蕾娅、艾欧斯是西式名字。曹文轩从郭敬明善于给人物取富有意境的名字看出他的才情与创造力,但在《爵迹》里只能看出作者杂烩运用中西方文化资源,甚至不去考虑这种中英文名称的混杂是否给读者阅读造成障碍。

如果说《幻城》的闯关模式还是一种二维影像写作,那《爵迹》则实现了 3D 效果,开启了地图模式。《爵迹 1》一共十三章,每章又分若干小节,小节并非以情节而是以地点切分。如第 11 章就分为"西之亚斯蓝帝国·天格"、"西之亚斯蓝帝国·雷恩海域"、"西之亚斯蓝帝国·帝都格兰尔特"、"西之亚斯蓝帝国·尤图尔遗迹"等多个地点。在《爵迹·燃魂书》和《爵迹》限量版里都附赠了一张地图,读者阅读时脑海里会不由地浮现出地图,就像打游戏时需回到主地图再跳到下一个地点。作者人为地切断了情节一是为了将地图模式突出,二是只依靠打斗作为情节推动难以支撑整部作品,只有靠不断跳跃,在不同的地点安排不同的打斗,将打斗和不同地域宏阔的场景想象结合在一起,才能营造"震撼感官的文字视觉"。

《爵迹》并非给普通读者阅读的文学作品,它设定了阅读门槛:首

────────────

〔1〕 郭敬明等:《爵迹·燃魂书》,武汉:长江文艺出版社,2011 年版。

先是对网络游戏有一定了解,并且有即时性的文字、视觉转化能力的人。因为在《爵迹》里动作、对话、形象扑面而来,无需读者思考只需跟着前进,这种不加留白的书写方式更像是商业大片、动漫,只需读者(观众)具有画面捕捉能力。

郜元宝在《灵魂的玩法》一文中,一字一句地批评郭敬明文学基本功不过关,犯得都是低级错误。[1]但在这部作品里,郭敬明并非以文学的标准要求自己,更像是把小说当成一个游戏、电影的脚本,如何将文学、影视、游戏、动漫打通才是他所关心的。当清楚这点以后再看这段开头:

> 金斯走进驿站大堂的时候,已经是下午了。
>
> 窗外的夕阳把坐落在福泽镇镇口的这家驿站笼罩在一片温暖而迷人的橙色光芒里。从驿站门口望出去,是一条灰白色岩石铺就的笔直小道,道路看起来年代久远,已经在风雨和岁月里被抚摩出了细致而光滑的石面来。时不时地有行人背着各种形状大小的行囊在夕阳下行走,一看就不是本地人。偶尔也有马车运送着福泽镇特产的香料和手工缝制的皮革离开这个小镇。一直以来,福泽镇出产的这种以枫槐木的根须做成的香料就凭借着物美价廉的优势,在南方靠海的港口卖得特别好。
>
> 道路两边之前是厚实的茸茸绿草,而眼下已经到了初冬时节,草坪已经枯黄一片,风卷起枯草碎屑,扬在空气里,阳光照耀其上,像金色的沙尘般飘浮着。

---

〔1〕郜元宝:《灵魂的玩法——从郭敬明〈爵迹〉谈起》,《文艺争鸣》,2010 年 6 期。

整个福泽看起来就像是一座被黄金粉末粉刷之后的温馨小镇，充满着蜂蜜浆果酒和水果热茶的香味。

但金斯并不关心门外的风景，他眼里此刻只有坐在驿站大堂里的人。

同样也在打量着驿站内的客人的，还有此刻正穿梭在桌子和桌子之间端茶送水的麒零。[1]

这是一个标准的分镜头：

1. 全景　室外　远处时钟显示下午，金斯走进驿站

2. 全景　室外　驿站被笼罩在阳光下

3. 中景　室内　驿站门口的石路

4. 全景　室外　石路上人来人往

5. 近景　室外　马车上福泽镇的特产

6. 全景　室外　道路两旁的草坪

7. 全景　室外　福泽镇风貌

8. 特写　室内　金斯的眼睛

9. 全景　室内　驿站里穿梭的人群

10. 近景　室内　麒零同样注视着人群

镜头带有美国西部片的色彩：一个偏僻小镇的客栈，陌生者的闯入与小镇居民的警觉。郭敬明创作的意图并非在文学史上成为经典，而是为了影视改编更加方便。

第二个门槛要求读者是郭敬明的忠实粉丝。自《梦里花落知多

---

[1] 郭敬明：《爵迹》，武汉：长江文艺出版社，2010年版，第16页。

少》开始,郭敬明创作就采取连载的模式,一方面需要考虑读者的反应,根据反应调整情节,不断设置情节点跟情感起伏,另一方面也需要读者长期追随阅读,习惯郭敬明的套路。《爵迹》同样连载于《最小说》,郭敬明的连载一向是杂志的重头戏,配有随笔、书评、漫画、人物介绍,用来辅助阅读。如果没有这些工具,初次接触《爵迹》只会觉得它是"消费时代的怪兽"[1]。

　　唯一让普通读者觉得熟悉的是主人公麒零是一个类似《鹿鼎记》韦小宝式的人物,对自己的才华不自知,稀里糊涂卷入到一场混战中,在机缘巧合和别人的帮助下,逐渐成长为一个不可或缺的人物。无论行为还是语言,他都带着一丝搞笑的气息,如:

> "你要干吗……"麒零的脸突然红了起来,"你不是说要睡觉吗? 你别过来了……我警告你啊……"
>
> "我……"麒零憋得满脸通红,胸膛里心脏莫名其妙跳得飞快,最后还是忍不住大声喊了一声,"我喜欢女孩子的!"
>
> 麒零面红耳赤,咬着嘴唇,仿佛下了多大决心一般,两眼一闭,"我真的喜欢女孩子的! 你别逼我了!"

　　这段描写是银尘想要告诉麒零身上魂印的位置所在,但麒零认为遭到了调戏,做出一连串过激的反应。作者在创作时刻意加入了腐女喜欢的男男情节,如:"'我们爵印所在的地方是尾椎的最后一节位置,不是屁股。'一直闭着眼睛的银尘,慢慢从树根处朝麒零走来,他用

―――――――――

[1] 丛治辰:《消费时代的怪兽》,《文学报》,2011 年 6 月 16 日。

冷冷的眼神看了看麒零，说，'既然你把衣服都脱了，那正好……'说完，他慢慢地解开领口那个白银铸成的精致领扣，脱下自己的长袍。"〔1〕这一段描写在文学处理中通常点到即止，但作者刻意突出了"屁股"、"脱衣服"等字眼来取悦女性读者，从而也降低了作品的格调。

　　如以文学标准判断，《爵迹》的问题极大，除了郜元宝所指出的词语搭配错误，在叙述上也随心所欲，作者甚至突然跳出来以调侃的口吻说话，如"银尘轻轻地翻了一个白眼，一脸不屑(他翻白眼的动作幅度很小，所以看起来还是那副酷酷的样子，麒零心里想，无时无刻不在注意自己的形象，累不累啊你!)"〔2〕此时的麒零犹如作者附身，肆意打断叙事进程，仅仅是为了对角色发表意见。还有对话语言的粗糙，将《幻城》里华丽的文艺腔去除得一干二净，如"……然后回过头，用轻蔑和不屑的眼神望着麒零，那表情就是'你知道大爷我是男还是女了么'。麒零揉着喉咙，小声嘀咕说：'你大爷的，怎么和人一样，还会比中指?!'"〔3〕这段描写和对话已经到了粗俗的地步。全书粗俗又故作文艺腔的叙述混合在一起，组成了一个"文学上的生猛怪兽"。它最大的魔力也是最大的弱点就是分裂，作者一面不肯丢弃过去的文艺抒情气质，一面以低俗口语入文、故作幽默，非但不能达到"激越窒息的情感体验"，更配不上作者所言的"这是对我的小说技巧的挑战，也是我十年来的一次正名，《临界·爵迹》是我十年里最好的故事"〔4〕，只是一种算不上出色的影像化拼装。

〔1〕 郭敬明：《爵迹》，武汉：长江文艺出版社，2010年版，第48页。
〔2〕 郭敬明：《爵迹》，武汉：长江文艺出版社，2010年版，第67页。
〔3〕 同上，第69页。
〔4〕 郭敬明：《爵迹》前言，武汉：长江文艺出版社，2010年版。

十一、陪伴模式的开启

2003 年郭敬明推出了自己第二部长篇《梦里花落知多少》,此书一改《幻城》的奇幻风格,以北京、上海为背景,讲述了几个刚走出校门的年轻人的爱情故事,情节一波三折,语言风趣幽默,同样受到年轻读者的喜爱。在成长的过程中友情、爱情都在经历着蜕变,原本坚固的情谊也不断经受着考验。

2007 年开始连载的《小时代》系列则像是对引发巨大争议的《梦里花落知多少》的一次重写。两部作品的共同点在于都讲述了一群刚走出校门的大学生步入社会所经历的蜕变,故事背景也都设置在北京、上海这样的大都市。主人公之间组成了一个紧密的小团体,这个团体的构成以女性为主,《梦里花落知多少》的团体组成是:林岚、闻婧、微微、火柴,《小时代》的团体组成是:林萧、顾里、南湘、唐宛如。在四个女主角身边还围绕着一群家世良好的男性,无怨无悔地守护着女主角们。故事发生的时间点刚好是走出校园与步入社会的交界,大学毕业前的意气风发跟步入职场后的残酷打击,恰能形成鲜明对比,引起读者共鸣。《小时代》延续了《梦里花落知多少》里郭敬明的构想:"其实自己以前有个很可笑的梦。就是我想把《梦里花落知多少》一直连载下去,当连载了很久之后,连载了很久很久之后,当初那些看《梦里花落知多少》的孩子都长大了,《梦里花落知多少》里的那些人也已经老去了,像是经过了双重的人生。没有尽头。"[1]这个思路开启了郭敬

---

[1] 郭敬明:《梦里花落知多少》,沈阳:春风文艺出版社,2003 年版,第 244 页。

明写作的陪伴模式。其实在他创作伊始，行文就有着陪伴模式的影子，强调时间的流逝感，人物和读者一起成长。等到《小时代》，郭敬明明确承认仿效美剧模式：每年推出一本，计划创作五年，如果读者反馈好还可以延长创作时间。郭敬明彰显了创作的"野心"："今天的这个时代与我的前辈撰写的一个个时代有着本质的不同，它是属于我们的时代，它更需要有人来记录。运作这样一个大的话题，在开始时我也有些没把握，但我想用五年，五年的时间为属于我们自己的时代留一个烙印。"〔1〕虽然在五年时间里《小时代》只推出了三本就草草收场，但作为一个系列创作，《小时代》陪伴了一代年轻人成长。五年的时间跨度对年轻读者来说，刚好会跨过一个重要的时间节点，从初中到高中、从高中到大学，或是从大学步入社会，每当迈过这个门槛，必然会经历一次从身体到心灵的双重蜕变，正类似《小时代》里的情感起伏，于是他们很容易将《小时代》看作一本陪伴读物，觉得在和书里的主人公一起成长。

这两部作品都充满了抒情和幽默口语，让读者觉得亲近和有趣，富于生活气息，因而代入感更加强烈，而代入正是陪伴模式的秘密之一。如《梦里花落知多少》开篇：

　　闻婧打电话过来的时候我正在床上睡得格外欢畅，左翻右跳地穷伸懒腰，觉得我的床就是全世界。其实我的床也的确很大。我只有两个爱好，看电影和睡觉，如果有人在我累得要死的时候

―――――――――
〔1〕 刘畅：《郭敬明推小时代，一年一本接力写五年》，新浪网，http://ent.sina.com.cn/s/m/2008-09-05/13592157920.shtml.

还不让我睡觉那还不如一刀砍死我,那样我一定心存感激。所以我理所当然地把床弄得往死里舒服,我曾经告诉我妈我哪天嫁人了我也得把这床给背过去。

　　所以闻婧的电话让我觉得特郁闷。在被她电话打碎的那个梦境里面我拿着个小洗脸盆站在空旷的大地上,天上像下雨一样哗啦啦往下直掉钱,我正在下面接钱接得不亦乐乎。所以感觉上如同闻婧阻了我财路一样。

　　我接起电话对她说,你丫个祸害,又阻止我挣钱。[1]

　　这段描写以"我"作为叙述主体,充满口语化的表达。"欢畅"、"一刀砍死我"、"往死里舒服"、"特郁闷"、"你丫"等表述虽然不符合语法规则,却充满生活气息,这对在学校接受以逻辑性、知识性、公式化为特征的现代教育的学生们是一种阅读诱惑。这种诱惑只在中学生身上有效,因为中学生正夹在学校教育与家庭生活之间,他们一边扮演着好学生一边扮演着好孩子,寻求有限的反叛。可是迈入高等教育阶段的大学生已经对现代教育有了适应能力,并且知道学习就是用来克服现实问题、脱离所处困境的,所以这套生活化的、只停留在物质层面的表达方式对他们不光不起作用,反而引起他们的反思。于是很多读者进入大学后反过来挖苦郭敬明的创作,并将逻辑不通的地方一一指出。郭敬明的作品给青少年读者提供了想象空间,他对于大学场景、职场氛围的描绘满足了中学生对于更高层次生活的想象,比如修双学位、参加各种社团、看顶级财经杂志、进入一流时尚集团、在高级商场

---

〔1〕 郭敬明:《梦里花落知多少》,沈阳:春风文艺出版社,2003年版,第1页。

一掷千金、出席上流阶层的舞会，这些生活对于中学生充满诱惑。

陪伴模式的设定有其有效性和风险性。在一段时间内郭敬明的作品成为中学生课余读物的第一选择，吸引了一批忠实读者，陪伴使得他们全身心投入到郭敬明的文字王国里，不光阅读他的作品，还要泡论坛、发微博，支持郭敬明旗下其他作者作品。这个陪伴也从文字扩展到实体，消费精装书、杂志、笔记本、电影、游戏等。而读者在郭敬明作品的陪伴下，也完整地度过了几年的时光，文学成为他们情感的寄托，文字帮他们勾勒了对于未来生活的想象。但当他们正式进入大学、步入社会，很快发现到这套东西的虚假性，现实世界远不如小说般精彩，充满了日复一日的琐屑与平庸，他们很快感觉到失望，情绪激烈者回过头来推倒他们的青春偶像。

郭敬明开启的陪伴模式已经深刻影响到了他的创作，这个影响一是会故意设置情节点、埋藏伏笔，以吸引读者的持续关注。二是根据读者的反应来调整情节走向。郭敬明曾表示："写《梦里花落知多少》的结局一直是我最头疼的事情。本来想好的情节是顾小北死了，林岚和陆叙在一起。可是被很多人猜到了，不得已改结局。可是改了之后，连自己读着都觉得太伤感。"[1] 从这段话可以看出作为一个写作者，他缺乏宏观上的把握，也缺乏在行文中做出相应调整的能力，完全是以与读者预期相悖为出发点。写作本应是自己与自己展开的竞赛，而对郭敬明来说更像是与读者之间的游戏，他首要考虑的是如何使得情节更出人意料，如何使得人物形象更鲜明，哪怕是以性格极端作为代价。通过网络论坛、微博等互动平台，郭敬明及时得到读者反馈，随

---

〔1〕 郭敬明:《梦里花落知多少》,沈阳:春风文艺出版社,2003 年版,第 244 页。

时做出调整,以更加刺激的情节和更夸张的人物性格吸引读者注意,但这种吸引眼球的方式也造成了情节的狗血。在《小时代》里,宫洺的家族产业出现危机,需要有一个人顶罪,家族产业因此被转移到周崇光名下,然后安排他假死,逃避法律责任,等风头过去以后又安排身患胃癌的周崇光改头换面为陆烧再度出现。读者在贴吧、论坛里大呼意想不到,并且进行更加大胆地猜测,有读者在贴吧预测了几个情节点后留言说:"我们亲爱的作者可是伟大的郭小四同学,如果他的剧情能被区区17岁小女子我猜偷(透)的话那他还混什么啊……呵呵。"[1]这像是作者跟读者之间的一场低端博弈,一方在努力猜测情节走向,另一方在拼命翻转以达到出人意料的效果,这使得整部《小时代》的情节充满了诸多不合理。

十二、对资本的认同与掩饰

文学作品创造的世界本该是逻辑自洽的,如今郭敬明为了开启陪伴模式,把他创造的世界变为一个开放而混乱的空间,这恐怕是郭敬明对一代人的阅读生活造成的最大影响。一是读者会根据作者在作品里留下的蛛丝马迹进行大胆猜测,有人猜测《小时代3》的情节:"唐宛如是顾延盛先生和林衣兰女士亲生女儿的身世被公布。顾里在压力之下,激动中失手误杀唐宛如。""顾里被捕。顾准为侵占顾里的财产向检方提供不利于顾里的信息,导致顾里被认为是谋财害命,在诉讼中很被动,被判死刑。南湘可能也参与到顾准的行动中来"。"顾

---

〔1〕 小时代吧,百度贴吧,http://tieba.baidu.com/p/610693289。

源一直为叶传萍的计划服务。直到有一天他得知自己原是顾里的亲兄弟,于是精神遭到重创,陷入抑郁之中”。[1] 不能说这些情节空穴来风,因为在每一条猜测下面,读者都附上了依据,有些是文字里的铺垫和提示,有些是因为一副插图,如“《小时代 1.5》插图中 Neil 望向顾源,也可以理解为 Neil 注意到并努力了解顾源‘身后’的秘密。”这些猜测的总前提一是基于作者一贯的风格:“四爷爱写悲剧,这个大家都很了解。虽然这次他神神秘秘地掷出一个‘大团圆’的说法,但恐怕大多数朋友们还是相信这妖孽要用一部《小时代》,把上海变成第二座‘无泪之城’。”[2] 二是作者会根据读者的猜测调整创作方向,甚至故意通过自媒体平台诱导读者做出错误的判断,比如读者提到“大团圆”的说法就是郭敬明特意放出的烟雾弹。实际上《小时代 3》是以上海居民楼的一场大火将众多人物烧死作为结尾,对于这个结尾,郭敬明在自己博客里还特地作了一番解释:

　　最后,对于情节,每个人都有每个人的看法。每一个读者都会有自己想要的结局,但结局只有一种。不可能让每一个人都满意。现实的生活,也是充满了悲欢离合,大团圆的结局一般都是在电影里,言情小说里,而我们真实的世界,人生不如意,十之八九。如果这个结局让你心痛,让你难过,让你愤怒,那么就证明,你依然对这个世界充满了美好的期待,你依然有一颗清澈的心,因为你对美好事物的逝去,会和我一样,感到心碎。那么,这本小

[1] 小时代吧,百度贴吧,http://tieba.baidu.com/p/1271208102。
[2] 同上。

说，也就值得了，至少，唤起了这个冷漠世界里更多的人，对友情的珍惜，对青春的留恋。

　　我有想过无数种结局，我也不知道现在这个结局是不是最多人想要的结局，我也不知道这个结局是不是最好，但是，它是我辗转反侧，在无数个不眠之夜过去后，最后的选择。[1]

郭敬明太过重视自己精心设定好的结局以及出人意料的效果，于是恳请读者："请不要破坏别人的阅读乐趣，也请不要剥夺边远城市读者们的阅读快乐，也许你是大城市的人，也许你家里有人在渠道或者批发行业工作，你能够比别人早几天看到书，但是，希望你们也可以给其他的人，分享这份阅读的喜悦和惊喜。"[2]在这段表述里，他还把提前知晓结局变为中心城市与偏远地区的对立，刻意凸显文化消费的差异。

　　文学创作并不仅以给读者惊异和错愕为目的，更重要的是应和他们对人生隐秘的某些体察，启发他们对人生可能性的深入挖掘，如果只把作品停留在混乱的情节层面，人为制造对立，最后自我陶醉于渲染极端情绪和制造错愕的神话里，就永远无法向一个成熟作家迈进。

　　从《梦里花落知多少》到《小时代》，郭敬明最大的改变是主人公成长模式的设置，前者的林岚是一个家境良好的女作家，后者的林萧却是一个平民灰姑娘。如果说林岚经历了一连串事件的刺激，只有情绪变化没有成长变化，那么被创作了五年的林萧看似有一个鲜明的成长

---

〔1〕郭敬明：《今天，〈小时代3.0刺金时代〉上市了，想要对你们说的话》，新浪博客，http://blog.sina.com.cn/u/1188552450。

〔2〕同上。

曲线，从外在来看，她从一个穿 Adidas、Only、Zara 的大学毕业生，变成一个浑身名牌的时尚主编助理。但从内心来看，她的性格本身并无明显变化：胆小怕事、缺乏主见、依赖别人。实际上她的最大变化是对于强大的资本社会从隐约抵触到彻底认同，这是在好友顾里、老板宫洺的一次次逻辑灌输下完成的。因此《小时代》是一部怪异的成长小说，变化的是对世界的态度，不变的是性格。为了营造激烈的戏剧冲突，《小时代》里都是扁平人物，林萧的多愁善感、顾里的拜金、南湘的犹豫、唐宛如的搞笑贯穿始终。与此同时郭敬明娴熟地运用了一种底层叙事，但这种底层叙事的逻辑不是批判，而是表达对资本的认同，这经历了一个巧妙的置换过程。

> 这是一个以光速往前发展的城市。
>
> 旋转的物欲和蓬勃的生机，把城市变成地下迷宫般错综复杂。
>
> 这是一个匕首般锋利的冷漠时代。
>
> 在人的心脏挖出一个又一个洞，然后埋进滴答滴答的炸弹。财富两极的迅速分化，活生生把人的灵魂撕成了两半。
>
> 我们躺在自己小小的被窝里，我们微茫得几乎什么都不是。[1]

"物欲"、"匕首般锋利"、"冷漠"、"炸弹"、"两极分化"、"撕成两半"这些词语好像都是对资本逻辑的严厉批判。但很快笔锋一转，郭敬明

---

[1] 郭敬明：《小时代 1.0》，武汉：长江文艺出版社，2008 年版，第 5 页。

对那些持有资本逻辑的人大唱赞歌：

> 我们永远都在崇拜着那些闪闪发亮的人。
> 我们永远觉得他们像是神祇一样的存在。
> 他们用强大而无可抗拒的魅力和力量征服着世界。[1]

整部《小时代》就是这样一面对资本社会批判，一面对资本逻辑表达认同，郭敬明的矛盾修辞从词句上升到整部作品。原因是郭敬明对资本逻辑本身是认同的，他娴熟地进行文化产业的运作，出席各种时尚场合，享受粉丝经济所带来的巨大利益，正是"那些闪闪发亮的人"。但同时他又精明地以一种底层叙事来掩饰这种认同，或者以一个循序渐进的过程慢慢暴露这种认同，因为他设置的主人公跟广大读者一起成长的陪伴对象，必须是一个灰姑娘般的人物，这样才能使得在现实生活里平凡的读者产生亲近感和代入感。所以林萧其实是一个傀儡主人公，而真正的主人公与作者最为贴近的是资本女王顾里。

郭敬明文字的魅惑力在于无论读者读到对资本逻辑批判还是歌颂的语句时，都会觉得精彩，例如："我所看到的上海，依然像一只遮天蔽日的黑色章鱼，它趴在这块海边的领土上，覆盖着所有盲目的人，它湿漉漉的黑色触角，触及着这个城市每一个细小的角落。"[2]这段独特比喻里，作者站在一个外来者角度观察上海。但他也能游刃有余地适应上海人的角色，以内在视角歌颂这座城市的发展："所以陆家嘴依

---

〔1〕　郭敬明：《小时代 1.0》，武汉：长江文艺出版社，2008 年版，第 87 页。
〔2〕　郭敬明：《小时代 2.0》，武汉：长江文艺出版社，2010 年版，第 12 页。

然流光溢彩,物欲纵横。环球金融中心每天耸立在云层里,寂寞地发光发亮,勾魂夺魄。只等着身边那幢'上海中心'可以早日拔地而起,以接触它孤独求败的寂寞。'上海中心'围起来的那圈工地上,打桩的声音日复一日地响彻在这个小小的陆家嘴江湾,像是上海生命力异常顽强的心跳声,但听久了,也凭空多出一种苍凉的悲壮感来。"[1]郭敬明就是这样自由地在外来者、本地人、穷人、富人的视角间频繁切换,让人目不暇接,也由此造成一种混乱,例如:

> 这就是上海,它可以在步行一百二十秒距离这样的弹丸之地内,密集地砸下恒隆 I、恒隆 II、金鹰广场、中信泰富,以及刚刚封顶的浦西新地标华敏帝豪六座摩天大楼;它也同样可以大笔一挥,在市中心最寸土寸金的位置,开辟出一个全开放式的十四万平方米的人民广场,每天需要二百八十个绿化员工来维持修剪的巨大草坪和绿化带,免费开放给上海的市民。无论你脚上踩着的是水晶镂空的足以购买女人灵魂的 Jimmy Choo 高跟鞋,还是绿色的解放牌雨靴,都能够在人民广场的公园中央,找到一张周围停满了鸽子的长椅,坐下来谈个恋爱,或者喝杯酸奶。
>
> 这就是上海,它这样微妙的维持着所有人的白日梦,它在浩渺辽阔的天空上悬浮着一架天平,让它维持着一种永不倾斜永远公平的不公平。[2]

---

〔1〕 郭敬明:《小时代 2.0》,武汉:长江文艺出版社,2010 年版,第 10 页。
〔2〕 同上,第 156 页。

　　这种混乱奇怪地混淆着读者的认同,合上《小时代》会发现根本没法建立一个明晰的判断:对小说中上海这座金钱堆砌的城市是爱是恨? 对作品中展现的资本逻辑到底是批判还是臣服? 当然这根本不是作者想要探讨的问题。当一脸严肃的评论者提出这个问题时,作者会把这些混乱的判断一并丢掉,一脸无辜地表示——这部小说讲述的,其实是几个女孩子之间真挚的情谊。对一个享受着文化产业带来的巨大成功,却用青春情谊包裹着底层叙事赚取眼泪的写作者来说,这大概是多余的问题,因为他总是有各种各样的借口来为自己混乱不堪的世界观烙印上纯洁的标识。

　　最后,回到郭敬明擅长的抒情上。作为青春文学——一种伴随着青少年成长的文学创作,郭敬明作品里戏剧性的夸张抒情,装饰着一种充满高度政治化的二元对立,人与世界的复杂关系被简化为个体与社会的对抗关系,抒情是抵抗社会的一种手段。这种抒情往往充满着诱惑性,正好契合了青少年成长中的叛逆和有限的对世界规则的突破,抚慰他们现实境遇里被压抑、被忽视的心灵。这种抒情往往复杂曲折、花样百出,是一种面对世界的自我辩护,一种无所适从下的自我安慰。以抒情建构自己的世界观,一旦被青少年掌握并持续应用,会在其以后的成长中变为一种隐患,阻断他们与社会、他人间切实的关联。一切问题都以抒情的方式消解,使人难以真正获得成长,这实际上是一种"坏"的抒情。

第三部分

从"中国文学"到"中文文学"
——"华语语系文学"研究

另一种傲慢与偏见

——"华语语系文学"研究的几个问题

自史书美提出"华语语系文学"概念以来，已经过去十余年，海外研究成果颇丰，有向学科化演变的趋向。概念自 2006 年进入中国大陆后，引发了一定程度的讨论，大陆学界在对海外学界提出的"关注边缘"的思考角度予以肯定同时，也批判了"抵抗中心"背后蕴含的分离主义倾向。朱寿桐提出了"汉语新文学"概念作为"华语语系文学"的纠偏，也获得黄维樑、陈国恩等人的响应。

在海内外学者一系列论争之中，"华语语系文学"暴露出的一些缝隙亟待填补。本文就"华语语系文学"产生的学术语境、概念、发展流变、与中国大陆文学的关系、未来走向等问题作进一步思索，期待引发更加深入的讨论。

一、个人经历与学术语境

"华语语系文学"概念的提出者史书美在访谈中[1],讲述了自己的身世:祖籍山东,在韩国出生、成长,上的学校是当时的台湾当局在韩设立的。国民党在意识形态上的努力,通过教育流向了海外。1978年史书美赴台湾师范大学英语系就读,大学阶段对她的思想形塑起了关键作用。后赴美国加州大学圣地亚哥分校攻读硕士学位,毕业后回东海大学任教一年,家人也定居于台湾。又赴美国攻读比较文学博士学位,师从于林培瑞、李欧梵。其间曾在北京跟随严家炎从事研究和查阅资料,在此基础上完成的博士论文,最后以专著《现代的诱惑:书写半殖民地的中国现代主义(1917—1937)》呈现,把中国现代主义文学放在全球的脉络下,与日本、法国、欧洲和美国的现代主义进行比较。博士其间,史书美也没放弃以亚美研究者的身份对台湾、香港进行研究,因为她感到在中国研究领域,港台地区被完全边缘化,而在英文世界里,亚美研究也被边缘化,得不到严肃的讨论。这种双重边缘性使得研究过程中,史书美始终肩负着为边缘、弱势群体发声的使命感,加上种族、族裔成为美国学界的热门话题,她开始搭建将区域研究和族裔研究连接起来的框架,产生了关于"华语语系"研究的思索。

史书美生长在一个多语混杂的环境里,她的母语是韩语,但长期接受汉语教育,大学开始又从事英语研究,同时还会日语和法语,使得她对于语言混杂现象更加敏感。史书美自认故乡是台湾,她在台湾求

---

[1] 史书美、单德兴:《华语语系研究及其他:史书美访谈录》,《中山人文学报》,2016 年 1 月。

学的年代,正是台湾外部发展遭遇挫折,转而加强内部建设的年代。1979 年的"美丽岛事件"使得"台湾意识"开始萌发,至 1986 年民进党成立,1987 年宣布解严,台湾迈向"本土化"进程,社会环境的变化让史书美深有感触。但在美国学界,台湾研究始终没有得到重视,美国一直把台湾视为自己的依附对象,或者"中国"的替身,而不是独立的个体。此时的中国大陆正值改革开放,开始以大国面貌示人。冷战格局的结束,使得大量讯息涌入美国,国外学者可以进入中国大陆实地考察,关于中国大陆的研究蓬勃展开,大陆受追捧,台湾遭冷遇。

　　文学是海外中国研究的重要领域,王德威对海外中国现代文学研究的历史、现状与未来进行了深刻的总结,并提出期望:"打开地理视界,扩充中文文学的空间坐标。在离散和一统之间,现代中国文学已经铭刻复杂的族群迁徙、政治动荡的经验,难以用以往简单的地理诗学来涵盖。在大陆,在海外的各个华人社群早已经发展不同的创作谱系。因此衍生的国族想象、文化传承如何参差对照,当然是重要的课题。海外学者如果有心持续四海一家式的大中国论述,就必须思考如何将不同的中文文学文化聚落合而观之,而不是将眼光局限于大陆的动向。"[1]

　　史书美的"华语语系文学"研究正符合了王德威的这种期望,同时她也吸取了过去中国现代文学研究的经验教训,既采取跨学科的研究方法,也不拘泥于西方的理论框架,同时打开了地理视角。她把后殖民主义里强势与弱势的对应关系,转化为一种"弱势联合",更关心台湾地区、马来西亚、新加坡等"边缘"地区间的相互流动、聚合。

―――――――――

〔1〕 王德威:《海外中国现代文学的历史、现状与未来》,《当代作家评论》,2006 年第 4 期。

　　通过对史书美学术经历的梳理和她身处学术环境的考察，可以感知她有一种双重焦虑。她所关心的话题不被主流学界所关注，她的研究无法纳入蓬勃开展的中国研究的范畴。史书美只得另辟蹊径，以弱势联合抵抗中心的思路争夺学术话语权，提出"华语语系"概念，试图缓解东方研究者缺乏理论，深陷西方知识霸权的焦虑。但同时也暴露出了一个问题：她对想要抵抗的"中国中心主义"是否有足够的了解？她鲜有中国大陆生活经验，多年意识形态的灌输，让她产生了对中国的偏见，她所认知的中国是一个被塑造出来的中国，她脑海里是一个僵硬的关于中国的框架，在这种框架的束缚下，虽然标榜"华语语系"是一种批判的态度，但她始终没有批判自己头脑里关于中国的思维局限。同时作为西方华裔学者，史书美乐于扮演代言人的角色，代替弱小族群发声以获取关注，但对于华人社会、中国少数民族的发展和内部的复杂性还未能完全了解。

　　对中国思考的僵化，使得史书美在论述"华语语系"的过程中，暴露出自己对中国缺乏深入了解的短板。她所选择的研究对象，并非都生活在中国大陆，面对中国大陆的具体问题时，只选择了在她看来算得上"弱势群体"的少数民族，她认为"华夏"、"中国"等词语都带有汉族中心主义色彩，汉语作为标准语压抑了少数民族的言说空间。而对于中国的少数民族政策、汉族与少数民族间的关系，以及少数民族在文学上的成就，史书美并未进行深入了解。少数民族学习汉语，用汉语书写，不正是她所倡导的融入在地的表现？这样的不够了解也体现在她对海外华人地位的错误判断上，认为他们处于弱势地位，但事实上，海外移民、香港人、台湾人面对中国大陆同胞常有高人一等的心态，他们生活在更加富裕的环境里，返回大陆时常带着炫耀的心态描绘海外生活的现代化,而大陆人对这种现代化充满了羡慕,"探亲文学"专门呈现出这种海内外的巨大落差感。当史书美把"中国文学"作为"华语语系文学"的对立面时,一些商业层面的文化操作难免被简化为政治诉求。例如严歌苓在中国大陆文化市场处于极其强势的地位,每部作品都发表在一线文学刊物上,并以高价售卖电影改编权,还和国际级的导演合作。她选择写作中国题材,并非是无法摆脱中华文化的牵绊,而是中国为她提供了源源不断的创作素材,她擅用好莱坞情节剧的加工模式,以获取文化资源和商业资本。成熟的商业运作已经打破了中心与边缘的分野,资本把世界紧密联系在一起。海外既有的关于中国当代文学的研究还集中在政治性与美学性的二元对立上,但市场占据着越来越重要的分量,考察政治、美学、市场三者的相互作用才能呈现出中国当代文学的完整风貌。

这当然不是史书美一人的问题,蔡建鑫、高嘉谦在《多元面向的华语语系文学观察》[1]里,为了显示出中国文化创作有耳目一新的面向和"对既定权威的修正潜能",提到了李承鹏的《李可乐抗拆记》,将其作为蚁族、钉子户题材的代表作。这部媒体人玩票性质的小说进入到"华语语系"研究者的视野,是一种意识形态作祟,还是暴露出他们对中国文学发展现状的陌生?

相较之下,王德威着眼于从文学性入手,他主编的"当代小说家"系列集合多地"华语语系"作者,呈现不同地区的异质性,扩充跨世纪华文文学版图,恢复被国族主义遮蔽的历史经验中众声喧哗的

---

〔1〕 蔡建鑫、高嘉谦:《多元面向的华语语系文学观察》,《中国现代文学》,2012 年第 22 期。

事实。[1] 作为研究者他在广泛阅读文本的基础上，选取典范进行研究，但在这过程中难以避免因个人的政治主张、审美趣味、人际交往对研究造成影响。此外刻意追求异质性，也可能忽略不同地区华语文学生产里更为广泛的普遍性。

二、何为"华语语系"？

史书美以"华语语系"概念指称中国之外的华语语言文化和群体，以及中国地域之内的少数民族群体。那么"华语语系文学"就是这些群体所创作的作品。

我们可以分为以下几种情况：

1. 华语作家的汉语创作
2. 华语作家的英语(日语、法语)创作
3. 华语作家的汉语方言创作
4. 少数民族作家的汉语创作
5. 少数民族作家的民族语言创作
6. 外国作家的汉语创作

每一个分类里都能举出代表作品，他们是否都能算作"华语语系文学"？

"华语语系(文学)"在史书美和王德威的界定中，是一个不具有边界封闭性的概念，但这个概念也有不确定性，是一个松散的集合。史书美一面阐释"华语语系"是一个处于变化之中的开放群体，因为它

---

[1] 王德威：《当代小说家 II》编辑前言，台北：麦田出版社，2009 年版。

不是根据说话者的种族或国籍,而是依据其使用的语言来界定的。〔1〕一面提出:"华语语系绝非是以华语为最终诉求,也绝非是专崇华语的,而是以语言之间的关系及互动为关注的对象。"〔2〕王德威也提出:"华语语系文学,指的也就是创作主体所运用的沟通的语言,而不是写作的语言。"〔3〕可如何处理用中文书写的华裔法国作家高行健,以及用英文书写的哈金这样的华裔作家?他们成功融入当地主流文化,以外语为沟通和写作语言,按理不应该进入"华语语系文学"范畴,但他们所取得的文学成就又无法让人把他们排除在外。还可以再补充一位——李翊云,她赴美留学,从生物转学写作,现任教于加州戴维斯分校,获得一系列美国文学奖,成为备受瞩目的文坛新人,是继哈金之后,美国文坛上又一以英语(非母语)写作获得成功的华裔作家。

　　是否哈金、李翊云等人已经进入了史书美认为的"华语语系"发展的第二个阶段:当移民安顿下来以后,他们开始在地化,结束离散状态,忘掉对祖国的依恋,成为当地人,把过往的经历当作创作的素材,开始尝试当地题材,成为"英语语系文学"的一部分?但他们仍因为"华人"的身份被主流文化视为小众,他们用英语创作的文学作品里也依然深刻反映着中华民族的复杂经验。还有西方来华传教士,他们用方言写作、翻译大量小说,使用繁体字或罗马字书写,呈现特殊的语言和文学形态,向底层民众普及西方宗教和文学,是中西方文化融合的

---

〔1〕史书美:《反离散:华语语系研究论》,联经出版事业公司,2017年版,第48页。
〔2〕同上,第72页。
〔3〕李凤亮编:《彼岸的现代性:美国华人批评家访谈录》,桂林:广西师范大学出版社,2011年版,第52页。

产物,是否也能算作"华语语系文学"组成部分?[1]

"华语语系"是在时间和空间两个维度上展开的讨论。时间上,它是一个暂时性的概念,当达到史书美所追求的离散群体融入当地的目标时,一些"华语语系"社群就会消失。空间上,它又是一个开放的群体,因为语言不再是唯一决定,说话者的相互流动,打破了国族疆界的固定性,"华语语系"得以全球开花结果。

这种时间和空间的开放性,本可以让"华语语系"有更大的发展空间,一旦将它视为中国大陆的抵抗势力,反而把它的言说空间窄化了。史书美按照"英语语系"、"法语语系"概念仿造"华语语系"的初衷,暗含着将中国大陆视为"殖民宗主国"的倾向,认为其他华语地区遭受了中国大陆有形无形的"殖民统治",只能靠对语言纯正性的改造,对宗主国语言中心地位进行颠覆,从而与殖民权力脱钩,但这种殖民关系事实上并不成立。而王德威等人采用这个概念,是为了使它成为海外华文文学的统称,连同中国大陆一起组成一个大"华语圈"。大家都出于自己的立场对"华语语系"做出解释,"华语语系"变成一个人人可以言说,人人又不知明确所指的概念。他们不断把自己认为有代表性的作品塞进"华语语系"这个框架里,使得这个架构越来越臃肿。

由此看来,"华语语系"不再是以语言为中心的概念,而是一个以语言为起点的想象的共同体。

---

[1] 宋莉华:《19 世纪传教士汉语方言小说述略》,《文学遗产》,2012 年第 4 期。

三、"华语语系文学"的发展与流变

"华语语系文学"并非史书美一人的"发明",前人早就意识到了海外华语文学研究里更为复杂的问题。2001 年张错在参加"二十一世纪世界华文文学的展望"研讨会时,就提出"应以语言划分,而非以国界划分,如此就可以避免许多无谓的意识形态争执冲突。"[1]他划分出了华语文学的四大区域:中国大陆、台湾地区、东南亚、香港地区及海外地区,"在同一语言底下,它们个别衍生,而成一树多枝的多元体系,互相平衡发展,互相交错指涉,互相影响或抗拒对方。"[2]张错从"华文文学区域"的设想到提出"华语圈"的概念,也蕴含着抵抗意识,但抵抗的对象是西方语言的霸权:"我们可以走出诺贝尔的阴影,在全球性西方与言语文化霸权牵制下,它甚至可以提出抗议:为什么要让一种语言权威性去肯定或否定,甚至误读另一种语言的成就。"[3]张错的进一步构想是不计较其国族身份异同而重新洗牌,把这些作品放在全球化观念下,以思考华文文学如何作为一个多元性的整体融入全球化的概念中。这本是"华语语系文学"发展的一条正途。

可史书美首篇涉及"华语语系文学"论述的文章《全球的文学,认可的机制》就指出:华语语系文学是指中国大陆之外,在世界各地以华

---

[1] 张错:《文学奖的争议与执行:世界华文文学领域探讨与展望》,《文讯》,2004 年 4 期,转引自张锦忠:《华语语系文学:一个学科华语的散播与接收》,《中国现代文学》,2012 年第 22 期。

[2] 同上。

[3] 同上。

文写作的华语作家,以区别于"中国文学"〔1〕。按照史书美的说法,"华语语系文学"概念的产生是为了"抵抗中文文学界的不公平现况:在'中国本土'之外发表的华文文学被漠视,被边缘化;这些在'中国本土'之外的华文文学是否被文学史认可,都被不公平的、意识形态作祟的、专断的因素决定。"〔2〕史书美显然过于夸大了中国大陆和其他华语地区间的相互拒绝,刻意淡化了它们间的联系和影响。史书美在同一语言内部渲染相互否定,反而把"华语语系文学"的发展窄化。

2006 年王德威发表的《文学行旅与世界想象》算是"华语语系文学"另一宣言,他认为:"中国"或"中文"一词已经不能涵盖二十世纪中以来海外华文文学生产的驳杂现象,尤其在全球化和后殖民观念的激荡下,对于国家与文学间的对话关系,对于国家想象的情结,正宗书写的崇拜,以及文学与历史大叙述的必然呼应,必须作出更灵活的思考。而"华语语系文学"研究的出现正是在国家文学之外,另外开出理论和实践的方向,为不同华人区域互动对话提供场域。〔3〕貌似温和的态度下也暗含着对"中国文学"合法性的质疑,试图开拓另外的言说空间。2007 年王德威与石静远还举办了"现代中文文学全球化:华语语系与离散书写"学术研讨会,并出版论文集 *Global Chinese Literature : Critical Essays*。

2013 年史书美、蔡建鑫、贝纳德合编《华语语系研究批评读本》,在序言中史书美将"华语语系"研究拓展为三个面向:"1. 大陆型殖民主

---

〔1〕 史书美著,纪大伟译:《全球的文学,认可的机制》,《清华学报》,卷 34,2004 年 6 月。

〔2〕 同上。

〔3〕 王德威:《文学行旅与世界想象》,《联合报》E7 版,2006 年 7 月 8—9 日。

义,关切中国自十八世纪对周边地区进行的掠夺压迫;2.定居者殖民主义,讨论华人占据多数的华语语系地区(如台湾地区和新加坡),华人移民对原住民以及新移民的宰制;3.移民,主要关注华人移民社群在新居地属于弱势族群者,一方面如何回应新居地种族政策,另一方面如何与其他弱势移民族群互动。"〔1〕这表明史书美从文学研究转向到批判性地看待种族间关系的研究。詹闵旭在讨论这种批判性种族主义转向时谈道:"华语语系研究不再只是中国的参照系,华语语系更可以和世界上其他殖民主义(如法、英、荷)、定居者殖民主义(如美、澳、马来西亚)、弱势族裔移民(如墨裔美国人、印裔美国人)社群互为参照,跳脱文化中国以中国/华人为中心的族裔想象。"〔2〕这就不难理解史书美为何不看重作品的文学性,因为她认为文学作品只是种族议题的承载物,"华语语系"具有着和后殖民主义相类似的批判效力。这本书的另一特点是梳理了对于离散华人和中华性的讨论,从杜维明(文化中国)、王庚武(离散华人)、王灵智(双重宰制)、李欧梵(游走华人)到周蕾、王德威、洪美恩,还有作家黄锦树和哈金,更加清晰地呈现"华语语系"的演变线索。〔3〕该书还将"华语语系"按区域进行了细致的分类,看上去"华语语系"概念已在全球散布,组成了一个跨国网络,但这些地方是否有足够的文化样本作为参考,以及不同地区的"华语语系"如何进行联结,还需要进一步思考。

---

〔1〕 詹闵旭:《华语语系研究的种族化转向:谈史书美、蔡建鑫、贝纳德合编的 Sinophone Studies:A Critical Reader》,《台湾文学研究》,2013 年第 4 期。
〔2〕 詹闵旭:《华语语系研究的种族化转向:谈史书美、蔡建鑫、贝纳德合编的 Sinophone Studies:A Critical Reader》,《台湾文学研究》,2013 年第 4 期。
〔3〕 同上。

　　学术会议、研究读本、跨国响应等一系列的学术建构,使得"华语语系文学"的概念逐渐被美国学界所接受。华语文学研究者也因此获得了被关注的感觉,纷纷响应这个概念,台湾《中外文学》《中国现代文学》《中山人文学报》等刊物接连刊登研究专题,史书美频繁赴台演讲,东华大学"中国语言文学系"更名为"华文文学系(Department of Sinophone literature)"也可视为标志性事件。过去孤军奋战的台湾文学、马华文学仿佛找到了一个更为合理的框架,甘愿成为"华语语系文学"的支流。从 2006 年开始,王德威以他在中国现当代文学研究领域强大的号召力,以讲座、论文的形式,向中国大陆学界大力推广"华语语系文学"概念,引发了一定程度的反响。

　　中国大陆对"华语语系文学"反应最大的是海外华文文学研究者,因为这个命名切割掉了海外华文文学与中国大陆文学之间的关系,而这种向心力一直是大陆研究者所致力于论述的,也被视为海外华文文学的学科基础。无论是台港文学研究,还是海外华文文学研究,都强调着它们和祖国文学间紧密的关系。但也正是这种过于强调,使得他们以此为标准遮蔽掉了很多华文作品,如马华文学过于本土化的写作风格和族裔冲突题材,使得研究者无法类归也难以介入。同时他们也过高评价了某些并不具备文学品质的作品,如一些海外华文作家用中文记录漂泊生活和表达对于祖国的怀念,固然值得肯定,但他们的写作还仅是一种业余创作,只发表于当地的华文报纸或网络社群,自称"文友"而非"作家",却被赋予了过高的研究价值。面对这类写作,海外华文文学研究者们是以一种民族意识而非文学性作为衡量标准,也就造成了华文文学研究发展的不平衡,一些作品被盲目追捧,一些作品却被淹没。

　　中国当代文学研究者则长期对中国大陆以外的华语文学创作视而不见,存有一种傲慢的偏见,认为它们是中国大陆文学的附庸,不关注这些作品独特的文学价值,这正是史书美所致力于批判的,事实上中国大陆文学早就受到了台港文学的深刻影响,形成了一个复杂的有机体。

　　海外华文文学研究者的势单力薄,中国当代文学研究者的视而不见,使得自21世纪初就开始在西方学界兴起的"华语语系文学"研究,近几年才在中国大陆得到注意。但由于没有第一时间发声,加上语言的障碍、学术环境和意识形态的差异,这个概念的阐释权牢牢掌握在海外学界手上,我们无法参与到这个概念的建构中来,也无法就这个话题进行有效对话,反而加深了海外对于中国文学的误解。

四、"华语语系文学"的未来趋向

　　"华语语系文学"分为两种:一种是以史书美为代表的反中心、反中华性的批判、分离视角,一种是以王德威、石静远为代表的把中国大陆、离散华人、华裔的文学生产共同考量的整合视角。这两者的区别就在于对中国大陆文学的定位,史书美认为中国大陆文学恰恰就是那个中心,需要加以抵抗,而王德威则认为"版图始自海外,却理应扩及大陆中国文学,并由此形成对话。……只有在我们承认华语语系文学欲理还乱的谱系,以及中国文学散播蔓延的传统后,才能知彼知己、策略性地——套用张爱玲的吊诡——将那个中国'包括在外'",形成"同一语系内的比较文学"。[1]

---

〔1〕王德威:《文学行旅与世界想象》,《联合报》E7版,2006年7月8—9日。

是否包括中国大陆文学,决定了"华语语系文学"未来的发展方向。究竟是像史书美所认为的那样:随着时间的推移,华人越来越融入当地文化,他们抛弃华语,用当地语言写作、思考,离散状态终有一天会结束,"华语语系文学"也将消失? 还是扩大范围,以中国大陆文学为参照,互相比较、对话,共同促进"华语语系文学"在世界文学范围内的发展,把华语写作和其他语种写作放在平等的位置上? 这些问题均有待研究者思考。

史书美对于"根"的抵抗,何尝不是另一种意识形态作祟。一方面,她沿用了台湾对中国大陆的形塑,对这个自造"中国"的抵抗、批判使得她忽视了"华语语系"间更为细致的问题。另一方面,史书美太过纠结于中心 VS 边缘、大陆 VS 海外、源头 VS 离散等二元对立的话题,但 21 世纪全球之间的频繁流动已经把边界混淆。文学作品由于它的虚构性,把本来就不再清晰的边界更加虚化。史书美的研究还停留在文学地理依附在政治、历史地理的第一层面上,而文学虚构的力量早已超越了实体边界。[1] 科幻、玄幻等小说门类里,已经鲜有人在专事写作"中国大陆故事"或"台湾故事",他们写作的是一个更为虚幻但又均质性的空间,所反映的是人类发展所遇到的普遍问题。

所以会造成这种变化,是因为在全球化浪潮下,人员之间的流动日趋频繁,信息的交流也更加迅速,海内外几乎可以同步分享到最新文化资源。尤其是年轻一代的作家,接受越来越相似的文化滋养,思考的问题也更具有普遍性,这使他们的写作呈现出了某种相似性。在

----

〔1〕 王德威:《文学地理与国族想象:台湾的鲁迅,南洋的张爱玲》,《中国现代文学》,2012 年第 22 期。

这种情况下,国族、语言的分野都有了被超越的可能。加上跨国的文化生产,产生出文化混杂的现象,合的趋势远大于分的趋势。比如中国大陆年轻世代的写作受到台湾网络文学的影响;中国内地作家、马来西亚作家都可以参加香港"红楼梦奖"的评选;台湾作家的书在中国大陆几乎同步出版,受到年轻读者的追捧;中国政府通过对文学作品的翻译资助,使得更多优秀的作品在西方世界变得"可见"。

史书美对于"中国中心主义"霸权的指责,也包括中国文学史没有给"华语语系文学"安放的位置,但文学史的写作应该以文学性为主要衡量标准,"华语语系文学"是否具有较高文学水准,或者独特的美学创造、思想内涵?还是仅仅甘于边缘,以悲情渲染一种抵抗精神?"华语语系文学"研究过于强调批判性和抵抗性,在文学表现方式上则少见论述,在提供了不一样的范本后,鲜有人关注这个范本的优劣,具有典范性、流传价值的作品还不多见。这种典范需要经过一定时间的检验,不光需要具有本土特色,也应对世界发展有新的认知贡献。

"华语语系文学"为我们提供了一个宏观视角。随着历史的发展,过去以民族主义主导的不同地区华人间以文化心理认同为基础的联结方式悄然发生了变化,加上不同意识形态引导缺乏交流,如今他们更强调在地性、混杂性和差异化,但是这种差异背后,由于全球化的影响,又产生了一种相似性,这种相似性和华人文化传统暗暗接续,成为华人群体中的一股潜意识,无法抹去。显然,过分强调差异性,或过分强调源流,都忽略了"华语语系文学"在发展过程中的具体问题。

如果"华语语系文学"只是所谓弱势、边缘、被忽视的族群联合,并以此来对抗"中国中心主义",那么这种联合之间也是不平等的。台湾文学的成就要远远高于海外华文文学、香港文学的成就,也影响着马华文学的生产，它期望再建一个中心。同时台湾内部的文学发展也不平衡，台湾少数民族、东南亚族裔作家发声得不到保障。

王德威就认为："刻意区分中国和华语社群，俨然有了敌我抗衡的姿态，这岂不让我们想起二十世纪中期的冷战论述？"[1]我们应该在承认特殊性的前提下，在日趋多元的"华语语系"中寻找一种普遍性。

同时海外学界不应把中国文学视为铁板一块，其实它内部有着丰富的层次，中国当代文学的创作早就呈现了众声喧哗的局面：韩少功的湘西风情写作超越了寻根的脉络，表达了对人类文明、普遍人性的思考；金宇澄的《繁花》以加工过的上海方言创作复兴了百年海上传统，让非沪语地区读者也能接受；李娟作为汉人作家致力于写作边疆题材，打破了民族间的界限，使我们更深入地了解少数民族生活。这些优秀的作品因受限于语言的障碍没有被世界关注。海外学界对于中国当代文学仍存在一种误解，认为"虽有少数文艺生产拒绝显著的意识形态，但更多还是带着明哲保身的姿态"。[2]正是这种"明哲保身"的误判使他们放弃了对中国主流文学的关注，转而关心那些"更具有强烈批判意识"的作品。

"华语语系文学"的发展更应给大陆研究者以启迪，过去过于强调中心的确遮蔽了离散华人的本土经验，忽略了他们的自我意识。我们应该更加关注不同华语地区作家的生活与创作状态，在面对他们的作品时，不以源流论僵化地看待问题，而是通过具体文本结合当地的现实处境和历史脉络，研究其发展而形成的独特美学形态和思想主题上

〔1〕 王德威：《文学地理与国族想象：台湾的鲁迅，南洋的张爱玲》，《中国现代文学》，2012 年第 22 期。
〔2〕 蔡建鑫、高嘉谦：《多元面向的华语语系文学观察》，《中国现代文学》，2012 年第 22 期。

的变化。同时也应该对不同华语社群与中国大陆的互动关系加以研究，他们并非只是受到中华文化的影响，他们也用自身的特性吸引了来自中国大陆的目光，为中华文化增添了丰富性。任何简单把中国大陆文学和其他华语地区文学以二元对立并置起来，而不讨论具体历史脉络和语境的研究都是偏颇的。"华语语系"间关系复杂多样，除了有历史与地理的关系网络，还有情感与传统的相互缠绕，以及全球文化工业体系的建立和新媒介的发展。最后应该注意到，在已经出现的整合性的文化系统里面，包含着复杂的文化杂糅性，它们只有有机地结合在一起并建立起一个多元的文化生产系统时，才能在全球化的浪潮里站稳脚跟。

台湾的焦虑

——"华语语系文学"与台湾文学

　　近年来"华语语系"研究在各地开花结果,日益受到海外学界的重视。台湾学界也迅速做出反应,成为"华语语系"研究重镇。学术杂志接连制作研究专题:《中国现代文学》2012 年的"华语语系文学与文化"专号、《中山人文学报》2013 年的"华语语系文学论述"专号、《中外文学》2015 年的"华语与汉文"专号,[1]《中国现代文学》第 32 期主题定为"台湾与华语语系研究",希望能描述出台湾与"华语语系"纠缠的历史与彼此交叠的文学地理。台湾接连出版了史书美的《视觉与认同:

---

〔1〕 詹闵旭、徐国明:《当多种华语语系文学相遇:台湾与华语语系世界的纠葛》,《中外文学》,2015 年第 44 期。

跨太平洋华语语系表述·呈现》《反离散：华语语系研究论》，王德威的《华夷风起：华语语系文学三论》，王德威、高嘉谦、胡金伦主编的《华语语系文学读本》等研究著作和文学选本，成为重要研究资料。以台湾中兴大学"台湾文学与跨国文化研究中心"为代表的学术机构，多次举办"华语语系"研讨会，2017 年的主题设定为"华语语系·台湾"，探索"台湾"作为"华语语系"研究的重要意涵，使其与全球"华语语系"社群的议题相连。为了生发新的学术增长点，培养年轻一代学者对"华语语系"研究的兴趣，台湾中兴大学连续两届举办"华语语系"研究国际学术研习营，甄选两岸与海外研究生促进跨学科、跨领域对话，进一步推动"华语语系"概念在两岸、海外学界的接受。台湾大学、台湾东华大学、台湾中兴大学等也常邀请史书美、王德威等学者举办"华语语系"专题讲座，开办工作坊。台湾的几所大学相继成立华文（华语）文学系，如 2010 年台湾东华大学将原"中国语文学系"更名为"华文文学系"，英文名采用的正是 Sinophone literature，是为回应当前国际文学研究中所重视的"华文文学"新兴议题，开辟新的文学梦土。[1]

　　"华语语系"所以在台湾产生如此大的反响，是因为正如 2017 年"华语语系·台湾"国际学术研讨会会议宗旨所言——"国际间华语语系研究的兴起可以为台湾人文研究国际化提供一个重要契机"，而这正缓解了台湾学界一直存在的焦虑——台湾研究的不可见。

　　台湾研究的不可见有双重面向：一个是台湾作为地区的不可见，

---

[1] 台湾东华大学华文文学系·系所简介：https://sili. ndhu. edu. tw/p/412-1055-11547. php? Lang＝zh-tw。

一个是台湾自身理论的缺乏,两者都导致了台湾在西方学术场域里的不可见。

尽管 90 年代以来,台湾社会兴起了一股"海洋文化"热潮,宣扬台湾的海洋文化传统,由此赋予台湾重要的地位,证明它拥有着"另类现代性",成为世界性的历史进程中的重要一环,以区别于中国的大陆文化。但它接连被荷兰、日本殖民,又成为国民政府的退守之地、美国冷战格局的前哨阵地,它的命运始终在别人的主宰之下,难以发出自己的声音。台湾过去与中国大陆竞争文化正统性、国际地位,被当作中国的替身。随着中国大陆崛起,冷战格局结束,台湾难免遭到冷遇。

在史书美看来,台湾不受重视的原因关乎自身:遭遇过殖民,又活在中国大陆崛起和美国干涉的阴影之下,不是国际间、地区间文化交往的重镇,也不占据经济、政治的中心地位;同时,也关乎西方的学术生产体制,无论是区域研究还是汉学研究,中国大陆研究都占据主导地位,研究台湾会被视为对中国的不够了解。史书美甚至感叹道:"如果台湾曾经被英国殖民,那么台湾还有可能被涵盖在后殖民论述这波浪潮之中。如果台湾曾被法国殖民,那它还有可能成为法语语系研究的一部分。"[1]史书美为台湾错过了后殖民论述的风潮而可惜,却不考虑殖民对当地所造成的巨大伤害。此外,受到冷战思维的影响,台湾缺乏左倾思想,亦不被美国左派学界所关注。这些都导致台湾的"不可见",它渴望被国际看见,成为历史聚光灯的焦点,如史书美所言:"在世界的语境中,台湾要么就必须透过其创意和敏锐创造自身的

〔1〕 史书美:《反离散:华语语系研究论》,台北:联经出版社,2017 年版,第 122 页。

亮点,要么就只能继续无关紧要下去。"〔1〕在经济停滞不前的环境下,台湾必须另辟蹊径获得关注。

台湾研究有其必要性:"就其经济和文化活动、消费模式、政治结构、人民流动性而言,台湾乃是一个高度全球化的所在地。"〔2〕史书美还认为台湾的全球化情形更为复杂,同时它身处边缘,提供了从边缘看世界,颠覆中心主义的方式。但这只是一个良好的愿景,操作起来有其难度。因为台湾缺乏让西方读者明白的分析其社会及文化的术语和框架,原有术语大部分以中国大陆为本位,如果沿用西方中心主义的方法学,就会被非西方国家抗拒,而不沿用西方论述就无法在西方学界得到讨论,尽管台湾也曾显示过抗拒的姿态,但很容易被忽视。〔3〕这时就需要创建让西方读者能明白的分析台湾社会及文化的术语和框架,所以也引发了台湾的理论焦虑。

台湾当下的学术体系是通过"美援"建立的,首先它所采取的理论是通过美国中介的,无论是源自法国还是德国的批判理论,多翻译自美国出版的英语版,而在两次翻译的过程中,其中的政治性得到稀释,去除了政治化的左倾思想才能顺利达到台湾。〔4〕这使得台湾理论场域里呈现出不均衡的局面,缺乏辩证的思维方式。其次,占据台湾主流学界享有话语权的专家们,大多经历过美国留学,成为美国文化的传播者。而最早一批在美国学界取得成就的华裔学者的研究框架仍

〔1〕 同上,第 123 页。
〔2〕 史书美:《反离散:华语语系研究论》,台北:联经出版社,2017 年版,第 121 页。
〔3〕 同上,第 123—124 页。
〔4〕 史书美:《理论台湾初论》,收录于《知识台湾:台湾理论的可能性》,台北:麦田出版,2016 年版。

170　　　　　　　　　　　　微光｜我们的时代，他们的文学

强调中国性，新一批台湾学者只能在边缘的东亚系谋求教职，重要的院系被越来越多的中国大陆学者占据。

这些都使得台湾学者产生焦虑，想要构建自己的理论体系，他们追问："台湾有没有自己的理论、自己的知识学？台湾要如何建构自己的理论、自己的知识谱系，又是经由什么样的知识生产进程而产生？"[1]他们想要将普遍、抽象的理论与台湾具体的历史情境结合，生产在地理论，在坚持台湾特殊性的前提下，把台湾理论纳入到世界论述中去。2012年史书美、梅家玲、廖朝阳、陈东升共同发起创办了"台湾知识学群"，吸引了二十余位台湾研究学者加入，学群认为目前的关键任务在于："一方面要重构本土理论的谱系，另一方面要从活生生的台湾现实中建构新的方法与理论……引领我们回到知识学在台湾的核心问题：我们怎么知道台湾？"[2]这个工作坊已经连续举办五年，已有大陆学者提出应警惕台湾本土理论的构建与"台独"意识之间的关联，及其对政治、社会运动的服务作用。[3]

不同的学者提出了不同的理论构想，其中影响最大的还是史书美的"华语语系"理论。"华语语系"并非单为台湾所提，但台湾是"华语语系"重要的实践地，不光处于核心位置，还使得本来抽象化的理论因为台湾的实例变得清晰。[4]随着"华语语系"概念在世界范围内得到推广，原本被忽视的台湾重又得到重视，"华语语系"成为台湾通向世

〔1〕 史书美、梅家玲、廖朝阳、陈东升主编：《知识台湾：台湾理论的可能性》序言，台北：麦田出版，2016年版。
〔2〕 "知识·台湾"学群宣言草案，收录于《知识台湾：台湾理论的可能性》，台北：麦田出版，2016年版。
〔3〕 杨仁飞：《警惕台湾学术界炮制"台湾理论"》，《统一论坛》，2017年第2期。
〔4〕 李育霖：《台湾文学与华语语系文学的距离》，《台湾人文学社通讯》，2013年4期。

界的一条路径。过去台湾被纳入单一国族想象,强调台湾人对中国的归属感和对中华文化的传承。台湾论述因为"华语语系"的出现得到颠覆,"华语语系"反离散,强调在地的混杂,强调不同边缘社群的相互流动,强调对于"中国中心主义"的抵抗,试图建立新的秩序,契合了台湾数十年来着力建构的"本土意识"。

可这样一个理论却面临着基本概念不清的问题,何为"华语语系"? 每个学者都有自己的阐释,史书美一面阐释"华语语系"是一个处于变化之中的开放群体,因为它不是根据说话者的种族或国籍,而是依据其使用的语言来界定的。[1] 一面提出:"华语语系绝非是以华语为最终诉求,也绝非是专崇华语的,而是以语言之间的关系及互动为关注的对象"[2]。王德威也提出:"华语语系文学,指的也就是创作主体所运用的沟通的语言,而不是写作的语言。"[3]究竟是以语言决定还是以身份、关系决定? 是以书面语还是以口语决定? 并不明晰。"华语语系"变成一个人人可以言说,人人又不知道明确所指的概念,他们不断把自己认为具有代表性的艺术家、作品塞进"华语语系"的框架里,使得这个架构越来越臃肿。

落实到台湾文学,也产生了许多缝隙,台湾的文学创作可分为以下几种情况:

1. 台湾作家的汉语创作
2. 台湾作家的闽南语、客语创作

---

〔1〕 史书美:《反离散:华语语系研究论》,台北:联经出版事业公司,2017 年版,第 48 页。

〔2〕 同上,第 72 页。

〔3〕 李凤亮编:《彼岸的现代性:美国华人批评家访谈录》,桂林:广西师范大学出版社,2011 年版,第 52 页。

3. 台湾作家的日语创作

4. 台湾少数民族作家的汉语创作

5. 台湾少数民族作家的民族语言创作

6. 外国作家的华语创作

每一个类别都有丰硕的成果，这里要特别提到日据时期台湾作家的日语新文学创作，如龙瑛宗、杨逵、吴浊流，尽管使用了殖民者的语言，却为台湾新文学保留了火种，是否能算作"华语语系文学"？还有古典文学创作，陈培丰《想象和界限——台湾语言文体的诞生》研究了日据时期台湾语言的混杂现象，大量日本汉文人来台协助管理，使得来自中国的古典汉文和来自日本带有现代化启蒙意识的帝国汉文于台湾合流。陈培丰以"殖民地汉文"来命名这种混杂现象，将"殖民地汉文"进一步细分为：古典汉文、台湾式汉文、和式汉文、和制汉语。前两者展现在地性和普遍性，后两者表达现代性、启蒙性。[1] 经过混杂的"殖民地汉文"成为在台联结中日文化的纽带。但因不断加入台湾方言，使"同文"转为"异文"，让日本殖民者开始难以理解、产生误读，弱化了沟通功能，台湾人的思想压迫却得到解放。[2] 日本利用"殖民地汉文"推行自己的统治，并非为延续中国性，而是因为汉语在东亚拥有广泛的接受程度，台湾使用"殖民地汉文"也并非为抵抗"中国中心主义"，反而生发出抵抗日本殖民的意识，它是否应被纳入"华语语系文学"范畴？这都需要更细致的辨析。

史书美为了凸显台湾具有可以对中国大陆文学文化正统性产生

---

[1] 庄怡文：《以"殖民地汉文"与"华语语系文学"概念重论日治时期台湾古典文学相关问题（1895—1945）》，《中外文学》，2015 第 44 期。

[2] 同上。

质疑的力道,把所有情况都包括在内:"台湾主要的华语,包含所谓的国语、闽南语、客家语,而这三种语言又和西方的英语或本地的原住民语,产生不同程度的混合,日本殖民时期则结合了日语,殖民地汉文、帝国汉文等使台湾的华语语系文学表现为多语言、多文化的状态。"〔1〕仿佛只要在台湾发声的统统可算作"华语语系文学"。

"华语语系"强调边缘地区间的联结,台湾文坛是一个重要的中介,诸多"华语语系"作家都有在台湾文坛登场的经历,以台湾文坛作为起点或者在台湾受到重要肯定。当中国大陆文坛还处于封闭状态时,台湾文坛以其开放的姿态吸引了海内外的华文作家,其中的马来西亚作家群已成为台湾文坛的重要力量。华人在马来西亚内部受到排挤,只得前往台湾留学,为保持自己的华人身份,有人还加入了台湾籍。早期温瑞安、方娥真等马华学生组成了神州诗社,创办《天狼星》诗刊,成为台湾文学史上重要的现代诗社。它也是马华文学介入台湾文学、社会与政治最深的社团,还吸收了台湾的文艺青年,成为马、台文艺青年的大本营,全盛期加入社员多达两百人。〔2〕

在神州诗社之后,李永平、张贵兴、陈大为、钟怡雯、黄锦树、黎紫书等频繁斩获台湾各大文学奖,进而受到瞩目。1977 年到 2013 年间的两大报文学奖,马华作家勇夺 48 个奖项。〔3〕华语在马来西亚并非官方语言,处于弱势地位,马华作家只得另辟蹊径在台湾文坛获得肯定,他们对于华语的使用更富有古典色彩,讲求文字的炼金术,比台湾

〔1〕 史书美:《反离散:华语语系研究论》,台北:联经出版事业公司,2017 年版,第 135 页。

〔2〕 向阳:《神州诗社掌门人温瑞安》,《盐分地带文学》第 64 期,2016 年 6 月 30 日。

〔3〕 詹闵旭、徐国明:《当多种华语语系文学相遇:台湾与华语语系世界的纠葛》,《中外文学》,2015 年第 44 期。

作家的华语还要纯粹,形成了独特的美学风格。

由于台湾文坛兼容并包,使华语文化产生交汇,台湾文学就和"华语语系文学"产生了一种缠绕关系。参考李育霖的研究,[1]"华语语系文学"一开始想将自己视为内部多元的整体,来抵抗中国大陆文学的中心地位,而台湾文学作为文学成就最高,历史发展最悠久的分支自然被包括其中。台湾文学尽管有了相当高的艺术价值,但苦于在世界范围内的不可见,反而因"华语语系文学"概念,被作为重要的代表推向世界。它们本该一拍即合,但事实上台湾文学不甘心被"华语语系文学"包括在内。首先,因为台湾文学内部极其复杂,它既包括着殖民时期日文书写、台湾少数民族的拼音罗马字书写等非华语写作,也包括着帝国汉文、外籍劳工书写等非华人写作,这能否算作"华语语系文学"范畴? 其次,"华语语系文学"始终以一个弱势面貌出现,强调着"中国中心主义"对它们的压迫,以及它努力想要消解却更加缠绕的中国性。但台湾不甘于此,它并不认为自己的成就在中国大陆文学之下,不甘心被视为弱势族群。也就是说"华语语系文学"是为了和"华文文学"竞争,前者强调离心,后者强调向心。而台湾文学长期以来是为了和中国大陆文学竞争中华文化正统性,后来才转为发展台湾文学"本土性"。如果按照史书美认为的"华语语系文学"强调多元、在地性,而不以正统的中原意识为中心,那么符合她构想的应是当下台湾文学,而非解严之前的台湾文学,这又把台湾文学历史脉络切断。台湾文学与"华语语系文学"由于各自内部太过复杂,与中国大陆文学的关系也不尽相同,加上一个要凸显自己的文学成就,一个要凸显自己

---

〔1〕 李育霖:《台湾文学与华语语系文学的距离》,《台湾人文学社通讯》,2013 年 4 期。

的包容性,所以它们最终无法是包含在内的关系,只得暂时性地以"华语语系台湾文学"来展示其一脉。

　　"华语语系"既然提供了一种反对中心主义的思路,这种思路也可以用来观察台湾文学的发展,我们会发现台湾文学内部存在着诸多问题。有些研究者认为是中国大陆文学的强大,而阻碍了其他"华语语系文学"的发展。实际在台湾内部,正是"华语语系台湾文学"压制了台湾少数民族文学的发展,台湾少数民族需要学习汉语,才能表达自己的境遇,以此寻求关注。尽管他们也曾想过用罗马拼音保留本民族语言,但传播范围有限,无法达到文化交流的效果。对于少数民族文化,台湾只是把它视为多元文化的组成部分,一旦触及自己利益,还是会忽视少数民族的呼吁。台湾存在四大族群:少数民族、外省人、本省人、客家人,当闽南语处于越来越强势地位时,也挤压了客家人的言说空间,客家方言落实到书面语上,对于不熟悉的人而言,会不自然地把客家话等同于闽南语。随着台湾的发展,外籍劳工和外籍配偶的数量也越来越庞大,主要以东南亚人为主,这些外籍人士由于语言障碍无法表达自己。只有顾玉玲的《我们》《回家》、陈又津的《准台北人》等少数作品以外籍劳工、配偶为主角,讲述他们生活的困苦,指出他们最重要的问题就是语言的障碍无法交流、深感孤独。这些在台湾生活的弱势族裔鲜少获得关注,他们的发声无法被听到。在日本流行文学大量出版的情况下,菲律宾、泰国、印尼的文学无人问津,缺乏发声渠道和文化资源的外籍人士更不会融入到"华语语系"中来。

　　如果说"华语语系文学"是为了抵抗强势的中国大陆文学,那么现阶段的台湾地区,真正对他们有冲击的并非中国大陆文学,而是翻译文学尤其是欧美文学和日本文学，它们对于台湾文学的影响远大于中国大陆文学，成为年轻一代的精神资源，改变了他们的思维模式。2016年台北图书馆公布"2015年台北人阅读行为及借阅排行榜"，东野圭吾的《解忧杂货店》是全馆借阅最多的书籍，这位日本推理作家的作品在语言文学类前五名里占据四席，前二十名里占据九席。仅次于《解忧杂货店》的是英国情色小说《五十度灰》。[1] 在台湾新世代作家作品里可以寻找到大量科幻、推理元素，如伊格言的《噬梦人》、陈柏青的《小城市》、祁立峰的《台北逃亡地图》等，因具有"本土意识"被推崇的何敬尧《妖怪台湾》也是仿造日本妖怪志的写法。2017年黄崇凯的《文艺春秋》备受关注，台湾学界好像从中找到一条新世代如何建构"台湾意识"的路径，但这部作品在结构上的问题却暴露了建构过程的艰难，它并非连贯的线性结构，也无一以贯之的思想，而是不同历史片段的集合，只是用了文学与台湾史的关联作为叙事线索。台湾新世代作家能否找到一条属于自己的文学道路？

　　台湾文学与中国大陆文学的关系在近年来也发生了变化。首先，中国大陆文坛并没有对台湾文学进行压制，反而给予了它越来越广阔的空间，除了有专门的《台港文学选刊》，主流文学刊物也十分想要刊登优秀的台湾文学作品。2017年《上海文学》开设"峡海叙评"专栏，连续选登台湾新世代作家作品并配发评论。重要的文学评论刊物也开设港台及海外华文文学研究专栏，华文文学研究已成新的学术增长点。中国大陆的出版机构积极出版台湾文学作品，朱天文、朱天心、唐

---

〔1〕《台北图书馆公布借阅排行榜　东野圭吾夺冠》，中国新闻网，http://www.chinanews.com/tw/2016/01-30/7740830.shtml。

诺、张大春、骆以军、陈雪等人都在大陆出版了作品全集,新作与台湾同步出版,深受读者追捧。在台湾的阅读市场越来越狭小的当下,大陆市场反而提供给他们写作保障。台湾已故作家袁哲生、黄国峻、林燿德的作品已经绝版多年,在中国大陆却得以全面再版,帮助其作品在更广泛的华人群体中传播。

其次,中国大陆文学也受到了台湾文学的影响。台湾经典作家在大陆风靡一时,影响了相当一部分读者的阅读审美。由于两岸交流日趋频繁,大陆年轻作家的写作风格也受到了台湾文学的影响,当痞子蔡的《第一次亲密接触》风靡大陆时,无数年轻写作者模仿了他独特的断句方式。在台湾斩获文学大奖的青年作家杨君宁就深受朱家姐妹的影响,对文字极其考究,努力进行一种文体实验,她谈到阅读脉络时说:"不自觉也是很自然地从上世纪三四十年代大陆作家转接到六七十年代台港作家,其间联结的有现代主义这样的脉络流派。"〔1〕她还表达了对于中国大陆文学的失望,原因之一是中国大陆的语言粗糙,而她所追求的是"一个好时代的言语像银碗里盛雪"。杨君宁的看法具有一定的代表性,"华语语系文学"之所以对中国大陆读者产生吸引,除了浓重的地方色彩外,重要的是他们语言的独特性。这正符合德勒兹、瓜达里对于"少数文学"的分析,虽然使用主流语言,但作为少数,语言得不到更新,他们或凝练或极端复杂地运用文字,里面包含层层隐喻和复杂意象,如修炼文字的炼金术。〔2〕一些华语作家追求更

---

〔1〕 刘雯:《"我们决定不再隐逸,要站出来战斗":专访2013第二届台积电文学赏首奖得主费滢、评审奖得主杨君宁》,《长江商报》,2014年1月3日。
〔2〕 雷诺·伯格著,李育霖译:《德勒兹论文学》,台北:麦田出版社,2016年版,第171—204页。

加纯粹的中文,复归"正统的中华性",接连民国时期的文学脉络,例如以朱家姐妹为代表的"三三"文学小组就是希望在文字里重建对于传统中国的想象,即一种大中国意识,由此在越来越在地化、"去中国化"的台湾现实里求得慰藉。这种对"中华文化正统性"的追求,在不断西化、商业化的中国大陆文化市场里同样受到青睐,读者会认为这些台湾、马华作家的作品更具有"中国古典主义"色彩。这也关乎读者阅读趣味的转向,他们不再追求辽阔、宏大的历史叙事,而是喜欢阅读情感细腻、用词考究、注重意象铺陈的"小文学",台湾文学正符合了这种趣味。

由此可见,中国大陆文学与"华语语系台湾文学"之间的复杂纠葛不是简单的"压迫——抵抗"可以概括的。史书美等人的研究虽然把台湾文学放入到了比较语境中,运用了世界文学的眼光,但在具体实践中却忽略了更为细致的关联,刻意回避了中国大陆与"华语语系"地区间文化的相互流动、影响,是偏颇的。台湾文学与其他"华语语系文学"间的关系也有待拓展,台湾对马华文学、香港文学在敞开怀抱同时,有没有歧视对方的"华语"不够纯粹? 有没有以文学修辞粉饰历史? 有没有在文学作品里呈现出一种"台湾中心主义",展现其从中国边陲到南洋中心的欲望?

最后再回到台湾焦虑的问题上,一方面台湾学界对于自身在国际学术场域的不可见感到焦虑,另一方面台湾文学研究也面临着僵化的问题。台湾文学研究依托台湾文学系所,常见的研究方法都来自于西方理论,涉及民族国家、族群、帝国、后殖民、后现代、身份认同、离散、全球化、女性主义、酷儿研究等议题。由于论文发表的规范、周期限制,台湾文学少见即时性的文学批评,对文本的阐释过于依附理论。

这造成一个问题,即学界对文学质量的关注不如对文本涉及议题的关注,媒介上的书评也侧重推荐而非评论,无法建立起完善的评价机制。台湾作家就职于学术机构的趋势越来越明显,他们一面当学者一面当作家,不自觉地就会把理论阐释融入到创作中,作品像是热门议题、元素的拼贴,文学技巧并无显著提升。这样的作品进入到"华语语系"范畴,可以作为范例,却无法被经典化,更无法与世界一流文学作品竞争。提升文本质量,涉及议题具有普泛性,在展示本地特色同时培养文学翻译人才,这些才是台湾文学在世界"可见"的路径。

2015 年 5 月 17 日,台湾教育事务主管部门强烈建议增设"华语文系所",目的是向海外推广华语与文化教学,侧重实践技能的培养,适应在与国际接轨时对华语人才的需求。"华语文系所"类似于中国大陆的对外汉语专业,都是为了促进华语在世界范围内的广泛传播与应用。在史书美的访谈里,她也谈到童年就读台湾当局在韩设立的华人学校,是她建立认同的重要渠道。以"华语语系"论,史书美应该在韩国落地生根,变成一个当地人,而不是前往台湾求学,后又举家迁徙台湾。通过自己的亲身经历,史书美更应知道文化对于认同的重要性及落地生根的艰难。

"华语语系"反离散,因为离散代表着对中心强烈的归属感,这个中心被认为是以"中国"作为单一的国族想象,但正因秉承着这个归属感,使得台湾在荷兰、日本殖民时期持续反抗。如今,"华语语系"研究者尝试从"认同"转向"关系"研究,[1]把台湾视为世界的能动者,是世

---

〔1〕 詹闵旭、徐国明:《当多种华语语系文学相遇:台湾与华语语系世界的纠葛》,《中外文学》,2015 年第 44 期。

界历史进程中互动关系的产物——"放在世界之中来看的台湾不再是单独存在的实体,而是因为与其他实体的历史、地理、文化、政治与经济等有相互关系而产生。"[1]这种关系研究应该像陈光兴在《去帝国——亚洲作为方法》中所提示的那样,包括:一、与中国大陆的关系;二、与其他"华语语系"社群的关系;三、与东亚的关系;四、与西方的关系,尤其是和美国的关系。[2]其中不光是影响与被影响、压抑与抵抗、殖民与反殖民的关系,而是有着更复杂的纠葛。研究者所要做的是将纠葛抽丝剥茧,而非以二元对立来简化纠葛,以此缓解那不被看见的焦虑。

---

[1]　史书美:《反离散:华语语系研究论》,台北:联经出版事业公司,2017年版,第130页。
[2]　欧阳月姣:《"本土"如何"跨国"——当台湾文学遇上华语语系》,《华文文学》,2017年第2期。

历史、语言、文学史

——"华语语系文学"研究的再思考

　　"华语语系文学"是近年来海外学界对于离散华人创作的一种命名,成为颇受关注的学术话题,在中国大陆也引发诸多争论,主要集中在概念辨析、后殖民理论批判、不同学者论述差异等方面。"华语语系文学"虽然是一个从文学出发的概念,但与其他学科之间存在着紧密的联系,体现了海外汉学界跨学科、跨文化的特点,打开了过去文学研究的封闭范式,也使我们反思中国现当代文学研究的诸多盲点。本文尝试分析"华语语系文学"如何借鉴其他学科和理论资源进行论述以及存在的偏颇。

一、"华语语系"与"新清史"

如果我们把"华语语系文学"仅看作是对"中国文学"的挑战，就不免小看了史书美等人的企图心，实际上它是伴随着"中国崛起"的现实而产生的一种对"何为中国"的质疑。"中国问题"已成为西方学界共同关注的焦点。

正如罗岗所认为的："从现实的视野来看，'中国'以及与之相关的'中华民族'正在经受严峻的挑战，这些年来，无论是西藏的问题还是新疆的问题，都在挑战中国以及与之相关的'中华民族'的概念，并且将中国逐渐窄化为'汉民族'/'汉语'密切相关的政治共同体，这使得'中国'是否能容纳如新疆、西藏或者边疆其它各少数民族，就大成问题了。而且这个问题既表现在现实各种各样极端主义思潮中，一方面以'一个民族、一种语言、一个国家'的模式强调自身的民族认同和文化认同，进而强化了不同形式'独'的倾向，另一方面则在学术的层面上不断地'解构中国'，在时间上质疑'中国'是否具有内在的连续性，在空间上强化'中国'内部的断裂性。"[1]

这种趋势深刻反映在历史研究中，海外的"新清史"研究正是在这个思路下操作的。"新清史"的研究是在费正清"冲击—回应"模式陷入瓶颈后开辟的新思路。"新清史"强调清朝作为一个多民族国家，满族从边缘入驻中央，与聚居中原的汉族相互交融，从而塑造了中国史上最大的版图。"新清史"一定程度上继承了日本二战前为侵略扩张

---

[1] 罗岗：《"何以中国"："中国道路"的时间维度和空间跨度》，《开放时代》，2019 年 1 期。

合法化而主张的"清朝是异族统治,满蒙非中国"的"满蒙叙事"。同时"新清史"也是西方学界对民族—国家史学传统的突破和解构[1],反对中心主义,与流行的族群研究、内亚研究、多元文化主义、新帝国史、新文化史相交织。

　　"新清史"的特点一是去"汉族中心化",重视清朝边疆地区,强调维持满族特性是清朝统治成功的原因,强调其与历代汉族王朝的区别,试图建立一种"满洲中心观";二是强调全球视角,主张将清史纳入到全球史的范围内讨论,把清朝视为与海洋帝国相对的"内陆帝国",更有甚者把它对周边的统治,视为一种清朝在内亚扩张的"殖民"行为;三是强调满语及其他少数民族语言的重要性。[2]

　　"新清史"争论的一个重要问题是"汉化"与否。一些海外学者把"汉化"建构为"中国学者基于狭隘的'民族主义'而创造出来的带有强烈沙文主义色彩的一种意识形态化叙事。"[3]他们否认清朝汉化的成功,否认满族与汉族双向互动,否认满洲元素与中华文明的融合,而只强调满族建立的清朝与历代汉人建立王朝的区别。突出清朝统治中的非汉族因素,把满族视为"异族",是为了对历史上"中国"、"中国人"、"中国民族"等一系列概念提出挑战,由此不把清朝等同于中国,而是一个超越"中国"的满洲帝国。[4] 在他们持有的后现代史观看

〔1〕 王晴佳:《为何美国的中国史研究新潮迭出? 再析中外学术兴趣之异同》,《北京大学学报:哲学社会科学版》,2012 年 2 期。
〔2〕 定宜庄、欧立德:《21 世纪如何书写中国历史:"新清史"研究的影响与回应》,《中国史学评论》创刊号。
〔3〕 钟焓:《清朝史的基本特征再探究——以对北美"新清史"观点的反思为中心》序言,北京:中央民族大学出版社,2018 年版,第 5 页。
〔4〕 刘凤云、刘文鹏编:《清朝的国家认同:"新清史"研究与争鸣》序言,北京:中国人民大学出版社,2010 年版。

来,"中国"的概念一直随着疆域、地理、人口组成、文化的变动而变动,从来没有,也永远不会有任何纯粹的"中国"或"中国性"。[1] 所以激烈者主张将清朝与中国相剥离,强调以汉族为主体的中华人民共和国应该继承的是明代中国,有效统治范围是中国内地。[2] 它最终指向和质疑的是 1949 年后中华人民共和国疆域的合法性和民族融合的有效性。"新清史"虽然谈的是历史问题,但映射的却是当下中国,有着特殊的政治考量。

史书美最初提出的"华语语系"观点主要指向海外的离散华人,后从"新清史"汲取灵感,加上后殖民论述,衍生出更为激烈的"华语语系"理论。她指认中国进行了三重殖民,第一重是中国内部的领土殖民。《反离散:华语语系研究论》开篇就借用"新清史"观点:"近十五年来在美国的中国史学家对清帝国(1644—1911)的历史与特性考察及分析时进行理论性爬梳,将其定义为一个内陆亚洲帝国。他们详尽研究清朝对北边与西边大片疆域的军事扩争与殖民统治,证实清朝约自十八世纪中叶起即成为类似西方帝国的内陆亚洲帝国,此纵深的历史观点对我们如何看待今日的中国有重大的启示。"[3] 在"新清史"的启示下,她认为 1949 年后的中国接续了这种"殖民":"继承或重新殖民满清所占领的大片区域,包括新疆、西藏、内蒙古与满洲,将'中国本土'原本的领域扩张两倍以上。"[4] 她放过了"中华民国",认

---

〔1〕 刘凤云、董建中、刘文鹏编:《清代政治与国家认同》序言,北京:社会科学文献出版社,2012 年版。

〔2〕 刘凤云、刘文鹏编:《清朝的国家认同:"新清史"研究与争鸣》序言,北京:中国人民大学出版社,2010 年版。

〔3〕 史书美:《反离散:华语语系研究论》,台北:联经出版社,2017 年版,第 11 页。

〔4〕 同上,第 6 页。

为在 1917—1949 年之间的中国不算一个帝国,因为那时的民国正如临深渊。[1] 却又把 1945 年"中华民国"对于台湾的接管也视作一种殖民行为,她的论述中充满了这种区别对待和自相矛盾;[2] 第二重是文化殖民。首先是语言,史书美把中国视为多语帝国,在 1949 年之后遭到了汉语和语言政策的殖民,并引发了抗议。少数民族的宗教信仰、日常生活、文学创作也被认为遭到了汉文化的殖民。还有普通话对方言的殖民;第三重在中国的外部,华人离散海外形成新的社群,传播中华文化,却被史书美认为是对当地土著的一种"定居殖民主义"。

通过指认这三重殖民,史书美把中国从受害者的角色变为加害者,并批评中国政府的民族主义史观叙述——把中国打造成"受害者"从而逃脱了对它"殖民性"的批判。可按照"新清史"的观点清朝是由满族统治的帝国,而史书美想要批判的是"汉族中心"和"汉族帝国主义"。在这个逻辑转化过程中,她借用了"汉化",认为通过"汉化",汉族刚好在殖民侵略中不弄脏自己的手,合法继承疆域。[3]

为了支撑自己的批判理论,史书美随意借用"新清史"观点,左右两条路径批判中国,从中国历史的连续性来看,中国一直是个具有侵略性的"帝国",从清朝到"中华民国"、中华人民共和国的更迭来看,中国又不该继承那么大的疆域。赵刚指出,史书美为中国设计了两条道路:其一是按照她所想象的西方多元文化民族国家模式进行自我改造,范本是美国。其二是将汉地等于汉人等于汉语等于国语

---

〔1〕 史书美:《反离散:华语语系研究论》,台北:联经出版社,2017 年版,第 105 页。

〔2〕 黄锦树:《这样的"华语语系"论可以休矣》,收入《马华文学批评大系:黄锦树》,桃园:元智大学中语系,2019 年版。

〔3〕 史书美:《反离散:华语语系研究论》,台北:联经出版社,2017 年版,第 12 页。

等于中国。透过这个等式，把中国从统一多民族国家置换为一个单一汉族国家，在置换过程中，新疆、内蒙古、青藏，乃至"满洲"，都应离中国而去。[1]

可以看出史书美版"华语语系"的操作正是将复杂的"中国性"简化为"汉族中心主义"，加以第一层批判。再把"边缘"切割出去，鼓励它们或自行独立，或与周边联合为"华语语系社群"，制造"中心"与"边缘"、"强大"与"弱势"、"单一"与"多元"的对立，站在"受害者"的角度号召边缘、弱势联合对"中国霸权"进行第二层批判。

为了制造二元对立，她先是错误地把历史上汉族与少数民族间的相互交融看作是军事镇压、经济统治、宗教同化等殖民手段，更关心种族冲突而非融合。再把中国人在海外漂泊离散，看作是对当地土著的"定居殖民主义"，他们身上的中华性既是一种"殖民性"，也因其保守对落地生根产生阻碍。只有驱除中华性，真正成为当地人，才能洗刷掉殖民痕迹，而"中文"和"中文文学"正是这个驱除的阻碍。在史书美的论述中，离散华人一面扮演着"殖民者"的施害角色，一面扮演着难以融入当地的受害者角色，充满了矛盾。事实上华人内部有更细致的划分，如坚守中华性与中国保持密切联系、分享共同命运的华人，讲求实际、与中国发展贸易同时较好适应本地社会的华人，以及已经充分融入当地的混血化的土生华人。[2]他们跟当地殖民者的关系也不尽相同，有些扮演着殖民统治下管理者或者代理人的角色。史书美将殖

---

〔1〕 赵刚：《西奴风与落花生：评史书美的"华语语系"概念》，搜狐网，https://www.sohu.com/a/203699990_425345。

〔2〕 黄锦树：《马华文学与（国家）民族主义》，收入《马华文学批评大系：黄锦树》，桃园：元智大学中语系，2019 年版。

民矛头对准中国,只选取其一作为批判对象,以偏概全。"华语语系"理论与真正的华人历史、现实并不完全相符。

史书美另一根本性的错误在于所论述的"华语语系"地区里,中国的少数民族边疆、台港澳地区,本就属于中国不可分割的一部分。为了号召这些地方对中国加以反抗,她借用"新清史"的激烈观点对中国的多元一体性进行颠覆,把清帝国至中华人民共和国都视为一个可类比西方帝国主义的殖民现代帝国,把民族政策、"一国两制"方针视为对边缘地区的殖民统治。[1]稍懂中国历史的人都知道这种殖民关系并不存在,历史学者早就指出"新清史"里存在诸多谬误,但史书美依然"拿来就用"。

不光史书美,连"温和"的王德威也认为:"作为主权国家的'中国'是二十世纪以来的现象。在此之外,中国也指涉一个朝代兴亡的漫长过程,一个区域文明合纵连横的空间,一个文化积淀或消失的谱系,一个杂糅汉胡、华夷的想象(却未必和谐的)共同体。我们必须在更深广的格局里,建构或解构'中国'。"[2]他把"中国"视作一个动态的过程,强调其多样性和富于变化,可能是知识体系、文明传承,也可能是民族想象或是欲望爱憎对象,[3]而非一个完整的、现实的政治实体。史书美论述里那个被视为稳固的、霸权的"中国",在王德威这里变成了一个飘忽不定的"中国"。[4]

---

〔1〕 赵刚:《西奴风与落花生:评史书美的"华语语系"概念》,搜狐网,https://www.sohu.com/a/203699990_425345。

〔2〕 王德威、高嘉谦、胡金伦主编《华夷风》导言,台北:联经出版社,2016年版。

〔3〕 王德威:《"根"的政治,"势"的诗学——华语论述与中国文学》,《扬子江评论》,2014年第1期。

〔4〕 刘大先:《华语语系文学:理论生产及其诞妄》,《世界华文文学论坛》,2018年第1期。

何为中国？沈卫荣认为，"中国"是一个十分复杂的概念，既是历史的、人文的概念，又是民族的、地域的概念，还是一个政治、法律的概念，若只选取其中一个方面来谈论一个抽象的中国，都是不全面和不恰当的，也无法与现实中国相对应。此外，"中国"还是一个处于不断变化和发展中的历史性的概念，"中国"的内涵和外延时刻都在变化和发展之中，今日之中国的形成无疑是以上所有这些因素长期互动和发展的结果。〔1〕但"中国"有其内在的连续性，作为一个复杂共同体，从建立之初就采用了多民族统一国家的模式，中国历代王朝也始终坚持着"大一统"思想和统治方式，虽有其历史变化的复杂性，但始终包容着多样性，汉民族和少数民族共同构建了中华文明。"新清史"和"华语语系"都只剪裁了其中的历史片段来为当下服务。

以欧立德为代表的"新清史"学者认为"新清史"不仅是认识论的转向，同时也是语言学的转向，是对于满文作为一种学术语言的重新发现。他们在研究中重视满文材料，尤其是满文档案，认为汉文官方档案的国家立场和鲜明的政治指向对史实进行了遮蔽，而满文档案可以启示汉文材料所隐藏的事情。满语更能表达满族人的生存经验和独特感受，满文和满文档案蕴藏着更为丰富的内涵，需要研究者加以学习研读。〔2〕

中国大陆学者则指出"新清史"学者满语研究的诸多错漏，且并没有提供新的资料和知识，满语水平的运用和满文资料的掌握较为有限。沈卫荣通过分析其处于美国学界的"新语文学"运动背景，即强调

---

〔1〕 沈卫荣：《沈卫荣看"新清史"的热闹和门道①："清世界主义"的意义》，澎湃新闻，http://www.thepaper.cn/baidu.jsp? contid＝1783430。

〔2〕 欧立德：《满文档案与"新清史"》，《故宫博物院学术季刊》，第 24 卷第 2 期。

土著语文资料的重要性,并运用语言学和历史学两条学术进路来处理这些土著语文文献,以为弱势、边缘发声的姿态来表达政治正确,来论证"新清史"对于满文的提倡更多是一种学术姿态。他也批驳了"新清史"一些学者为了强调满文文献的重要而质疑汉文文献篡改了历史记录,这种怀疑源于后现代史学对任何文本之真实性的根深蒂固的怀疑。但他们只怀疑汉语文本,而坚信满文、蒙文和藏文文本的真实性,同样是意识形态作祟。[1]

"华语语系"同样是强调方言和少数民族语言的重要性,彰显对于这些语言和文学作品的"重新发现",认为使用这些语言的人更能表达自己真实的思想感情,而无须经过汉语、普通话的"翻译"、"遮蔽"。"华语语系"设立了一个鲜明的反对目标——标准汉语,认为规范化的语言代表着一种霸权,一种自我审查、遮蔽的不可靠。由此制造多元VS单一、真实VS虚假、生动VS沉闷的二元对立。"华语语系"鼓励少数民族语言的文学创作,对于使用汉语创作的"华语语系"作家,则认为他们应该杂糅进当地的主流语言、音译方言,使汉语变得不再纯粹,变得"克里奥尔语化",由此和标准汉语背后所代表的"中国"进行脱钩。

但从实际操作来看,"华语语系文学"更多是加入了一些繁复修辞和方言口语,当他们想从句法层面反抗标准汉语时,不是退回到传统中国文化借助文言资源,就是模仿西方翻译文学,难以走出一条自己的路。并且随着离散的久远,"华语语系"写作者的基本语文功底不断

---

〔1〕 沈卫荣:《沈卫荣看"新清史"的热闹和门道⑤:满文文献? 东方主义!》,澎湃新闻,
　　　https://www.thepaper.cn/newsDetail_forward_1787748。

退化,他们已不再遵循汉语语法规则,作品变得愈发怪异。但文学不是历史档案,它以达成广泛阅读交流为目的,这种修辞、语法的怪异、分裂为广泛交流制造了障碍,最后只能变成少数人的身份密码,又阻碍了他们自我意识的彰显。而且中国对于少数民族语言一直采取保护的态度,有专门的少数民族语言文化产品出版,借助汉语的中介,不同民族之间得以相互交流,少数民族文学同样属于中国文学的范畴。

"华语语系"由"新清史"引发诸多问题思考,但没能对其谬误进行辨析,还把其中复杂的纠葛做了简单化的处理。它过于强调二元对立,凸显边缘的主体性,想要颠覆中心;或者强调汉族主体性如何压抑了少数民族主体性的发展。但实际上两者是相互促进的关系,满族吸收了汉族的先进文化,获得了汉族士大夫群体的认可,满族也为了凸显自己的统治者地位,保留了独特的身份认同,以一种持续的满族意识自觉地再造了中国,发展了中国性。〔1〕汉与非汉民族之间是一种互动关系,摩擦、吸收达到文化交融,而非颠覆的二元对立关系。与其说是"汉化",不如说是一种在地化,无论汉族入驻边疆,还是少数民族统治汉地社会,都是因地制宜,在保留原有文化、制度的基础上稍加调整,以更适应当地的发展。〔2〕而海外学界在处理族裔问题时,总是刻意强调冲突而非融合。

选择以"文学"为场域,是因为史书美看到文学对"想象共同体"构

〔1〕 刘凤云、董建中、刘文鹏编:《清代政治与国家认同》序言,北京:社会科学文献出版社,2012年版。

〔2〕 朱天元:《姚大力:中国文明是一个"多数的文明"》,《经济观察报书评》,2018年6月24日。

建的巨大作用,中文、中文创作是"中华性"的有效组成部分,正因为使用中文,使漂泊在外的华人组成了一个个社群,尽管血缘日渐稀薄,但文化始终维系着他们和中国的牵绊。史书美的"华语语系"想要通过"文化介入"展开实践,一是把汉语、汉语文学、汉语文化政策视为中心、霸权,指责其压制了泛华语世界中多元性与异质性;〔1〕二是凸显"华语语系文学"在特定时间、地点的情境性、行动性,号召"弱势"华语文学联合抵抗汉语霸权,〔2〕而非追求抽象的审美价值,所以在"华语语系文学"论述中少见对于作品文学性的论述。更不去提华人是如何依靠华语文学创作和坚守中华文化传统来反抗当地真正的殖民者。史书美一味鼓励"华语语系"作家在创作中驱除汉语的残留,终结离散状态,落地生根,摆脱和中华母体的文化羁绊,实际上是对语言、文学背后所代表的文化—中国的身份认同进行干涉,消解文学作品中的国族想象,进而达到解构政治认同的目的。

"新清史"作为海外史学界的思潮,在史料运用、理论方法、研究思路上都有所创新,所提出的"内亚视角"为中国北方民族研究提供了借鉴,但其中不少问题值得商榷。史书美的"华语语系"、"华语语系文学"直接借用了"新清史"中偏颇的观点,指认清朝是现代意义上的殖民帝国,把中国对少数民族地区的治理和华人在海外的离散都视作殖民行为,把中国语言、文学的发展视作对于少数民族、海外华人的文化压迫,衍生出了一个文学版的"新清史"。使得"华语语系文学"从一个有启发性的学术视角,变成了一个越来越与现实勾连的政治概念。

---

〔1〕 吴景明、李忠阳:《从民族国家拯救文学史:从民族国家范式到华语语系范式》,《文艺争鸣》,2019年第2期。
〔2〕 史书美:《反离散:华语语系研究论》,台北:联经出版社,2017年版,第23—25页。

二、"华语语系"的语言问题

作为一个由语言引出的概念，"华语语系"最重要的是"语"的问题。语言学家韩礼德认为讲话人选择何种语言时，实际上是在界定、塑造乃至"发明"了一个"自我"。[1] 王东杰认为尽管全球化已经把人卷入更加异质和混杂的情境中，但语言仍是各类民族主义或准民族主义的动力来源之一，是民族国家建设的积极"创造者"和"推动者"。[2]

史书美从"语系"入手，是看到语言对于民族主义塑造的强大作用，人们也可以通过改造语言，进而改变社会。史书美制造了汉语和华语、汉语和少数民族语言、标准汉语和方言间的二元对立，认为汉语是汉族中心主义的，是一元的、标准的，是单一民族国家的通用语，是压抑了其他语言和文化异质性的。而华语是丰富的、混杂的、不标准的、是与民族国家脱离的，可以"打破大一统与整体性的表象"、"推翻以标准语言达成统一的霸权想象"的。[3] 史书美通过对标准汉语的否定，进而否定这种语言所界定的"主体"，即"中国人"和"中国"。

"华语语系"希望那些在海外说着方言或在中国说着其他民族语言的人在全球化变革中脱离中国融入当地，进而解构"中国性"。但

---

〔1〕 王东杰：《声入心通：国语运动与现代中国》，北京：北京师范大学出版社，2019 年版，第 2 页。
〔2〕 同上，第 4、6 页。
〔3〕 向宇：《理论和政治的纠缠：从华语语系研究到华语语系电影》，《浙江传媒学院学报》，2016 年第 5 期。

"华语语系"在"语"的问题上有三点偏颇:一是秉持西方的"语音中心主义",只谈声音,少谈文字的作用,因为相比众声喧"华",汉字却是统一的;二是强调标准汉语对于方言的宰制,不考虑两者的同源性和方言应用的范围;三是过于追求国界与民族及语言疆域相互重合的"语言民族主义",以单一的语言要素对"文化"、"文明"加以界定,忽略中国是一个多语言、多民族、多宗教、多文明的跨体系社会。[1]

语言分为口语和书面语,声音和文字共同构成了我们的文化系统,共同促进了中华民族的形成。"中国的文字是统一的,中国的方言是分歧的,这是谁都知道的事实"[2]。"华语语系"只听到声音的"喧哗",而不谈文字的统一,是片面的。

因为对于中华文化的传承,文字比声音还重要。汉字的确也曾遭遇过危机,被视为人们接受先进文化的阻碍,激进者把文字改革关联到中国救亡图存的深刻历史变革。但章太炎认为识字不光是掌握字的形音义,还是掌握关于字的相关文化、在历史上的整体意义,成为重新约定中国性的单位。[3] 王东杰也认为:"比起'识字'这一具体行为,'文字'的象征意义以其所营造的文化氛围对于塑造中国民众的心灵同样重要:识文断字,就自动承担了一份道义责任;不认字者,也有见贤思齐的义务。因此,对于大多数中国民众来说,文字文化的影响主要在价值取向上,而不是'技能'层次上。"文字不光用于考取功名,

〔1〕 汪晖:《跨体系社会与区域作为方法》,收录于《东西之间的"西藏问题"》,北京:生活·读书·新知三联出版社,2011年版。
〔2〕 赵元任:《赵元任语言学论文集》,北京:商务印书馆,2002年版,第486页。
〔3〕 黄锦树:《文与魂与体:论现代中国性》,台北:麦田出版,2016年版,第25页。

更塑造了普通人的日常生活和观念世界,代表了优雅与秩序。[1] 书写营造了一种文化的公共性,文字所形成的器物,如牌匾、对联,被当作文化氛围一种,出现在寻常百姓家中。王德威正是在马六甲古城一家古玩店看到对联式招牌"庶室珍藏今古宝,艺坛大展华夷风"而发明了"华夷风"的概念。汉字不光作为文化象征,更是千年文明的传承标志。至今"华语语系"地区仍使用繁体字,汉字所代表的中华文化传统和汉字本身所具有的美感对于当地华人仍有吸引力。"华语语系"的写作者常以文字繁复为特点,锤炼文字,是因为在特殊历史背景下,尤其是其他语言的压迫下,他们对汉语更加敏感,反而容易成为一种特殊的写作实验,一种对汉语的再造。"华语语系文学"刻意回避表意文字系统为主的汉语书写,鼓励混杂当地语言,再造一种表音文字系统,从而创造一种区别于汉语的"华语",驱除"中华性"的残留。

再谈声音,"华语语系"提倡众声喧"华",认为"汉语中心主义"压抑了方言、少数民族语言的言说空间,认为"方言其实可视为不同的语言"[2],所以应该摆脱汉语的影响。那我们具体来看汉语与它们之间的关系。

方言概念最早大约出现在周代,所谓"殊方异语"。[3] 随着民族国家建设经历了一个不断内缩的过程,从"方域"之言到"地方"之言。[4] 我们今日意义上的"方言"属于汉语内部,汉语方言中的"向心

----

〔1〕 王东杰:《声入心通:国语运动与现代中国》,北京:北京师范大学出版社,2019 年版,第90 页。

〔2〕 史书美:《反离散:华语语系研究论》,台北:联经出版社,2017 年版,第 20 页。

〔3〕 袁家骅等著:《汉语方言概要》(第二版),北京:语文出版社,2001 年版,第 1 页。

〔4〕 王东杰:《声入心通:国语运动与现代中国》,北京:北京师范大学出版社,2019 年版,第383 页。

力"超过了"离心力"。王东杰进行三点总结[1]：一是因为汉字的统一约束了方言的分化。语言学家袁家骅也谈到，方言虽处于半独立状态但从属于统一的书面语言，各方言平行发展的同时不断受到书面语言的影响，读书音和口语音在有些方言里形成了双重系统；[2]二是通过对语音、语词、语法等层面的共时性比较，证明各地方言之间同大于异，因而皆属汉语；三是通过历时性研究，方言本就具有同源性，沈步洲指出："方言者，乃同一种语言中由历史所经之情境所发生，非两种源流不相同之语言由历史之机会而接触者也。"[3]

方言是同一个语言的地域性变体，但都遵循汉民族的统一标准、传统。[4]方言也从标准汉语中源源不断地吸收养分、丰富表达。而且不光有地域方言，还有社会方言，即便在同一语言内部还关乎职业、阶级、性别、年龄等要素，不能一概而论。[5]

正因方言所具有的向心力，使其同样承担着强化"国民性"的使命。日据时期，面对强大的日语殖民压力，台湾出现了"台湾话文派"，借鉴了中国大陆的"国语运动"和"文学革命"，追求台湾话的"言文一致"，是台湾年轻一代知识分子为对抗殖民统治、启蒙大众，希望通过语言文字寻找文化身份认同、确立民族精神的艰难尝试。[6]1945 年

---

〔1〕 王东杰：《"汉语是一种语言"：中国现代国语运动与汉语"方言"的成立》，《学术月刊》，
　　　2015 年第 11 期。
〔2〕 袁家骅等著：《汉语方言概要》（第二版），北京：语文出版社，2001 年版，第 6 页。
〔3〕 沈步洲：《言语学概论》，北京：商务印书馆，第 164 页。
〔4〕 袁家骅等著：《汉语方言概要》（第二版），北京：语文出版社，2001 年版，第 7 页。
〔5〕 周振鹤、游汝杰：《方言与中国文化》，上海：上海人民出版社，2019 年版，第 4 页。
〔6〕 计璧瑞：《两种理想的困境——析台湾话文论争兼及大陆国语运动》，《中国现代文学论
　　　丛》，2007 年第 2 期。

光复后，国民党在台湾推广国语时，采用了"从台湾话学习国语"的方式，通过"对照、比较、类推"，在台湾话和国语之间建立一种感性对应关系，拉近台湾人民与祖国的距离。[1] 1940 年代，在港的南来文人受解放区文学和"讲话"精神的感召，发起了"华南方言文学运动"，以《华商报》为平台面向底层百姓，粤语方言为主，客家话、潮汕话、四川话、闽南话为辅进行创作，尽可能运用群众日常生活语汇，凸显地方色彩，使文学作品通俗易懂、深入人心，落实了文艺大众化的实践。[2]

史书美把推广普通话视作国家(中央)政治和文化权力对地方文化实施的压迫，[3]认为方言作为"华语语系"应该独立存在，是感觉到汉语(普通话)和方言之间有着复杂的不平等状态。

这种不平等是因为语言的作用分为两种，一种是交流工具，比如我们日常的口语，另一种是为了培养出特定认同目标，充当意识形态的教化手段，比如官方语言。[4] 在清朝，各地讲方言，但如果想当官，就必须学习以北京话为基础的官话。英国殖民时期，香港人日常交流使用粤语，但为了培养港人对英国的认同，在正式场合要讲英语。交流语言和正式语言一般可以分开，在正式场合和公共政治空间，我们认为讲方言是低于普通话的，因为方言为广泛沟通设置了障碍，降低了行政效率。但在私人生活里，方言被认为是情感维系的重要纽带，在传统伦理社会里更具有强烈的象征意义。方言不光是一个人地方

---

〔1〕 王东杰：《"汉语是一种语言"：中国现代国语运动与汉语"方言"的成立》，《学术月刊》，
2015 年第 11 期。

〔2〕 颜同林：《〈华商报〉副刊与 1940 年代港粤文艺运动》，《广东社会科学》，2019 年第 2 期。

〔3〕 王东杰：《声入心通：国语运动与现代中国》，北京：北京师范大学出版社，2019 年版，第
389 页。

〔4〕 同上，第 9 页。

身份的重要标示,更关乎伦理道德,不说方言就是忘本。在地方家庭生活里如果讲字正腔圆的普通话,会阻碍与长辈间的沟通。并且在特定时刻,比如遭遇殖民的时候,面对强大的外语势力,方言会加固一个地区的情感共同体,促使人心向祖国从而抵制外来的文化侵略。[1]在有些地区方言说得标准与否,更能决定一个人的在地尊严,当地人会歧视外地人方言说得不够纯粹。所以当下中国人多是采取普通话加方言的模式来交流。

交流语言和正式语言也可以相互转化。二十世纪初留美人士彼此方言不通,最初只能使用英语交流,后来有志之士有意识地推广"官话"交流,使其成为大众教育和启蒙的有效工具。[2]中国的官方语言在海外反而成了便捷的交流语言。

方言也能促进汉语的发展,它更多保留了古音古字,是统一汉语形成的基础,可以补足汉语中表述方式的不足。[3]汉语要想生动、活泼、丰富,追寻更多文化传统,就需要从方言里汲取营养。文化中心区也由此将方言区丰富多彩的文明吸收其中。汉语(普通话)和方言之间,不存在压抑被压抑的关系,而只是在面对公众、正式的场合与面对私人、日常场合间的不同选择,以及根据不同历史情境做出的使用策略调整。

统一一种标准语有其特殊的历史背景。在 20 世纪初的混乱局面

---

〔1〕 王东杰:《声入心通:国语运动与现代中国》,北京:北京师范大学出版社,2019 年版,第399—431 页。

〔2〕 季剑青:《留美学生围绕语言改革的讨论及实践与文学革命的发生》,《文艺争鸣》,2020年第 9 期。

〔3〕 王东杰:《声入心通:国语运动与现代中国》,北京:北京师范大学出版社,2019 年版,第392 页。

下,中国文字艰深、方音复杂、言语不通,心气也没法整合。有人认为方言众多且各自为政,才导致外语横行,反客为主。为了提高国家管理的效率,增加人与人之间的交流机会,对抗外国语,不光要开民智,更要聚民情,统一、推广一种标准语势在必行。〔1〕同时统一语言也关联起文化身份建构和民族国家建立的宏大叙事,说国语是培养新型国民的重要手段,以此建立现代民族国家,团结国人、促进认同。〔2〕但对于统一标准也产生了争执,知识分子围绕着古音、今音、南音、北音,寻求一个调和方案。瞿秋白则主张发明一种符合无产阶级口语表达习惯的"活人的"普通话,以此和知识分子群体的欧式"新文言"相区别。在推行统一国语过程中,不同方言地区遭到的阻碍也不相同,广东地区内部的方言就难以统一,粤语标准都无法确立,文艺创作也是白话、文言、粤语相互混杂,还一度出现了复兴文言浪潮。广东文化人致力于通过捍卫粤语保护地方文化,足见语言统一过程的曲折和中国文化转型的复杂面向。〔3〕

　　1949 年后,为了巩固统一的民族国家,更需要以语言的统一来促进文化的统一,提供强大的民族认同,推动现代民族国家的政治经济建设。〔4〕而且方言已经难以应对时代发展所出现的许多新事物、新思维,缺乏相对应的词汇,导致失语。在吸收了"国语运动"争论的一些思想后,政府以"普通话"取代"国语",想要减轻中央与地方、官方与

〔1〕 同上,第 341—342 页。
〔2〕 刘进才:《国语运动与现代民族国家的想象》,《人文杂志》,2010 第 4 期。
〔3〕 崔明海:《近代国语运动研究》,合肥:安徽师范大学出版社,2018 年版,第 185—218 页。
〔4〕 康凌:《方言如何成为问题? ——方言文学讨论中的地方、国家与阶级(1950—1961)》,《现代中文学刊》,2015 年第 2 期。

民间的对立,也包含着对于方言、少数民族语言文字的尊重。

可即便是在特定历史条件下,在民族危难之际,在新中国建立百废待兴之时,也只是想建立、推广统一的一种语言,而非追求语言的统一。中国在统一语言时,并不打算消灭方言,而是鼓励其存在和发展。直到 2015 年还约有 4 亿人不能用普通话进行交流。[1] 统一的语言只是起到了一个整合和调节的作用,而非对其他语言的宰制。普通话和方言一直并存,方言的词汇还能丰富普通话的表达。作家周立波就认为:"采用方言,不但不会和'民族的统一的语言'相冲突,而且可以使它语汇丰富,语法改进,使它更适宜于表现人民的实际的生活。"[2]

方言在当代文学创作里同样扮演了重要的角色。周立波《山乡巨变》运用湖南方言,金宇澄《繁花》以沪语写作,年轻作者颜歌、周恺熟练运用四川话创作。几种语言混合的现象早在 1940 年代香港流行小说里就已出现,《经纪日记》是一部"三及第"小说,混合了白话、文言、粤语以及其他的地方流行方言,让非粤语区读者大致也能明白。[3] 粤语方言已经深刻影响到了香港作家书面语的语感。在使用方言创作时作家也会有意识地进行改造,以方便大众阅读。随着大众媒介发展,方言文化受到越来越广泛的关注,也促使一些年轻人主动学习方言,了解地方习俗。这些都凸显了中华文化是由众多地方社会文化所构建的"共同体",不同的方言使得中华文化呈现了多样性和活力。

"华语语系"的产生是因为使用汉语及汉语方言的人四处离散,语

---

〔1〕《我国仍有约 4 亿人不能用普通话进行交流》,中国政府网,http://www.gov.cn/xinwen/2015-09/20/content_2935621.htm。
〔2〕周立波:《谈方言问题》,《文艺报》,1951 年 3 月 10 日,第 3 卷第 10 期。
〔3〕赵稀方:《报刊香港:历史语境与文学场域》,香港:三联书店出版社,2019 年版,第 266 页。

言发生了新的变化。汉语的流散可分为：汉语的域外方言和海外汉语方言，前者是指古代中国与周边国家交往频繁，文明相互碰撞，它们大量吸收汉语的字音、字形，有些沿用至今。后者指随着中国人的离散，把汉语和汉语方言散播在世界各地，与当地主流、非主流语言碰撞后继续发展演变。[1]

早期移民有群居的习惯，会召唤老家的亲人一同移民，也会和来自同一地区的移民居住在一起，于是形成了一个个海外华人移民社群和方言社群，方言成为华人在异乡生活的重要凝聚力。但不同的方言交流起来也有障碍，华人作为一个整体在异国生存，与中国交往密切，需要一种通用的语言成为华人社会的共同语，这种被称为"华语"的通用语就是标准汉语。[2] 尤其在 20 世纪初，中国遭遇深刻危机，为了倡导海内外华人团结一致，塑造华人的整体意识，强化中国认同，突破狭窄的地方主义，新马华人社会兴起了现代华文教育，借由印刷、出版、演讲等文化形式普及华语，打破方言间隔。海外华人和中国人经由同一种语言和共同的危机意识紧密联系在一起，国家面临生死存亡的自卑感更强化了认同中华文化的民族自尊感。[3]

不同地区华人社群使用的方言也有所区别。由于古代离散的主体为东南沿海的中国人，所以海外流行的汉语方言主要为粤语、闽南语、客家话等南方方言，但也有使用北方方言的华人社区。可"华语语

---

〔1〕 陈晓锦：《东南亚华人社区汉语方言概要》，北京：世界图书出版公司广东有限公司，2014 年版，第 1—2 页。

〔2〕 王赓武：《海外华人：从落叶归根到追寻自我》，北京：北京师范大学出版社，2020 年版，第 46 页。

〔3〕 黄锦树：《中国性与表演性》，收入《马华文学批评大系：黄锦树》，桃园：元智大学中语系，2019 年版。

系"把"华语"窄化为南方方言,以此对抗以北方官话、北方方言系统为基础的标准汉语(普通话),使其中包含着南与北、民间与官方阶层的对立,把"华语"范围变得狭窄。随着社会发展粤语在方言里逐渐超越闽南语成为主流,大多数华人都是双语或是多语者,即汉语普通话+单方言或是多方言。[1]汉语普通话和方言的使用取决于文化背景、族群、地理、阶级、当地政策、交流对象等不同因素,同时也受到电影、戏曲、音乐等其他文化形式的影响。像1970年代新加坡为了推行"讲华语运动",刻意压制了方言的使用,也影响到了马来西亚华人。[2]

　　现在"华语"既指以现代汉语普通话为标准的华人共同语,[3]也指不同华人方言。"华语语系"则用其专指不同的华人方言,凸显方言的"政治性",以此区别于标准汉语。随着时代发展,普通话和方言相互交融成为华语的特色,缺少生动方言支撑的华语容易变得干扁。华语还吸收了当地异族语言的成分,变得多元、混杂,但依然作为一个整体在海外与其他语言并存、竞争。"华语语系"刻意把华语跟汉语制造为一种对立关系,凸显前者的混杂性和后者的标准、单一化,是偏颇的。华语作为一种真正多元开放的语言,不应该排斥标准化,因为这为华人间的广泛沟通,华人文化被更好地了解创造了有利条件。向宇就指出:"在海外华语从来不是殖民语言,而是弱势的少数族群语言。海外华语社群所面对的语言霸权更多来自所在国,如新加坡的英语沙

〔1〕 王赓武:《海外华人:从落叶归根到追寻自我》,北京:北京师范大学出版社,2020年版,第46页。

〔2〕 黄锦树:《南方文学世界共和国刍议》,收入《马华文学批评大系:黄锦树》,桃园:元智大学中系,2019年版。

〔3〕 郭熙:《论"华语"》,《暨南大学华文学院学报》,2004年第2期。

文主义、马来西亚的马来语中心主义等。因此华语的使命与其说是对抗'单语的普通话'，不如说是和普通话携手反抗所在国的语言沙文主义及其背后对华裔系统性的排斥和拒绝，表达华裔在多元语言、多元族群语境中的生存体验、生命感受和文化经验，建构华裔作为少数族裔的主体性和独立性。"〔1〕

"华语语系"所以感觉方言受到压抑，还因为汉语方言存在着言文分离的情况，缺乏书面表现形式，没有对应的字形，只能依靠已有的字形空洞化，当作纯粹的表音符号，难以用来进行创作，无法反映活的语言，无法建立自己的主体性，也因此没法"有深度"地讲述自己的故事。作家只得以不同的方式进行语言实验，黄锦树举例有人主张用音译表现，产生陌生化的效果。有激进者干脆主张重走"国语运动"时期汉字拉丁化的道路。有人试图从古籍中找到被遗忘的古字，复活古语、召唤古典，却使得行文晦涩，并且阅读者也需要精通古典文化，影响了普及。还有受到西方现代主义影响的作家们，或着眼于语法、句法西化，或把汉字变成可任意植入意义的空洞符号，把中文从整个文化/书写传统中抽离出来，进行再符号化。〔2〕诸种操作，虽然形成了"华语语系文学"的特色，是对"白话"书面语的一种反叛，但也因此具有了一种"表演性"，难以真正反映现实。

在被当地主流语言压迫，又缺乏书面表现形式的环境下，坚持用中文进行创作的人更强调文字的中华性，更充满着中华文化认同，李

---

〔1〕 向宇：《理论和政治的纠缠：从华语语系研究到华语语系电影》《浙江传媒学院学报》，第23卷第5期，2016年10月。
〔2〕 黄锦树：《在遗忘的国度——读李永平〈海东青〉（上卷）》，收入《马华文学与中国性》，台北：麦田出版，2012年版。

永平、温瑞安、潘雨桐等作家为了追求纯粹的中华性去往台湾,成为"旅台马华作家"。他们把中文写作作为一种极端的语言实验,向中国传统文化寻找资源,重新建构一种理想中的中文,实践着离散人群对于家国的归属,达到了文化与国民身份的双重认同。[1]但他们也拉大了口语与书面语的距离,追求一种极致的文学书面语的同时,在"华语语系文学"内部也造成了断裂。

我们也必须承认,少数民族语言处在一个尴尬的地位:它们既非(汉语)方言,又是(中国)方言。[2]少数民族语言被忽略的现实,为日后"华语语系"论述留下了突破口。

在"国语运动"时期,知识分子就注重边疆的语文教育,看到语言的不统一所造成的民族隔阂,以及统一语言对统一民族意志、加强多元民族融合、塑造国家认同的重要。推行国语也为提高当地文化水平、加强边疆建设创造有利条件。[3]但少数民族学习汉语,却被史书美视为一种殖民压迫——"今日中国强行在少数民族地区——比如西藏、维吾尔、内蒙古等地区强行推广汉语和汉字学习——这其实反映了一种殖民关系。"[4]

但诚如汪荣的研究:"汉语涵盖两个面向:一方面是汉民族的语言,另一方面是多民族国家中国的公共语言。从作为公共语言的汉语来看,它又是一种进行跨民族交流的'协商的汉语'。"他进一步借用美国华裔学者石静远在《中国离散境遇里的声音和书写》中的论

---

〔1〕 同上。
〔2〕 王东杰:《声人心通:国语运动与现代中国》,北京:北京师范大学出版社,2019年版,第352页。
〔3〕 崔明海:《近代国语运动研究》,合肥:安徽师范大学出版社,2018年版,第219—247页。
〔4〕 曾琳:《读史书美"反离散"原文及中译文有感》,《华文文学》,2014年第2期。

述:"汉语并不是一种收编、压抑或整合的政治工具,而是一种'文化媒介'。语言的使用本身就带有因地制宜、与时俱变的繁复动机,而语言具有能动性(agency),汉语本身就具有合纵连横的潜力。汉语就是作为整个华语世界最大的公约数来使用的,汉语本身就是一种协商的结果。"〔1〕也就是说,没有纯洁的母语,也没有纯粹的汉语,随着各民族交往,语言也在彼此交流、沟通、混杂。汉语被少数民族用来表达,少数民族语言也影响着汉语的发展,少数民族作家的母语思维也影响着汉语创作,这种转化的过程为汉语带来了更丰富的变化,也形成少数民族文学创作的特色。〔2〕在一个统一的多民族国家,汉语作为一种有着最广泛使用基础的语言,有助于少数民族更广泛地展现自己的文化特质,讲述民族故事,更好地融入到中华民族大家庭中来,并不存在压迫关系。而且也"没有必要假定每种语言和文化天生对应着某个特定的种族,抑或每个种族及文化必然局限在一种语言之中"。〔3〕

"华语语系"也提醒我们,少数民族语言里隐藏着丰富的文化密码,如果只依靠翻译去了解一个民族,获得的认识难免有限。〔4〕应该有更多研究者去努力学习、了解少数民族语言,从而能够对少数民族历史、文化、发展进行更深入系统地研究。

〔1〕 汪荣:《"跨民族连带":作为比较文学的少数民族文学》,《民族文学研究》,2015 年第 3 期。
〔2〕 同上。
〔3〕 Franz Boas, ed. Handbook of America Indian Languages(《美洲印地安语言手册》), Washington:Government Printing Office,1911, v.
〔4〕 朱天元:《姚大力:中国文明是一个"多数的文明"》,《经济观察报书评》,2018 年 6 月 24 日。

三、"华语语系文学"的文学史书写及研究存在问题

2004 年史书美强调开创"华语语系"研究的迫切性是要应对中国文学史写作中的两种趋势:"忽视或边缘化中国大陆以外出版的华文作品,同时又意识形态化、选择性和武断性地摘取某些作品进入文学史里。"〔1〕她直指对中国现当代文学史编撰的不满,把中国现代文学史看作一种"帝国叙事"——为了巩固中国对抗西方的二元对立,而忽视少数民族和边缘主体的声音。〔2〕进而提出对于"中国文学"的质疑。

过去中国现当代文学史的书写主要强调时间的连续性和文学演进的脉络性。尽管有学者提出"二十世纪中国文学"、"民国文学"等诸多新的命名,但依然缺乏一种开阔的空间感。究其原因,吴景明、李忠阳认为除了历史书写的惯性以外,"长期以来,民族国家范式支配着中国现代文学(史)研究。……由它来划定文学史的时空边界,并且由它主导此间纳入与排除的关系、中心与边缘的分配。"〔3〕在以现代民族国家的兴起为决定性因素时,一些未能和民族国家建立同步的地区就会被放置在边缘。一些因为身处边缘,未能推动"想象共同体"构建,未能跟中心地区读者产生想象联结的作品,也被文学史叙述排除在外。

比如香港和香港文学,香港学者陈国球曾质疑内地对于香港文学

---

〔1〕 史书美:《全球的文学,认可的机制》,《清华学报》,台湾清华大学,三四卷一号。

〔2〕 史书美:《反离散:华语语系研究论》,台北:联经出版社,2017 年版,第 106—107 页。

〔3〕 吴景明、李忠阳:《从民族国家拯救文学史:从民族国家范式到华语语系范式》,《文艺争鸣》,2019 年第 2 期。

的关照仅限于沿海省市，并且充满了傲慢。他以《读书》杂志为例，发现 1979—1998 二十年间内地知识分子对于"内地文学"、"世界文学"、"香港文学"的定位是：世界文学最先进、内地文学正努力追赶，香港文学却停滞落后。〔1〕陈国球又考察了 1990—2000 年间内地编纂的各版本当代文学史著作，发现对于香港文学的处理不外乎：一、板块组合——把香港文学视为拼图边角的一块碎片，甚至是可以随意割弃的盲肠；二、情节结撰——以"想当然"的手法编撰香港文学发展史，简化复杂性；三、秩序的冲击——把香港文学视为一堆庞杂凌乱的材料，如"天外来客"冲击了中国现当代文学井然有序的秩序；四、评断失衡——以貌似宽容的态度容纳香港文学这个"陌生事物"，却在评断标准上失之偏颇。而对于香港人的身份探索和更深层次的社会与文化的关涉都缺乏处理。更多文学史只涉及内地，忽视不同地区间文学发展力量的横向关联。〔2〕

　　香港具有双重边缘性，一是地理位置、身份的边缘，由边缘渔村发展起来，长期被英国殖民，讲粤语方言；二是香港的文学创作没能完整地纳入到构建民族国家的叙述以及相伴随的"现代化"范式中，甚至在一段时间内还是"反现代"的。根据赵稀方的研究，英国统治下的香港尽管在政治上拥护内地"五四"爱国运动，但在文化上却没有呼应激进的新文化运动，而是集结了一批旧文人，维护中国传统文化。内地的中国文学史写作沿用新旧对立结构，将"五四"时期香港文学中的文言或文白混杂视为封建残余不去理会，只选择白话文的"先进"部分，以启蒙主义为

〔1〕 陈国球：《中国文学史视野下的香港文学——"香港"如何"中国"》，收入《香港的抒情史》，香港：香港中文大学出版社，2016 年版。
〔2〕 同上。

叙事线索,这就使得香港文学的全貌难以在中国现代文学史中呈现。[1]

但香港曾是一个重要的文化场域,在抗战时期成为南来作家的避难所,一度作为全国抗战文学的中心。1950 年代随着南来作家回归,内地和香港本地文坛产生隔膜,此时美国为了对抗亚洲的社会主义阵营,对东南亚华人展开心理战和宣传运动,选择香港作为宣传反共文化的中心。[2] 这种从左翼中心到反共中心的巨大转变,难以被纳入到中国现当代文学史的叙述中。1960 年代相较处于封闭状态的内地,香港更能感受到世界的风云变化,不同思潮轮番角力,超乎狭隘政治立场,形成雅俗交涉、面向逐步年轻化读者群的多元特色,亦生成自己的本土意识。香港文坛一直兼容并包,远非"文化沙漠",而是中国文学在世界文学领域里的前哨阵地。[3] 中国文学史上一些重要作品也诞生于香港,张爱玲等作家在香港的生活经历成为他们重要的创作素材。香港生产的大量文化产品不光对中国内地影响深远,也主导了海外华人的文化消费,是联结华人社会的重要枢纽,缺乏对香港文学的研究使得中国文学的面貌不够完整。

尽管一些学者开始试图将台港澳文学和海外华文文学纳入到中国文学史来,但论述的资源依然是"中华性"和"中国传统"。"海外华文文学"、"世界华文文学"、"台港澳暨海外华文文学"的命名争论,一直遭到空间、语言、包容度等方面的质疑。史书美、王德威等人更是批判这些命

---

[1] 赵稀方:《报刊香港:历史语境与文学场域》,香港:香港三联书店出版社,2019 年版,第 53 页。

[2] 翟韬:《"文学冷战":大陆赴港"流亡者"与 20 世纪 50 年代美国反共宣传》,《世界历史》,2016 年第 5 期。

[3] 也斯:《一九六〇年代的香港文化与香港小说》,收入《香港短篇小说选(六十年代)》,香港:天地图书有限公司,1998 年版。

名背后的"中国中心主义"和对边缘文学创作成就的忽视，以及想要用"中国性"对边缘收编的企图。这些命名下，中华文化依然被视为"超稳定心理结构"，评判的标准是对于中国的向心力，并且为了强化这种向心力而遮蔽或夸大了一些作品。被关注的"华文文学"仍是以中国大陆的文学标准进行创作，目标读者和主要市场也面向中国大陆，题材也无甚新颖，多是异乡生活的不适和对故土的思念，也有对中国历史、经验的"贩卖"。研究者只是把它们镶嵌在中国现当代文学的谱系里，并没有深入去了解华文文学创作环境和发展脉络、文体形式和写作手法上的特殊性，没能还原"边缘"独特、复杂的面貌，以及和"中心"的纠缠关系。

直到"华语语系文学"的出现，无论是史书美的将中国大陆文学排除出去，还是王德威将中国大陆文学"包括在外"，都是以"空间"为坐标，将视野扩展到不同国家地区、族裔身份、政治立场背景下各华语社群的文学生产与彼此联系。[1] 强调这些边缘的"主体性"无须经过中国、中华文化的中介，寻求与世界直接对话。"华语语系文学"在外围重构了有关中国的文学叙述，更具有全球视野，但贺桂梅认为战争、冷战和意识形态的区隔造成的区域性历史经验的差异，使得它提出的问题十分尖锐。[2]

过去"华语语系文学"只是概念性提法，缺乏代表作和文学史的书写。2018 年哈佛大学出版社出版了王德威主编的《新编中国现代文学史》，这部由 143 位作家学者联袂撰写的文学史，是近年英语学界"重写中国文学史"风潮的又一次尝试，也是"华语语系文学"的一次文学

<hr>

〔1〕 吴景明、李忠阳：《从民族国家拯救文学史：从民族国家范式到华语语系范式》，《文艺争鸣》，2019 年 2 期。
〔2〕 贺桂梅：《在 21 世纪重新思考"20 世纪中国文学"》，《探索与争鸣》，2019 年第 9 期。

史实践。来自世界各地的作者利用他们华裔与非华裔的跨族群身份，彰显众声喧"华"的特色。[1]他们把线性的历史大叙事，变成一个个特定时间节点辐射出来的文学小叙事。

王德威希望借该文学史编纂引入"华语语系"的概念，在比较视野下，扩大中国现代文学的范畴，增加其丰富性和"世界性"。他反对以"民族国家"作为文学史的建制单位，想要跳脱单一民族国家内部的视野来研究中国文学。他认为直到 20 世纪初，"中国"才与现代意义上的政治主权和国家概念挂钩。[2]王德威也认为 1949 年后，囿于各自意识形态和文化本质主义，"大陆文学"和"台湾文学"走出两条不同的路径。何谓"中国"？ 传统指向何方？ 王德威想要以一种超出国家限制和官方叙事的眼光去探寻此前从未发现过的中国，发现的方式有三种：一个是离散的中国作家，以异乡、异域、异国经验反观中国；二是考察台港澳地区、马华、新加坡等华人社群与中国大陆的交流互动，关照各自中华经验在文学中的表达；三是从古代到未来，穿梭中国经验的发展。正所谓"多重缘起"。[3]《新编中国现代文学史》采用了横向、纵向两种方式论述"中国"一词应该包含如下含义：作为一个由生存经验构成的历史进程，一个文化和知识的传承，一个政治实体，以及一个"想象的共同体"。[4]

这并非王德威的独创，一是全球史论述兴起，后现代史学观对单

〔1〕 王德威：《"世界中"的中国文学》，《南方文坛》，2017 年第 5 期。

〔2〕 同上。

〔3〕 同上。

〔4〕 王德威、李裕洋：《何为文学史？ 文学史何为？ ——王德威教授谈〈哈佛新编中国现代文学史〉》，《现代中文学刊》，2019 年第 3 期。

一线性的民族国家历史叙述进行反思，关注不同国家、地区间的空间、关系重组，常采取一种解构视角。文学领域不断"去中心化"、"去等级化"、"去畛域化"，注重彼此间的流通、融合，以世界文学代替国别文学，特别关注离散族裔文学的跨国现象；〔1〕二是近年史学界流行"从周边看中国"的论述，"中国""中华"这些习以为常的概念重新得到梳理。身处边缘的人，更会对民族国家历史提出新的思考线索，他们特殊的生存经验和对"中国"这个"想象共同体"独特的建构方式得到彰显。〔2〕

《新编中国现代文学史》想要打破单一民族国家叙事线索，强调从清末到当代种种跨国族、文化、政治和语言的交流网络。通过打破文体，展现更复杂的生命经验。〔3〕为认识中国社会变迁提供一个文学的切入口。王德威的思路值得大陆文学史研究者的借鉴与反思，但写作者大部分为海外学者，他们由于和中国经验的隔膜，难以体贴、全面地理解中国想象与文化认同的建构方式。他们身处异乡，由外而内观察中国文学难免带有局限，篇幅限制在 2000 多个单词，强调文学性和情感性勾连的同时，不可避免地简化了历史的复杂性。以单个作家作为论述起点，强调个人的能动性，想要发现"个体与大时代对峙时的现代性经验"〔4〕，却不免对中国的群众文艺路线有所忽略，并未能全面回答"什么使得中国文学现代"的问题。并且"华语语系文学"内部也

〔1〕 汪荣：《世界文学视野下的中国少数民族文学》，《民族文学研究》，2019 年第 4 期。
〔2〕 王德威主编《哈佛新编中国现代文学史》导论，台北：麦田出版社，2021 年版。
〔3〕 王德威：《"世界中"的中国文学》，《南方文坛》，2017 年第 5 期。
〔4〕 牛学智：《通观视野与空间概念批评——由王德威批评实践说开去》，《扬子江评论》，2012 年第 1 期。

存在华人创作的非华语作品、外国人创作的华语作品,以及被冷战意识形态主导的华语文学创作等不同情况,需要更细致地辨析。

"华语语系文学"强调横向关联,既关联海外华语社群,也关联中国境内的少数民族社群,但要避免以压迫 VS 反抗的二元对立简化汉语文学与少数民族文学间的关系。

虽然身处中国,但由于语言问题,少数民族文学需要通过汉语翻译才能进入更大的关注视野,在翻译过程不免被改写或丧失掉一些东西。少数民族作家用汉语写作,由于被汉语思维影响,有不被本民族母语文学圈认可的风险。于是少数民族文学创作一直处在一个两难的局面,是想要保持纯粹性,还是被更多的人看到? 同时,少数民族历史的复杂,景观的丰富,使得海外学界长期关注于此,只不过他们在破解一元化的中国想象之外,建构了一个精神的、虚拟的少数民族乌托邦,如《消失的地平线》里的香格里拉,把想象出来的乌托邦强加给现实中国,掩盖了少数民族在政治、经济、历史、阶级、社会发展和宗教层面复杂的现实困境。[1] 一些少数民族作家也会故意自我东方化,迎合西方的趣味。

中国少数民族文学完全可以成为中国文学走向世界的一条独特路径。如汪荣的研究,中国的民族分布不是完全与现代国家地理界限一一对应,有很多跨境民族,他们具有共同的文化背景,这时文学就成为跨境民族交流的重要渠道。很多中国少数民族母语文学创作可以辐射到邻国,既彰显本民族特色,又展现人类关怀。少数民族在跨国跨文化交流中也会形成一种弱势的联结,以弱势民族的共同感作为情感结构,产生人类共同体的感觉。但他们所反抗的对象不是中国、中

---

[1] 沈卫荣:《也谈东方主义和"西藏问题"》,《天涯》,2010 年第 4 期。

国性，而是西方所建立的普遍性和西方中心主义。〔1〕

汉族作家也一直在进行少数民族题材创作，共和国初期就有"边疆书写"、"西南边疆诗群"，作家以文学的形式参与着"边疆"和"国家"意识及其合法性的建构。〔2〕当代汉族作家迟子建、范稳、李娟致力于书写少数民族生活，他们的作品为当代文学带来了新的民族想象，凸显了中国内部景观的丰富性、差异性。作为汉族作家，他们既站在观察者的角度，力求客观地讲述少数民族的故事，也耐心、深入地研究，把自己融入他们之中，更加体认和了解不同族群生活，让不同民族文化相互交融。

少数民族文学可以展现中国内部的丰富性、多元性，呈现少数民族人群真实的情感记忆，起到在现实民族生活里的情感联结作用，构建对于统一多民族国家的认同。这需要更多研究者投入关注，充分重视少数民族自己的文学、口头叙事，把他们更好地纳入到中国现当代文学史的叙述中来。

目前"华语语系文学"研究集中在海外，已经取得不少成果，但仍存在诸多局限，如对美学价值的搁置、缺乏经典作品、对中国文学内部的丰富性不够了解等。"华语语系文学"研究还可以从四个面向进行拓展：

一、正确评价当下中国文学的创作

二、美学价值与经典化问题

三、媒介研究与文学生产

四、与中国大陆文学的比较、关系研究

---

〔1〕 汪荣：《世界文学视野下的中国少数民族文学》，《民族文学研究》，2019 年第 4 期。
〔2〕 李哲：《共和国文学版图中的"诗意边疆"——以白桦〈山间铃响马帮来〉为中心》，"当代文学七十年"学术研讨会发言，2019 年 6 月 29 日。

在现有"华语语系文学"研究中,存在着忽视中国大陆文学并以意识形态来衡量中国文学创作的倾向,研究者将中国境内的文学创作与政治捆绑在一起,充满了对于中国当代文学的误读与不熟悉。他们认定中国的文学创作需要经过政治审查,所以把那些反抗意识形态,充满了对历史、地方经验别样书写,表现中国社会发展非理性,暴露现实阴暗面的作品树立为典范,认为其凸显了少数对于多数的反抗,也正符合"华语语系文学"对自己的定位。

但实际上中国文学内部有着丰富的层次,从横向看,地方性写作日趋丰富。中国当代文学的创作早就呈现了众声喧哗的局面,彰显中国经验的差异化,这种差异并非是地方对中心的抵抗,而是在被中心影响下,相互渗透的"全国地方性",是多元性的有机组成部分,是中国现代化发展的不同侧面。[1]"华语语系文学"只寻求地方与中心相互对立的例子,认为地方是因无序、暴虐才呈现生机,把地方性写作视为"边缘的抵抗"是偏颇的。

从纵向看,代际差异呈现了不同的文学风貌。以年轻作家为例,郝景芳的《北京折叠》里呈现了阶级分化与割裂造成的贫富差距悬殊这一全球性的普遍问题,获得了第 74 届雨果奖。双雪涛、班宇、郑执等人直面东北在中国发展进程中的衰败,作品具有浓郁的地方特色和鲜明的时代感。他们用自己敏锐的内心描绘败落如何渗透进日常生活,但又不是带着怨恨,而是充满幽默、反讽,这源于东北特殊的地域性格。[2] 不同世代作家以不同角度表达中国复杂的现实经验,不能

---

〔1〕 岳雯:《地方性写作的精神空间与心理势能——以周恺〈苔〉为例》,《当代文坛》,2019 年 6 期。

〔2〕 梁鸿:《东北是可以虚构的》,《三联生活周刊》,2019 年第 14 期。

一概而论。

"华语语系文学"一直以另类自居,渲染抵抗精神,却忽视了对于文学经典性的追求,只强调存在价值,不强调审美价值,把"有"等同于"好"。如同德里克指出的,当"华语语系文学"从事的是对同质化的中国国族主义的质疑与解构时,也根本地动摇了文学的身份。当文学企图与殖民、移民、族群议题对话,并对特定时空下文学的生产、传播、接受具敏锐度,文学的美学价值已被搁置或解构,成为跨领域人文与社会学科的另类研究方法。[1] 史书美等人对于中国文学史的编撰表示不满,但文学史写作是以文学性为主要衡量标准,经典作品才有资格进入文学史,像王德威把私人信件、歌词都纳入文学史的做法还有待商榷。"华语语系文学"为何缺乏经典?借用德勒兹、瓜达里在论述"少数文学"的观点,首先是可以代表"华语语系文学"的作品往往充满政治性、抵抗性,冲淡了文学性,沦为理论的附庸;二是"华语语系文学"强调集体性,它的成就不归于具体作家,而是作家们共同构成的一种集体行为,这就使得单个作家难以脱颖而出。[2] 除此以外还有评价体系过于封闭,把本土性优先于文学性,以及由于渲染对抗关系,它无法再持续吸收中国大陆的文化资源。种种原因,使得"华语语系文学"无论是面对当地的主流文学,还是面对中国大陆文学,都作为"他者"出现,纠缠于语言问题,而非文学表现力。于是作品成为反映华裔

〔1〕 Dirlik, Arif. (2013). Literary Identity/Cultural Identity: Being Chinese in the Contemporary World. Modern Chinese Literature and Culture. MCLC Resource Center. Retrieved February 10, 2015, from http://u. osu. edu/mclc/book-reviews/literary-identity. 转引自林芳玫:《沉默之声:从华语语系研究观点看〈台湾三部曲〉的发言主体》,《台湾学志》第 12 期,2015 年 10 月。
〔2〕 赵稀方:《从后殖民理论到华语语系文学》,《北方论丛》,2015 年第 2 期。

社群身份认同和历史意识的社会文本,用何种语言书写变成具有象征意义的政治行为。[1] 如何增强文学性、产生经典,呈现真实的情感记忆和深切的现实关怀,吸收不同的文化资源是"华语语系文学"需要努力的方向。

文学的经典化也取决于各种文学奖项的加冕,越来越多的辐射整个华语地区的文学奖项设立,如香港浸会大学的"红楼梦奖",《南方都市报》的"华语文学传媒大奖",台湾的"联合报文学奖"、"时报文学奖"等。詹闵旭、徐国明认为,在文学奖上各地"华语语系文学"得以相遇,进行跨文化的接触,进行复杂的地方文化权力交会和地缘政治运作,在这之中产生了复杂的纠葛,每个文学奖项的争夺都是不同"华语语系"地区间认同政治的一次博弈。[2] 但"华语语系文学"的典范应该由谁来认定?是西方世界、"华语语系"地区,还是中国的读者和批评家?各种华语文学奖在评委构成、评审标准上有着怎样不同的考量?如何在更大范围内为"华语语系文学"经典寻找一个坐标,是有待继续探讨的问题。

对于"华语语系文学"研究也需要思考媒介的问题。由于缺乏文学期刊,东南亚华文文学主要发表在报纸副刊上,散文、随笔、诗歌、微型小说等形式较为发达,内容过于浅显直白,如果想要发表长篇幅的作品就要转投其他华语地区的文学刊物。媒介的限制影响了文学形态,进而影响了"华语语系文学"的发展。曾经印刷媒介促进了"想象的共同体"的形成,香港的刊物可以联结东南亚和台湾地区的华人世

---

〔1〕 张锦忠:《马华文学批评大系》,桃园:元智大学中国语文系,2019 年版,第 26—27 页。

〔2〕 詹闵旭、徐国明:《当多种华语语系文学相遇:台湾与华语语系世界的纠葛》,《中外文学》,2015 年第 44 期。

界,传递中国内地的信息,但被美国利用开展反共宣传,使得中国内地被"妖魔化"且负面影响至今。当今网络时代交流更加便捷,虚拟世界打破了实体区域的分界,达到了真正的流动。北美华人文学就主要发表在网络论坛,台湾网络文学对中国大陆年轻一代影响深远,现在大陆的网络文学又在台湾风靡,网络媒介的文学生产打破了"华语语系文学"间的界限。目前"华语语系文学"论述还集中在纸质出版物上,对于蔚为大观的网络文学创作缺乏关注,事实上这已成为中文文学走向世界的一条新通道。

从读者接受的角度来看,"华语语系文学"的读者首先是全世界的中文使用者,他们都希望通过风格鲜明的文学作品来了解不同地区的发展,看到不同华人的生存经验和情感记忆。无论是中国作家还是"华语语系"作家,都希望自己的作品在更广范围内传播,寻求最大的共鸣。"华语语系文学"不应甘心成为小众文学、边缘文学,它完全可以辐射到更广泛的华语地区,尤其是中国。中国有出版机构专门从事台港澳地区及海外华文文学出版,使得袁哲生、张贵兴、黄锦树、李永平、黎紫书等华文作家被中国大陆读者所熟知。这一切得以实现的基础是大家使用着同一种语言。尽管因为社会发展、文化背景不同,表达方式有所区别,但华语可以达成有效沟通,让多地共构的"华语语系文学"成为可能,而不应该局限在特定范围传播,变成少数人群身份认同的"密码"。"华语语系文学"预设了两个反抗目标:一是中国大陆文学,二是"第一世界"英语文学。但事实上面对国际读者,"华语语系文学"和中国大陆文学都是作为"第三世界文化"语言的中文创作,尽管存在各自的地区和意识形态差异,但它们依然在世界文学谱系里被视为一个整体。[1]理应携手突破。

对中国大陆与不同国家、地区间华文文学互动关系的研究也有待于进一步展开。刘俊就发现新加坡众多华人作家都曾得到过中国现当代文学的滋养和哺育,会自觉不自觉地流露、表达出自己的异时空回响和新加坡式敬意。[2]旅台马华诗人陈大为坦言,大陆当代小说对他创作上的滋养,超过了其他文类,他的故事技巧和核心精神,主要源自大陆当代小说。[3]王安忆将大陆和台湾的小说语言进行比较,总结各自特征,探索语言差异背后依托的文化背景之不同。[4]借由聂华苓在爱荷华大学主办的"中国周末",两岸作家得以在美国相遇并加深了解。随着两岸文化交流日益密切,台湾文学的创作特点深深影响了大陆年轻一代作家,他们在缺乏生活经验、实感的基础上转而通过修辞、语法寻求突破,使得两岸文学呈现了相似的风貌。要想对"华语语系文学"与中国文学间的关系做出切实的、具有说服力的研究,需要研究者既熟悉中国现当代文学,也熟悉华文文学,打破学科分野。而比较的意义在于提供新的参照系统,反观各自的文学发展。

结语

"华语语系文学"作为海外学界的一个热点,并不局限在文学研

---

[1] 张颐武:《在边缘处追索:第三世界文化与当代中国文学》,长春:时代文艺出版社,1993年版,第40页。

[2] 刘俊:《"世界华文文学"/"华语语系文学"视野下的"新华文学"》,《暨南学报:哲学社会科学版》,2016年12期。

[3] 陈大为:《巫术掌纹:陈大为诗选1992—2013》序言,台北:联经出版社,2014年版。

[4] 王安忆:《大陆台湾小说语言比较》,《上海文学》,1990年第3期。

究,而是和其他学科相互勾连,获取论述资源。史书美"华语语系"的论述起点就是借鉴"新清史"中偏颇的观点,把中国指认为"殖民帝国",把中国的民族、文化政策,中国人的海外离散视作"殖民",由此展开一系列二元对立的论述,为的是落实对于中国的批判,其背景是中国崛起的现实和西方冷战思维作祟,以及她自己所处的"边缘"不被看见的焦虑。她最终希望的是"用华语语系取代中国,以指涉语言与文化的异质实践"。[1]但她回避了全球化发展中复杂的阶级面向和经济压迫,使"华语语系"内部问题得不到讨论。我们应该对这个概念细致辨析,对其背后复杂的意识形态产生警惕。

但"华语语系文学"依然具有借鉴意义,它是一个跨学科、跨地域的综合性研究,打井了过去文学研究的封闭范式,从更立体的角度进行思考和观察。它站在海外边缘的位置反观中国文学发展,重构了有关中国的文学叙述,给予我们不一样的启发,为我们构建了一个理论框架。[2]它也使我们反思中国现当代文学研究的诸多盲点,促使我们思考如何整合不同地区的汉语文学经验,关心中国文学在世界范围内的流动,而非把中国文学视为封闭的存在。

〔1〕张英进:《从文学争论看海外中国现代文学研究的范式变迁》,《文艺理论研究》,2013 年第 2 期。
〔2〕贺桂梅:《在 21 世纪重新思考"20 世纪中国文学"》,《探索与争鸣》,2019 年第 9 期。

台湾新世代文学及三种研究思路

　　"世代"在台湾是一个常被使用的概念,萧阿勤认为"世代"得以作为有效的分析概念,归功于卡尔·曼海姆的研究,其论文 The Problem of Generations 奠定了世代研究的社会学基础。他的研究起点在于批评以量化方式处理世代问题,即在历史上找出一个确切的起点断定一个新世代的开始,或以质化处理问题,认为世代无法被测量,只能主观地以经验的时间作为新旧世代区分,曼海姆认为这两种方法都忽略了社会与历史因素对世代产生的影响。"世代"不光是一个生物学概念,指相近的年龄段,还指生长于同一历史与文化的地区,处于同一社会的特殊历史过程,经历了类似的社会变迁力量,占据了社会整体中类似的位置,因此在生活经验和反映上有某种共同性,发展出一种共同意识的连带关系, 足以激发他们参与共同的命运。[1]

在文学领域同样也使用了"世代"的概念。韦勒克和沃伦在《文学理论》中谈道:"在某些历史时期, 文学的变化无疑是受一批年龄相仿的青年人所影响的, 某个'一代的'统一联合体似乎是由以下这样的社会和历史事实形成的, 即只有在某一特定年龄上的一批人才能在同一个敏感的年龄时期内经验到如法国革命或两次世界大战这样重要的事件。"[2]评论家金理在讨论"同代人"创作时认为"因了共同承受的历史事件、社会变革, 同代人会形成此一代际所特有的社会心理、文化品格、精神结构乃至群体意识。"[3]所以总结一代人的文学经验和心路历程, 捕捉他们看似个性十足的背后, 承载着的共同历史记忆, 以及他们在这份记忆的笼罩下如何进入写作, 进而造成文学形态的诸种变化, 对于文学研究有着重要意义。

本文侧重研究台湾新世代文学, 对其定义、发展、分类进行梳理, 对大陆学界的研究现状进行总结, 并提出三种研究思路: 代际研究、文学场域研究、比较研究。

一、大陆对于台湾新世代文学研究现状

在大陆学界, 对于台湾新世代文学的专题研究并不多见, 进入到

〔1〕 萧阿勤:《回归现实: 台湾一九七〇年代的战后世代与文化政治变迁》, 台北:"中央"研究院社会研究所, 2008 年版, 第 16—21 页。

〔2〕 勒内·韦勒克、奥斯汀·沃伦著, 刘象愚、邢培明、陈圣生、李哲明译:《文学理论》, 北京: 文化艺术出版社, 2010 年版, 第 310 页。

〔3〕 金理:《郑小驴论——兼及一种"青春文学"的再生》,《当代作家评论》, 2013 年第 4 期。

1980 年代台湾文学多采取个案论述或转入通俗文学介绍,而不将"新世代文学"作为一个整体考察,看似多元却没有把握到台湾新时期文学的发展脉络。

曹惠民《台港澳文学教程新编》尝试将台湾新世代文学的总体状况与个案研究相结合。他参考了林燿德的定义,认为台湾文坛的"新生代"指的是 1950 年(以 1945 年为弹性界限)以后出生、大约于 1970 年代中期陆续在文坛崭露头角的一代年轻作家。1980 年代以来,跃升为文坛主要创作力量。[1] 曹惠民认为新世代创作形成了自己的代际特征,如拥有较完整的教育背景和知识结构,使他们能兼擅多种体裁和题材,威权体制的结束使他们卸除思想枷锁,反叛传统规范,因台湾都市化进程和高科技的发展,生成了新的审美经验和美学标准,突显个人化创作趋向,注重知性、逻辑。他把新世代作家分为互有交叉的两拨:一拨是对于 1970 年代乡土文学有着较多的传承,着重于历史和现实的考察和描写,具有更广阔的社会视野;另一拨更多将视线集中于都市,刻写现代或后现代的都市社会运作情形和人的种种表现和心态,在艺术上显现较强的创新性、实验性。[2] 曹惠民的分类正对应着叶石涛对于台湾 1980 年代作家特质的总结:"八〇年代作家出现两条极端相反的路线:其一是把意识形态之争完全排除在外,热衷美学化、哲学化的倾向,具有广阔视野,从超现实主义到反小说以至于魔幻写实,他们的作品大多扎根在八十年代繁忙喧嚣的都市里,他们的文学称之为"城市文学",他们崭新的小说技法就是后设小说;另一种以台

---

〔1〕 曹惠民:《台港澳文学教程新编》,上海:复旦大学出版社,2013 年版,第 158 页。

〔2〕 同上,第 158—159 页。

湾土生土长的作家为主，承继台湾本土文学的传统抗议精神，他们身负创建自主独立的台湾新文化使命，尝试台湾话文去写作，以符合他们的政治主张，他们虽然也采用魔幻写实或科幻的形式，但仍以现实主义为主，较富有战斗性和政治性，他们注重作品的冲击甚于艺术性。"〔1〕但在个案分析上，曹惠民并没有把这两条线索贯穿下来，而是将黄凡、张大春、王幼华、朱天文、林燿德、简政珍、简媜、林清玄分节并列。

刘登翰、庄明萱主编的三卷本《台湾文学史》是大陆学界最详尽的介绍台湾文学发展线索的著作，上自远古、下至 1990 年代。书中分两部分提及新世代文学创作，一是第十五章"多元格局下的小说创作"第二节"黄凡、张大春等新世代作家的小说创作"；二是第十六章"诗潮的演变与新世代诗人的创作"。两部分都以个人论述为体例，介绍了台湾十余位新世代作家、诗人的文学创作情况，但缺乏将他们作为一个群体的关照。

朱双一的《近二十年台湾文学流脉："战后"新世代文学论》是大陆学界第一本系统地以"世代"作为台湾文学研究切入点的著作。他借用法国文学社会学家罗贝尔·埃斯卡皮提出的文学发展中"代"现象存在的观点，通过实证的统计发现 1980 年代以来，台湾文坛出现了"派"消解而"代"凸显的景观。这与时代背景、社会环境相关，1950 年前后对于台湾乃至整个中国，都是一个划时代的历史转折点，台湾民众从战乱走向安定，使得 1950 年前后出生的作家生活经历、心理状态

---

〔1〕叶石涛：《80 年代作家的特质》，收入《台湾文学的悲情》，高雄：派色文化出版社，1990 年版。

与前代有着明显的不同。[1] 朱双一还注意到了尽管"新世代"具有鲜明、强烈的"代"的特征,又有模糊的、常难以一刀切的"派"的区别,在研究中考虑到了对象本身的丰富性。他详细考察了"战后新世代"的社会背景和文学环境,包括世界局势、岛内政治环境、和大陆关系的调整等。台湾经济突飞猛进,使得资本主义都市社会基本成形,相应的是消费潮流的汹涌和都市意识的高涨。台湾处于由工业文明向后工业文明过渡的阶段,在多元的社会背景下,台湾文学也呈现了多元发展景观,不同时期、不同思潮流派的文学经验汇聚,加上西方、中国大陆提供了新的参照,以及前代作家的持续影响,使得新世代作家既具有较强的创新、突破意识,又得以吸纳种种有益的营养。[2] 在书中朱双一提纲挈领地对"战后新世代文学"的特征进行了总结:建立了比较宽阔的视野和开放的思维空间,具有较全面的知识结构,将不同学科的专业知识带入文坛,扩展新的素材来源和表现角度。卸除思想枷锁,充分发挥其丰富想象力,拓展文学表现空间,打破非此即彼的二元对立的思考模式,面对复杂化的现代生活,建立比较全面地观察和评价事物的新角度。因新的都市生活经验的养成,建立了新的美感经验和审美感知,出现了向宏观、理性、抽象化发展的趋向,理性色彩加重,向人性深层次拓展,带动了文坛"文学文化化"的趋向。[3] 朱双一分别以"传统对现代的影响"和"现代到后现代的推进"作为线索,又细分出十几个派别,选取代表作家展开论述,讨论了宋泽莱、洪醒夫、龙应

---

[1]　朱双一:《近二十年台湾文学流脉:"战后"新世代文学论》,厦门:厦门大学出版社,1998年版,第1—7页。

[2]　同上,第8—12页。

[3]　同上,第13—17页。

台、黄凡、王幼华、李昂、张大春、朱天文、骆以军等数十位作家。书中他还专门探讨了钟乔、赖声川的剧场实践，田雅各、瓦历斯·诺干的台湾少数民族文学，以及吕正惠、王德威等人的文学理论与批评，做到了宏观与微观的结合。

陈思和通过阅读《新世代小说大系》里的133篇小说，总结了台湾新世代作家在文学史上的意义：一、政治情结减少，"五四"以来文学与政治关系得到调整；二、文学流派的消失和风格个性化的普遍呈现；三、文学经验日趋丰富，扩大甚至超越了"五四"文学的审美传统；四、超验、科幻、后设小说进入文学创作领域，实验小说与通俗小说并举，"五四"以来的文学格局被重新调整。从他总结的几点不难看出，陈思和是将台湾新世代小说放在了中国文学史的脉络上进行评价，他将中国大陆作家与台湾新世代作家并置，指出他们肩负了共同的历史使命：逐渐消除战争给前辈人留下的意识形态的隔阂，挣脱文化上的大一统局面，并在世界多元格局下逼近、恢复以致超越"五四"新文学传统。[1] 这篇发表于1991年的文章已经开始在华语文学甚至是世界文学背景下，探求中国大陆和台湾新世代作家的共性，为我们提供了新的研究思路。

二、何谓"新世代"？——代际研究思路

对于台湾新世代作家的研究，多始于林燿德和黄凡主编的《新世代小说大系》。总序《我们书写当代也创造当代》可谓台湾新世代的创

[1] 陈思和：《论台湾新世代在文学史上的意义》，《当代作家评论》，1991年第1期。

作宣言:"所谓'新世代'在未被确切定义前,是一个因时空转移而产生相对诠释的名词,在此我们以出生序在一九四九年之后的小说家作为编选的主轴,并以四五至四九年间出生者作为弹性对象,换言之,就是一般而言'战后第三代'以降的小说作者群。"〔1〕在这个定义里,林燿德承认"新世代"是一个难以被确切划分的概念,他以 1949 年作为基点前后延伸,包含"1945 年台湾光复"和"1949 年国民党败退台湾"两个关键节点。"新世代"同时也是战后婴儿潮一代,从 1970 年代末到 1980 年代,这批作家逐渐走上文坛。

　　到了 1990 年代更新一代作家出现,"新世代"的概念就发生了延展,有人将 1965 年以后出生,1990 年代登上文坛的作家也称为"新世代作家"。如李瑞腾在《九十年代崛起的新生代小说家》一文中提到:"九十年代崛起的台湾的新生代小说家,是比张大春、陈烨、张曼娟、林燿德、杨照等人还晚出的更新世代,他们大约是 1965 年后出生,最年轻的现在还在大学二、三年级就读(1976、1977 年出生),他们主要也是在各文学奖中获奖,或出书而开始被注意。"〔2〕面对文坛更新世代的出现,朱双一谈到:"当前一代作家中的主要人物超过 40 岁,其影响逐渐减弱乃至承认年轻作家的压力的某个平衡点开始,新一代作家崛起的群芳斗艳的局面才能出现。"〔3〕1990 年代正是台湾第一批新世代作家逐渐确立经典地位,进行创作转向的年代,领军人物林燿德于

---

〔1〕 黄凡、林燿德主编:《新世代小说大系》,台北:希代书版有限公司,1989 年版,第 6 页。
〔2〕 李瑞腾:《九〇年代崛起的新生代小说家》,收入陈义芝编《台湾现代小说史综论》,台北:联经出版事业公司,1998 年 12 月版,第 512 页。
〔3〕 朱双一:《近二十年台湾文学流脉:"战后"新世代文学论》,厦门:厦门大学出版社,1999年版,第 2 页。

1996 年去世,黄凡潜心佛学,他们面对台湾社会发展的巨大转向往往显得力不从心。这时更新一批作家通过获取文学奖项登上文坛,他们面临的重要时间节点是 1986 年民进党成立、1987 年台湾解严、1988 年报禁解除,从此后他们再无政治压力和自我检查的谨慎,而是沉浸在商业社会物质丰富、意义匮乏和世纪末的颓废里。

早在 1990 年,就有人预感到更新一代作家的出现将改变文坛现状,将他们称为"新人类作家"。在《联合文学》第 65 期的专题《富庶、享乐、消费的时代:文学新人类与新人类文学》导语中指出他们的出现宣告了新时代的来临:"他们惯于以图画、声光来表达观点。他们拥有从前无法想象的富庶享乐。他们不再背负传统所赋予的使命感。他们心目中的伟人已不再是……他们理直气壮的以自己的模式生活。他们重新架构了自成体系的神话学。他们强调不去招惹别人也不被招惹。他们是新族群、新部落、相濡以沫。他们将占领未来的版图和全世界。"〔1〕

"新人类"由日本作家堺屋太一所提出,用以指称日本"团块世代"之后的另一世代,即大约 1965 年以后出生的青年。"新人类"具有马家辉所总结的特点:乐观,凡事充满期盼和活力;强调消费享受,而且是感性消费;讲求快速效率,瞬息变化万千,服膺功利主义及个人主义,以钱做人生目标;模仿力、创造力、组合力强大;善用图像思考,表层聪明,其实相当浅薄。〔2〕孟樊则认为以年龄划界不够准确,应以他们本身所呈现出来的特质或风格作为标准。明显的特质就是:他们不

---

〔1〕《富庶、享乐、消费的时代:文学新人类与新人类文学》,《联合文学》,1990 年第 65 期。
〔2〕马家辉:《都市新人类:新生活、新价值、新社会》,台北:远流出版公司,1989 年版。

再有政治包袱,丧失了沉重的使命感,脱离了意识形态,作品从写作技巧到创作主题、内容都呈现了多姿多彩的风貌,反映了资本主义社会那种被异化和物化的一面。[1]

陈芳明也将解严后在文坛登场的作家才视为"新世代作家",在全球化浪潮全面来袭的阶段,这个世代从未经历威权时期的思想检查与身体控制,想象力纵横驰骋,文学不再紧密对应现实,不再是国族寓言,无非就是一种"不在场证明",无须承担社会责任,不必高举道德旗帜,而是一种文字表演,建构另一个虚构,他们对汉字的运用与提炼,到了非常成熟的地步,开始将文学空间与网络空间结合,造就第三次文学革命。[2]

进入 21 世纪,又有一批更新世代作家出现,有人将其划为 1975年后出生的作家,也有人如陈芳明将其划为 1980 年后出生作家。他们出生在网络时代,接受全球信息,发表渠道多元。他们已经适应了消费文化,受影像思维影响,想象力膨胀,文学形式更加多样,偏重类型叙事。[3] 文字里弥漫着一股强烈的自我意识,注重独立性,价值观出现偏差,文学不再承担社会功能,而是自我情感抒发的管道,意在引起共鸣。和前代作家书写两代人差异所造成的紧张感不同的是,更新世代作家作品里缺乏家长的角色,对男女关系的处理也不再纠缠和从一而终,人与人之间关系冷漠、疏离。他们的作品里呈现出更新世代面对时间、空间无所依归的无力感,过往的价值体系不再发挥效用,生

---

〔1〕 孟樊:《都市森林李一张五光十色的脸—— 论"新人类文学"》,《联合文学》,1990 年第65 期。

〔2〕 陈芳明:《台湾新文学史》,台北:联经出版公司,2011 年版,第 787—788 页。

〔3〕 同上,第 796—797 页。

活不再成为意义。[1] 事实上不仅是在台湾,在大陆乃至东亚,年轻作家作品里都弥漫着一股疏离的情绪和冷漠的调子。这已不再是由台湾社会环境所决定,而是全球化的普遍情境。

通过梳理归纳出,台湾的新世代文学包括三个年龄层:1950 年前后、1965 年前后、1975 年前后出生的作家,他们分别于 1980 年代、1990 年代、新世纪登上文坛。但在大陆相关研究中,"新世代"的命名和所指存在着混乱,从 1945 年到 1980 年甚至更往后出生的作家都被称作"新世代作家",而这中间横跨了四十年,他们之间的创作背景和写作风格已经发生了显著的变化,再用一个命名将他们都囊括其中,很容易产生误读。

相较于中国大陆用"70 后"、"80 后",马来西亚用"六字辈"、"七字辈"进行十年的"刻板"划分,近年台湾也采用了"五年级生"、"六年级生"、"七年级生"对应 1960 年代、1970 年代、1980 年代作家。仅靠十年为一代际作为文学划分标准是远远不够的,文学是一个更复杂的存在,尤其是对与传统并未激烈割断的台湾作家而言,世代间的差异并不那么明显。并且过于细致的划分还可能使得台湾新世代作家被一种代际焦虑所笼罩,一面文坛不断需要提供新的面孔、写法给读者以刺激,一面新人面临着前辈作家影响的焦虑。但当"新世代"概念已经无法掩盖其内部一个传统的衰退和另一种传统的兴起时,这种更细致的分法也不失为一个权宜之计。也有人提出"新人类"、"新新人类"、"更新生代"、"最新生代"的命名,但文学不断发展变化,"新"不再是一个指向明确的概念,必须与"旧"相对而言。至于"新世代"与"新生代"

---

〔1〕 王国安:《小说新力:台湾一九七０后新世代小说论》序言,台北:秀威出版社,2016 年版。

混用的情况也应该统一或加以辨别。

三、新人入场仪式——文学场域研究

在台湾,获取文学奖项一直被视为新人跨入文坛的传统仪式。获奖者不光能获取丰厚的收益,还有机会出版著作,受到研究者的青睐,并有机会晋升评委,以一种象征资本参与文坛新秩序的建立。参与文学奖在台湾文坛已经成为一项传统,其中最有影响力的莫过于联合报系举办的小说奖。在"联合报小说奖"举办九届以后,以挖掘新人为目的的《联合文学》杂志诞生。1987 年 1 月,《联合文学》杂志刊登出首届"联合文学小说新人奖"征文启事,目的是:"提倡文学风气,鼓励小说创作,发掘文坛新秀及反映时代精神、肯定人性的优秀作品。"要求参赛者不曾有小说结集出版,也不曾在任何全台范围的大奖里得到首奖。但对于参赛者的年龄并不加以限制,根据日后的稿件统计情况来看,每届既有十几岁的青少年,也有八十几岁的老人,主要年龄段集中在二十至四十岁的新世代。参加短篇组的只需未出版过短篇小说集,但可以出版过中篇和长篇。未获得全台性奖项,而获得地方性奖项的也可以参赛。仅以获奖情况和出版作品情况做区分,而不以创作经历和生活阅历区分,使得新人奖的选拔制度并不十分公平,有几十年创作功力的"老人"和毫无创作经验的"新人"同场竞技,使得赛程设置有所瑕疵。

征文启事除了刊登在《联合文学》杂志,也刊登在美国、新加坡、日本等地的华文报纸,面向整个华语地区征集稿件,使得该奖项不局限在台湾本地,不少中国大陆、香港及海外地区的新世代作家,如田耳、

董启章、黄锦树也通过该奖项获得肯定。尽管稿件匿名,但中国大陆作家独特的文字风格和写作题材,还是能被一眼识别出来。一旦触碰到当下题材,因两岸的隔绝和发展时间差,大陆作品往往难以引起共鸣,有时还遭到评审的区别对待。长期担任评委的马森就主张将参赛作品放在更大的华语语境下讨论,他提出台湾作家必须面对中国大陆和海外作者的良性竞争,也分析二者的区别:"大陆的新人,文字的驾驭能力很强,但是笔下较为保守,对男女关系的描写都拿捏着分寸。相反的,在台湾属于时人所称的'新人类'的'新人',却十分大胆,似乎在故意叛逆上一代'维多利亚'式的头脑,常常写出叫人吃惊的场面。"〔1〕马森对中国大陆文学的关注实属可贵,但仅以几篇作品论断中国大陆文学新人的特点,难免以偏概全。同时新人奖也吸引到了台湾少数民族作家参与,瓦历斯·诺干就获得过第 12 届短篇小说推荐奖。

　　首届"联合文学小说新人奖"的初选评委由 1980 年代崭露头角的第一批新世代作家黄凡、东年、简媜等担任,复审评委由尉天聪、白先勇、李欧梵、李永平等知名作家、学者和联合报业的痖弦、丘彦明担任。之后李昂、张大春、王德威、七等生、朱西宁、齐邦媛等都出任过评委,担任评委频率最高的是马森、张大春和平路。评委构成考虑到年龄、性别、文化背景等差异。他们从自身的价值立场出发,坚持不同的审美标准,在评选的过程中相互角力,在一轮一轮有策略的投票中做出平衡,以此呼应社会主流价值和美学主张。换句话说,一个作家的获奖与否有时已不单纯由作品质量决定,有可能是评委因美学判断和价

---

〔1〕 马森:《面对文学"新人"和"新人类"作家》,《联合文学》1993 年第 11 期。

值趋向不同而协调出的结果。像第6届陈明宏《不放映电影的一天》和温素敏的《哦,恋爱》毫无争议获得首奖的情况并不多见。首奖往往难以众望所归,第11届就出现了评审产生重大分歧的情况,张大春、阿城坚持《留白》为首奖,遭到了马森和黄碧瑞的强烈反对,多轮投票以后决定首奖空缺。张大春在评审感言里表现出激烈的立场,他认为评委个人好恶不同,内心也被作品激发出一种不曾察觉的自我分裂的局面,这使得评委被假设拥有的批评策略或评价标准显得不那么完整和一贯。[1]奖项评审标准的变化也为台湾文学制度研究提供一种新的思路。

　　文学新人奖争论的焦点主要是在突破、创新,还是更符合当时的文学规范和审美标准?詹宏志理想中的新人奖是这个样子:"相对于文学奖呼应社会上的主流文学见解,新人奖则寻找新的可能性,鼓励不同的创作方向;它支持边缘,品尝异端,甚至推举出对抗主流见解的作品来。"[2]但实际评审中詹宏志感觉到"文学奖"和"新人奖"差别并不太大。张小虹最希望看到的作品是"能用'不一样的方式,叙说不一样的故事',因此对于离经叛道却有缺陷之作品的包容与期待,会高于循规蹈矩却无新意之作品"。[3]但马森等评委就认为:"目前最重要的是如何把批评的标准维系在文学的审美的范围之内,(包括铸字、修辞、对人生的透视和表达的感染力等),不至使外缘的价值——诸如宗教的、道德的、政治的等等——过分地侵犯到文学的创作,或让世俗的

---

〔1〕 张大春:《一个评审内在之分裂》,《联合文学》,1991年第11期。

〔2〕 詹宏志:《评审印象》,《联合文学》,1991年第11期。

〔3〕 张小虹:《文学的青春绮梦》,《联合文学》,1999年第11期。

功利主义把文学创作带上商品取向的道路。"〔1〕李黎也强调没有扎实的基本功,就谈不上大胆变化、创新和别出心裁的"花样"。她认为参赛作品里一直存在着一些问题:"譬如屡屡可见的错别字(计算机助长了同音字的泛滥),成语、典故的误用乱用,毫无典雅可言、甚且带着欧日译文语气的粗糙文字从字里行间刺入眼中,令我掩卷太息。"〔2〕李永平更尖锐地指出:"我们的新人普遍缺乏剪裁和组织的能力;除了少数例外,我们看到的,坦白说,只是一篇篇流水账。"〔3〕台湾文学发展并没有出现明显的断裂,而是在继承传统与汲取外来资源共同作用下推进,有些新人盲目跳出传统框架,试图创作横空出世的"新文学",却往往犯了基本功不扎实、理念先行的毛病,将流行元素、繁复修辞、热点议题、现代理论、技巧实验堆砌,或模仿西方作家的叙事技巧和内容无法匹配。

每年 11 月,《联合文学》都会推出小说新人奖专号,除了公布获奖名单,刊登作者介绍、获奖作品以外,还会由总编辑介绍本届评选情况,包括稿件数量、作者地域、年龄、学历分布等,这些都可以作为研究台湾新世代文学的量化指标。杂志还会刊登决审现场纪实,回顾每一轮投票结果,并由评审撰写感言,这些记录也经过了编辑的人为加工。有别于中国大陆文学奖项只注重公布获奖结果、发表获奖感言的形式,台湾文学奖项试图呈现整个评选过程,展现公平、公正、公开的原则,对每一篇进入复选的作品专题讨论、多轮投票,对于落选作

〔1〕 马森:《台湾作家必须面对大陆和海外作者的良性竞争》,《联合文学》,1991 年第 11 期。
〔2〕 李黎:《在游戏与认真之间》,《联合文学》,1992 年第 11 期。
〔3〕 李永平:《小说的基本功夫》,《联合文学》,1990 年第 11 期。

品也会专门提及。刊登讨论过程和评审感言也影响到了下一届选手
的创作,有人专门研读评审记录,揣摩评审心意,写时下流行的题材,
每年 11 月的新人奖特刊都变成下届参赛者的风向标。张大春婉转
地希望参赛者们"穿上自己的衣服",他生动地形容有些刻意繁复的
作品犹如一锅佛跳墙:"以复调叙事写同志爱女性自觉弱势悲情本土
风历史重塑无穷后设书写暴露、再来一点颠覆后殖民拼贴后现代,融
小说时髦典范于一炉而治之……基于多年的评审经验,我已经练就
了一副好嗅觉;一旦展卷,便可闻见某篇里扑鼻打脑而来的'讨招'
气。"〔1〕因为新世代生活环境、汲取资源的相似,加上善于模仿,陈映
真尖锐地指出参赛作品"独创性的死亡"——"所表现的生活、思想、感
情的内容上,有惊人的同一性。生活的场景,几乎无非繁华而又荒芜、
孤独的现代资本主义大都市……年轻一代早早对于现代商品极为熟
悉,早早浸泽在商品和其所带来的幸福和舒适中,对肉体(官能)和物
质(商品)的强烈饥饿与欲求,有如毒瘾一样,人生失去了意义,丧尽目
标。小说新人大多只能写自己,自己的官能,欲望和空虚,他们似乎对
别的社会圈(例如农村,例如城市中产阶级以外的社会),没有认识,没
有兴趣,他们对不同年龄、阶级、行业的人从来不熟悉,也不关心"。〔2〕
陈映真认为文艺的商品化和创意的枯竭正是步入消费社会的特色
之一。

　　除了陈映真指出的主题、描绘场景的相似,新世代作家在写作手
法上也有相似之处,如擅用拼贴、喜爱描写片段、缺乏长篇幅的经营

---

〔1〕 张大春:《穿自己的衣服》,《联合文学》,1995 年第 11 期。
〔2〕 陈映真:《独创的死亡》,《联合文学》,1998 年第 11 期。

等。李昂在第 3 届就发现这个特点："在片段的拼贴上，我们看到这群新小说家的手法，相较于艾略特、乔艾斯，更具后现代的意义。也就是说，拼贴的联结接触点上，更自由、更纷乱、更不具心理的逻辑性，或者重事物的状况。这群新小说作家，开始有一种属于 1980 年代台湾的特色，那或许是由矛盾、冲突、对比、慌乱、纷杂形成的一种美学与新意义。"〔1〕这种片段拼贴逐渐从一种风格变成一种桎梏。有时一届的参赛作品呈现出高度一致的特点，如第 9 届"绝大多数采取了个人独白的写法……独白的书写方式如此普遍，岂不说明了台湾的社会已从集体的制约走向个人的感怀？"〔2〕通过研究不同时期文学奖的作品，找出它们写作题材、手法的相似性，也可捕捉到当时独特的社会风貌。

通过联合文学新人奖登上文坛的邱妙津、骆以军、吴明益、郝誉翔、甘耀明、许正平等人，正是第二批新世代作家的代表，他们日后又晋升评委，把接力棒传到更年轻世代作家手上。他们的参赛作品给文学奖带来了新的气息，他们在担任评审的过程中，也会不自觉地选出和自己文学趣味更相符的作品。正是这些作品的出现使得评委感到一个新的文学世代即将来临，一个与台湾现代主义划清界限的世代。解严后，新的社会议题成为写作题材，为了表现这些议题，作者的写作手法也在不断更新，被影视文化影响的新一代作家善于捕捉新的意象，反倒是过去流行的后设手法已经变得老套。〔3〕一些传统的文学观念也在发生新的变化，例如马森认为随着女性地位的提高，在文学

〔1〕 李昂：《新人类的声音》，《联合文学》，1989 年第 11 期。
〔2〕 马森：《从集体制约到个人感怀》，《联合文学》，1995 年第 11 期。
〔3〕 李昂：《期待新世代》，《联合文学》，1996 年第 11 期。

中的声音由原来的男性逐渐变为女性,女性的观点也发生了变化:一是对男性的衷心厌恶,配偶、父兄也不例外。二是女人无法从男性方面获得安慰,遂转而与同性相濡以沫。都透露出弃绝男性的气息。[1]这种强烈的性别意识在日后邱妙津、陈雪、胡淑雯的作品里愈演愈烈,成为台湾女性文学一条发展线索。

进入新世纪以来,新人奖的稿件体裁更加多元,寓言、童话、科幻都占有重要比例,内容也涉及到了嗑药、乱伦等争议话题,在社会上引发了关于文学与责任感的讨论。有人抱怨可写的题材越来越少,国族命运、独裁统治、资本压迫这些大的话题都因并非亲历者而难以言说;年轻写作者只能在千篇一律的生活经历上做文章,夸大感官经验和极端事件刺激,或是模仿博尔赫斯的叙事迷宫和张爱玲的苍凉腔调;加上网络文化的冲击,使得新世纪以来文学奖的影响力逐渐减弱,"联合新人奖特辑"也不再作为《联合文学》的头条推出。2014 年由于《联合文学》杂志的改版,"联合文学小说新人奖"宣告停办。

除了"联合文学小说新人奖",台湾诸多文学奖项都鼓励扶植新人,如校园文学奖、青少年文学奖、类型文学奖等。还有对台湾文学发展产生推动作用的地方文学奖——"随着本土意识抬头,立足乡土的地方文学逐渐受到重视,各县市先后出版地方作家作品集,推动区域文学史的撰写,并纷纷设立地方性文学奖,以鼓励地方新秀,展现地方人文特质,突显在地色彩的文学。"[2]由此引发新一轮的乡土写作潮流在台湾文坛涌动,"六年级生"成为这股潮流的推动者,童伟格、伊格

---

〔1〕 马森:《女性书写与男性的尊严》,《联合文学》,1996 年第 11 期。
〔2〕 徐淑佳:《散播文学的种子——各县市作家作品集调查报告》,《文讯杂志》,2007 年第
　　 261 期。

言、甘耀明、张耀升、王聪威等人将目光从都市投回乡土。他们笔下的乡土并非与城市对立的落败，而是具有无限的可能，众声喧哗又充满魔幻色彩。这种被后现代主义洗礼过的乡土小说被称为"新乡土小说"，逐渐成为研究热点。

台湾有完善的文学新人的培养机制，文学营、新人奖、文学奖、文学杂志、出版资助、青年文学会议等，使得台湾年轻一代作家的登场方式日趋多元。读者阵营已从报纸副刊转向网络世界，部落格和电子报成为年轻一代发表作品的新选择，一些人从网络上获取知名度再杀回传统文学，获得出版纸质作品的机会，另一些人则坚守网络平台，和大众出版、影视制作紧密结合，拥有了更高的知名度，如痞子蔡等，他们的作品也深深影响了中国大陆年轻一代的成长。

和中国大陆的"80后"作家"单打独斗"不同，台湾的新世代作家更倾向于通过结盟营造声势。如自称"小说家读者"的"网络8P"，由王聪威、甘耀明、伊格言、许荣哲等八人结盟发起，但他们并非拥有一致的创作理念，只是捆绑在一起壮大声势。台湾的新世代作家也不再拥有单一的作家身份，他们受过完整的教育，从小学一路念到博士，或在研究所任职，或写专栏、当编辑、做编剧、当导演养活自己，与大陆新生代作家专职写作或进入作协体制有所区别。跨界背景也影响到了他们的创作，他们作品里影像思维发达、想象色彩浓郁。他们善于驾驭多种文类，在纯文学与类型文学之间寻求平衡。他们的写作议题更加国际化，近年来吴明益、伊格言等人的环保、科幻主题创作已经在国际上取得不错反响。

四、两岸差异与趋同——比较研究

台湾新世代文学研究不应局限在台湾文学内部,而应该放在整个华语文学的范畴里,这其中自然也包括中国大陆文学。台湾文坛兼容并包,吸纳了很多华文作家,李永平、张贵兴、黄锦树、黎紫书、钟怡雯、董启章、韩丽珠都从台湾文坛登场。随着两岸交流的日益频繁,中国大陆新生代作家也参与到台湾文学奖的争夺中来,取得不错的成绩。2009 年以来台湾作家作品被大量介绍到中国大陆出版,这其中包括张大春、朱天文、朱天心、骆以军、陈雪、郝誉翔、甘耀明等不同世代的作家,在大陆又掀起了一股台湾文学热潮。

同样被称为"新生代作家",但在台湾地区、香港地区、马来西亚、中国大陆有一个时间差。香港地区以董启章、黄碧云等 1960 年代出生作家为"新生代"。马来西亚"新生代作家"崛起在 1990 年代。中国大陆"新生代"指生于 1960 年代,在 1990 年代登场的韩东、朱文、鲁羊、张旻、刁斗、艾伟、何顿、邱华栋等作家。他们的出场方式和文学态度都充满着反叛,1998 年他们中的代表人物发起了"文学断裂"运动,决绝地与当时文学秩序划清界限,在答卷〔1〕里宣称:"如果我们的小说是小说,他们的就不是"、"当代汉语作家没有一个对我写作产生过影响"、"当代文学评论并不存在,有的只是一伙面目猥琐的食腐肉者。他们一向以青年作家的血肉为生,为了掩盖这个事实,他们攻击自己

---

〔1〕 韩东:《备忘:有关"断裂"行为的问题回答》、朱文:《断裂:一份答卷与五十六份答案》,《北京文学》,1998 年第 10 期。

的衣食父母。另外,他们的艺术直觉普遍为负数。"

既然同为"新生代",我们不妨把两岸作家进行一个比较,借由比较发现两岸文学发展的异同。其实早在 1990 年,林燿德在其所作的《文学新人类与新人类文学》一文中就已经涉及到了两岸文学差异:"文化焦虑是海峡两岸新世代作者共同呈现的特质,但是由于文化生态的差异,而显现出焦虑的不同来源,也导致呈现焦虑的不同方式。……大陆新世代作者如果能勉强和后现代扯上关系,多半是出自形式层面,而台湾的新人类文学则已经直接源自社会意识和文化哲学了。"[1]林燿德建立比较视野诚然可贵,但是比较对象的选择却有待商榷。究竟是以同年龄段的作家进行比较,还是以处于同样社会背景、相似年龄段的作家进行比较? 中国大陆文学和台湾文学由于所处环境的不同,发展存在着一个时间差,20 世纪 70、80 年代的台湾大步迈入现代化,而中国大陆则从"文革"阴影中逐渐恢复,掀起思想解放热潮。

如果以相同背景下的新世代作家进行比较,会发现台湾的新世代作家侧重于"代"的更迭。林燿德认为台湾新世代"新"在背景,1949 年作为断代的基准,显示了"新世代"特有的政治、文化空间,既有别于接受日本教育的老一代台湾作家,也不同于渡海来台、拥有大陆经验的外省作家,他们成长的过程正是台湾工业化、都市化的过程。[2]而大陆新生代作家"新"在角度,尽管他们也经历了"文革",但彼时还是孩童并未深刻感受到政治的水深火热,而是在长辈自顾不暇时自行探索

〔1〕 林燿德:《文学新人类与新人类文学》,《联合文学》,1990 年第 3 期。
〔2〕 林燿德:《台湾新世代小说家》,《文学自由谈》,1989 年第 6 期。

世界。在这探索中虽然也汲取了西方的文学资源,但他们更侧重突破,而非继承。他们想要突破1950年代作家从苏联文学里习得的沉重人文色彩和先锋作家对于西方现代主义文学的全盘模仿,想要建立一套属于自己的对日常生活的表述系统。

　　台湾新世代作家以表现都市题材为"新",《新世代小说大系》特设"都市卷",前言谈道:"黄凡《都市生活》、张大春《公寓导游》、东年《模范市民》以及林燿德的《恶地形》,这些充满都市符咒的小说集在1980年代的台湾出版,充分说明了都市小说与当代文化中都市精神的确立。"〔1〕尽管在新世代作家作品里,不再出现陈映真、黄春明笔下城乡的二元对立,但都市充满着异化的景象,一切都在飞速发展,人和城市一样在变异,这种变异导致一种荒诞性或是一种狂欢化色彩。林燿德的作品正是描写人在繁华与浮夸的都市里如何被切割成碎片,充满着自我分裂与异化的焦虑,人如本雅明笔下的游荡者,孤独地在城市里自我放逐。并且他不认为这是一种个性,而是被都市文明滋生的共性。〔2〕他指出:"新世代最令人耳目一新的发明,是处理了集体潜意识的问题。从个别人格主体意识内省式的心理写实飞跃入集体潜意识的洪流,不仅是叙事模式与章法技巧的改装,更涉及新世代作家的心灵结构与精神底蕴的质变;能够从容地刺探当代光怪陆离的都市文化,势必先要能从容地进入集体潜意识的幽暗中寻找创造性的光源。"〔3〕林燿德为代表的台湾新世代作家将都市视为光怪陆离的怪兽,侵蚀了人的

---

〔1〕 黄凡、林燿德主编:《新世代小说大系》,台北:希代书版有限公司,1989年版,第6页。
〔2〕 林秀琴:《从"现代"到"后现代":林燿德与台湾都市文学的经验书写》,《江西社会科学》,2015年第12期。
〔3〕 林燿德:《台湾新世代小说家》,《文学自由谈》,1989年第6期。

精神世界，所以作品普遍展现出人对欲望的放纵和彼此关系的冷漠。

但中国大陆新生代作家的成长是和城市化同步的，他们有些根本没有农村的生活经验，因此不会产生两相对比的冲动，他们是第一代真正的城市书写者。他们对于新的城市空间、生活方式、人物关系驾轻就熟，没有表现出不适应的地方。他们的生活经验相较于台湾新世代作家更充满着实感，因为这个经验源于自身经历，再加以审视、提炼，学者徐坤善于写作知识分子生活，身为记者的邱华栋总是不停地与城市的中产阶级打交道，韩东、朱文笔下的边缘人和他们的现实处境相似。而台湾新世代作家笔下的人物是一个个被都市生活逼到绝境的符号，小说家作为一个敏锐的观察者、还原者，但创作未必与自身经验相关。中国大陆新生代作家作品带有强烈的自我意识和自我生活的痕迹，韩东曾这么描述朱文的写作方式："把握自己最真切的痛感，最真实的和最勇敢地面对是唯一的出路，朱文的方式就是要不断地回到自己……朱文曾这样对我说：真实的写作将和你的生活混为一体，直到我们相互交织、相互感应，最后不分彼此。这和那些杜撰悲哀的绝望的作家是截然有别的。"[1]如果说台湾新世代作家追求的是一种集体潜意识，那大陆新生代作家追求的显然是一种自我意识，刻意消解了集体意识和公共经验，以甘于边缘的姿态回避宏大叙事，以对于生活的重新发现来改写"中国经验"。他们并非被都市社会扭曲了价值观，而是建立起了一套纯粹个人的价值体系，在这个体系下他们正视欲望，袒露内心，背离启蒙叙事、道德叙事的传统。[2]朱文可以大声喊出"我爱美元"，

〔1〕 韩东：《弯腰吃草・序言》，北京：华艺出版社，1996 年版。

〔2〕 吴义勤：《自由与局限——中国"新生代"小说家论》，《文学评论》，2007 年第 5 期。

金钱并非万恶之源，而是自生逻辑。李洁非评论道："表面上看似乎是这篇小说在讲述金钱的故事，而实际上应该理解成是金钱在这篇小说中讲述故事。作为物化现实对应物，金钱在今天的小说中成为一个真实的叙述者，恰恰是合理的——如果说它在生活实际中可以支配人的意念、行为、情绪或一件事的发生、演化和终了，那么它在情节就同样可以具有这些功能。"[1]大陆新生代作家已经变成自我生活的阐释者。

在写作手法上，台湾新世代作家偏爱后设的手法，突破单一情节模式和叙事模式，混淆真实与虚构的边界，也向西方学习现代主义技巧，如魔幻现实主义、意识流等。他们常一人掌握了多种写作体裁或类型，如林燿德既擅长小说、散文写作，同时又是一名文学评论家，张大春的作品里混合了武侠小说和侦探小说的元素。而中国大陆新生代作家恰要反叛这种横向移植自西方现代派的写作手法。先锋文学虽表现出强烈的形式感，但这种形式感因与现实无涉在1990年代成为文学的负累，被先锋作家自我消解。尽管还有鲁羊坚持向博尔赫斯致敬，制造叙事迷宫，但韩东、朱文等人则回归到琐碎的生活本身，消解崇高、运用口语，呈现一种平面化的现实，他们不探寻本质和意义，而是用幽默和粗鄙的语言呈现生活的原生态。[2]

随着"新世代"这个概念的不断推演，到了"六年级生"、"七年级生"，与中国大陆"70后"、"80后"作家间的差异就不再那么明显。由于他们生活环境和所汲取文化资源的日益相似，一些共同的特点已经

〔1〕李洁非：《新生代小说(1994—)》，《当代作家评论》，1997年第1期。
〔2〕吴义勤：《自由与局限——中国"新生代"小说家论》，《文学评论》，2007年第5期。

跨越海峡存在于他们的作品之中,例如主题的趋近、技巧的重合、文体的实验性、碎片化等。从作品中也能发现更新世代作家面临着一些相同的困境:社会结构的稳固、生活圈闭塞、年轻人充满绝望开始自我抚慰。与前代作家对自身经验之外的日常生活、历史叙事关注相比,更新一代作家只专注于个人化的经验,他们对孤独、死亡、逃离等生活中的不确定性因素抱有更大的兴趣,同时也造成语言、抒情的不加节制,对现实生活的冷漠叛逆,忽视了更为普遍的社会问题。利用比较视野进行研究,将新世纪的中国大陆文学与台湾文学看作一个有机的整体,也将为整个华文文学发展提供有效的借鉴。

五、结语

由于研究资料的缺乏,中国大陆对于台湾文学的研究主要集中在经典作家、作品研究,对于台湾当下的文学现场无法深刻介入,对于台湾文学现阶段发展走向把握得不够全面。

新世代作家的登场和代际更迭在台湾文学史上有着重要的意义,宣告了一个新的时代来临,从题材、体裁、写法到思想内容都发生了深刻的变化,他们已成为台湾文坛的主要组成部分,带来了崭新的气象,确立了新的文学范式。随着两岸文化交往的日益频繁,台湾新世代作家作品被陆续介绍到大陆,两岸青年文学会议逐年举行,都为台湾新世代文学研究创造了有利条件。我们应积极介入当下台湾文学的批评现场,了解最新创作趋势,对新世代作家投以关注,解读他们在新的历史、社会背景下所产生的丰富文本内涵,以使得大陆的台湾文学研究得到深化。

　　同时我们应以积极认识别人的态度反思自己,研究台湾新世代文学也为研究大陆年轻一代作家提供参照。不仅要纵向从文学史的角度进行研究,也要横向地运用比较思维,在区域研究的基础上建立华文文学整体观,发掘同世代华文作家的创作共性,也为华文文学在世界文学范畴里建立座标。

后记　我为什么不写小说了

鲁迅有一篇文章《我怎么做起小说来》。

在从事学术研究之前,我是个作家。直到现在还有不少人提及我的创作经历,14 岁拿了两届新概念作文比赛一等奖,出版了几部作品,成为"80 后"、"青春文学"作家代表,后来转型纯文学创作,登上了中国最高级别的刊物,斩获文学奖、被评论者所关注、作品被译介到国外出版,不少人对我的创作寄予厚望。

好像一切顺风顺水,一个青春文学作家转型纯文学"迷途知返"的例子,能给评论者带来不少言说的空间。

与此同时我的精神状态并不好,作家的敏感被放大,敏感又是创作的源泉,陷入了一个死循环。

　　我也逐渐失去了写的意义,小说既不能帮助我认清自己,也无助于我认识世界。一些小说看似个性,但其实可以被加工,只不过是陡然反转的情节和纠结的性格、繁复的细节组合,再配上"失败者"、"小人物"、"历史"、"时代"这类主题,方便评论切入。只要文笔不错、足够聪明、遵守文坛规则,稍加勤奋就能脱颖而出。

　　但我认为好的创作,是应该从自己的困惑、苦恼出发,通过写作解答疑问,让自己豁然开朗,有一种被驱使不得不写的力量。我失去了这股力量,却有了更多的困惑和思考。

　　四年前我换了一个新环境,跟过去切割,不再写作小说,也渐渐忘掉自己作家的身份。

　　这四年我除了用笔名偶尔写几篇专栏,话题多是关于消费主义兼有生活记录,完全放弃了小说创作,当有人问起我还写不写的时候,我都说不写了。大家纷纷表示可惜,说应该继续写的,小说是自己的。

　　我们常认为工作都是为别人的,只有创作是自己的,所以宁愿纠结在创作中却很难从工作中得到滋养、感到快乐。

　　通过工作,我幸运地接触到了不同圈层。但身处学院知识分子、公共知识分子、消费主义者、时尚从业者、媒体人、作家、文艺青年、普通百姓的圈子交汇处,我时常感受到一种分裂。面对同样的问题几个圈层发出迥异的声音,在圈层内部也出于背景、立场不同而争吵。这是当下中国最真实的状况,已经不光是阶层的问题,而是我们"身份"的裂变。身份在社交网络上被割裂,出现一个一个幻影,让人觉得有希望跨越圈层成为另外的人,也影响了我们对现实的判断和对未来的想象。"我之为我"不是个体生成的事情,而是在与他者、社会的交往中浮现,但由于各种新媒体、社交网络出现,原来现实生活的人际交往变成了虚拟世界的交往,交往的对象不再具有确定性,有可能我们还是在和一个机器交往。于是在当下"我们是谁?"和"我们想成为谁?"成为我所感兴趣的话题。

当下小说比较好的是可以写出一个圈层的声音,更多的是写一个人的声音,或者主人公的声音就是作者自己的声音。

尽管作家开始变得对时代有强烈的诉说欲望,但小说里的声音却越来越单调。有人说文学并不负责反映时代、还原嘈杂,而是要深挖人的内心,要写隐藏着的潜意识,要描摹生活里无尽的细节,要把个体放大,我对此持保留意见。

不写小说的日子里,我大部分时间是在看书和观察生活。相较作家,我更乐意做一个生活的观察者,我所做的每一件事情都蕴含着好奇的目光。我去工体看球观察六万北京球迷的状态,感受一座城市的文化底蕴。我刷"小红书"了解物质和人的关系,以及以"幸福"为装饰的隐藏在日常生活背后的意识形态。我追乐队综艺想要了解方言创作和地方意识觉醒的关系。我给新闻节目做策划,体味不同人的困境和乐趣。我参与国情调研,了解不同的生活方式和中国之广袤。在这无穷无尽的体验、观察中,我生发出很多问题意识,促使我从事学术研究。

可以停止写作,却不能停止思考;可以对问题敏感,但不能情绪敏感。这是我对自己的要求。

书读多了,又读得杂乱,下笔的欲望就越来越少,一方面是有疑问:有那么多优秀的学者、作品,还有写的必要吗?能超越前人吗?能在这个问题上有所突破吗?我的思考能被人看见吗?另一方面是如批评家陈福民所反思的:"我对后现代知识条件下无限增殖和日益繁

复的写作并不能完全信任。直观地说,真的有必要写那么多吗? 人们
对自己不辞辛劳制造的那些文字,真的有信心吗? 无论是虚构文学创
作还是文学批评,我觉得在言说的意义上大抵都流于无内容的
重复。"〔1〕

每天纠结于"有必要写吗"和"我能写好吗"的冲突中,致使我产量
锐减,仓促而成这本薄薄的专著。

这本书创作于 2014 年到 2019 年,重看一些论述不甚满意,觉得不
够成熟,但又没心力修改。全书围绕着一个主题——"我们的时代,他
们的文学",为什么会关心这个主题? 是因为我觉得文学和时代的关
联越来越弱,甚至出现一种错位,时代波澜壮阔,文学却"自说自话"。
在一个社会结构大转型的时代,一个文明发生深刻变革的时代,一个
重构自我、重构世界、重构知识的时代,我们每个人都切身感受到了变
化,想找到自己来时的轨迹和前进的方向,可是当下大部分文学作品
并没有起到指引作用,既没有让我们看清来路、去路,也很难让我们感
同身受。时代还成了文学失去影响力的替罪羊。如果说对知识的汲
取类型和主体世界的重新建构,需要发动一场新的启蒙,那么社会科
学取代了文学发挥着重要作用。

对于读者来讲,除了吸引人的故事以外,他们更多是想要与人物
建立一种认同感,通过他人的经历调动想象力、勾连自身,用自己杂
乱、破碎的经验来对照文本所提供的经验,或质疑、或反思、或验证、或
进一步表达。〔2〕经验背后其实是一种时代下共同情感的联结。但文

〔1〕 陈福民 VS 项静:《文学内部的自我循环与自我圣化,于真正的文学见识并无补益》,《上
　　　海文化》,2016 年第 9 期。
〔2〕 张定浩:《论经验》,收入《职业和业余的小说家》,济南:山东文艺出版社,2017 年版。

学里呈现的是什么？凶杀案、拐卖儿童、吸毒贩毒、地球毁灭、工厂事故……这些极端情境来源于新闻报道和影视作品。曾经有个文学比赛，参赛的 35 篇作品中三分之二出现了死亡，堪称"血债累累"。死亡作为一种陌生经验，其强烈的刺激性确实可以震撼读者，但不断重复也会让人感到麻木。〔1〕用极端事件推动叙事和点燃情绪，将生活的可能性简化为几种极端行为，是当下创作的普遍问题。〔2〕还有大量不健全的人物形象成为当代文学里的符号，我们想要在文学里看到一个站在阳光底下经历时代变革有着复杂感情的正常人是如此困难，更别提通过对青年现实生活、精神状况的呈现来挖掘时代问题。当下的一些文学创作最后都指向了人的绝对孤独、沟通无力、爱无能，不光缺乏反省的力量，还把现实中人可能有的广阔道路和被现实救赎的可能给写死了。

在第十届茅盾文学奖揭晓以后，有朋友晒出一柜他收集的历届获奖作品。我也曾亲眼看见一位老大爷拿着手抄的茅奖获奖名单在新华书店里寻觅。有资深的文学从业者说看了这么多茅奖作品，人是毁了。或许他对文学持有更高的标准，所以透露出对于当下文学创作的失望，可那些寻常百姓，那些对中国当代文学依然怀有期待的人，我们该怎么做才能不让他们失望？

不光文学创作，我们的文学研究也是如此。学者黄平说："今天很难通过阅读一本现当代文学研究的著作，来理解我们的时代。"连文学研究者自己都更愿意从哲学、历史著作里找寻答案，由此导致现当代

〔1〕 唐山：《网友抱怨"读不懂"，"文学格斗"是谁的胜利》，《北京青年报》，2018 年 12 月 21 日。
〔2〕 张定浩：《路内与虚构》，《上海文化》，2014 年第 3 期。

文学研究出现非常明显的边缘化趋势。[1]有研究者已经把"文学"悄然置换为"人文学"。其实是在重新思考文学研究者该如何用切实有效的方式,从折射了个体/人群想象的文学作品里透视、解析整个时代的欲望。[2]以"人文学的想象力"打破简单的二元对立,保持敏锐和强烈的现实关怀,培育回应现实社会的能力。[3]

我希望在重新建立文学和时代的关系上做出努力。

这本书的第一部分是新媒体时代的文学观察,探讨媒介变革对文学生产的影响。从2001年开始写作至今,我经历了传统媒介、网络媒介、新媒体的变迁。我没事就刷刷豆瓣、抖音、快手、小红书、知乎等新媒体平台,它们太有意思了,每个平台都是一个自成体系的社会,有阶层、有鄙视链、有秩序和对秩序的突破、有无尽的想象力和创造力,鲜活地折射出当下年轻人的精神世界。他们在新媒体上有了新的身份,每个人都在努力构建自己的小历史,汇聚在波澜壮阔的大历史洪流中。有人责怪是新媒体分走了文学的注意力,但它们又很"文学",那些打动人心的产品文案不是文学的一种吗? 短视频里精心编织的起承转合也是虚构的一种。商品评测对于物质所触发的一段场景极其细致的想象和描绘,都借鉴了文学的精髓,打动人心。知乎、豆瓣充斥着对传统文学审美标准、主题意义和文学史评价的质疑,进而生成了新的评价体系。媒介变革大大扩充了创作队伍,吸引了更广泛的阅读群体,改变了作品的生产、传播方式。作为文学研究者,我们不应该对

---

[1] 黄平:《当代文学史写作的六个难题》,《当代文坛》,2019年第4期。
[2] 储卉娟:《说书人与梦工厂:技术、法律与网络文学生产》,北京:社会科学文献出版社,2019年版,第8页。
[3] 贺桂梅访谈:《人文学的想象力》,北京大学中文系"110系庆·中文学人"系列访谈。

新兴事物持有傲慢与偏见，而应该思考经由新媒体中介的文学创作，发生了怎样的变化。

这里面有部分章节曾发表在报纸、新媒体平台上，故没有改动刊发时的篇名。尽管取得了不错的社会反响，获得了"10 万＋"的传播效力，但在学术评价体系中并不作数。我一直寻求在学术和传播之间的平衡，努力摸索一种文体，学术不应该是学术刊物、学术出版、学术会议的"专利"，不应该自说自话，它应思考如何走向大众，重新建立一种"公共性"。实际上读者对学术的热情越来越高，学者应该思考如何更敏锐于当下的诸种变化，用清晰的逻辑和普及性的话语把事情讲明白。

第二部分侧重分析代际更迭下"80 后"文学创作的新变。尽管"80 后"作家已经辉煌不再，但"80 后文学"是最后一个被全民言说的文学现象。只可惜在做文本分析时，作为一名亲历者，我动用了太多的个人创作经验，论述浮在浅层、专注于现象呈现，而缺乏对世纪之交这种代际写作现象的社会史视野下的把握，比如它与中国的经济发展、文化转型、生育政策、全球化进程之间的诸种关系。写作主体身份、作家组织形式的变化勾连了哪些结构性问题？生成了怎样新的权利关系？如贺照田所看重的，在作品里是否真实呈现出这一代人的"兴奋"与"苦恼"？他们的生存经验经过了怎样的加工转化为独特的精神感受？时代变化、社会观念变迁导致阅读趣味上哪些转变？前辈作家、学者如何以序言、推荐、评论等方式参与到"80 后"文学形象的建构中来？这些都值得探究、还原。

已经有吴俊等学者把"新媒体文学"的兴盛和"80 后"文学的诞生视为新时期以来文学史的标志事件和转折点，但在两者结合的具体路

251

径上,还可进一步挖掘,例如世纪之交一批文艺网站,如"榕树下"、"暗地病孩子"、"晶体论坛"、"黑锅论坛"对"80后"创作和共同体形成产生影响,但随着网站关闭,数据被封存,文学现场得不到还原。

第三部分探讨同一时期、同一语言下,其他华文地区的文学发展,希望将"他们"作为参照,反观我们的文学创作。最初我只因涉猎台港文学研究,对"华语语系文学"这个海外学界热议的话题产生兴趣,但真的深入下去就发现文学只是一面,背后是疆域、语言、历史、冷战、民族主义、身份认同等一系列大问题,最终指向对"何为中国"的质疑。它打开了我对于全球化背景下,不同华人地区间新的联结方式的探索兴趣。记录一些不成熟的思考,请原谅其中的谬误。

通过这本专著可以看出,作为一名深度参与世纪之交文学转型的青年学者,我始终关注于如何透过对文学的研究来理解当代中国的复杂现状,以及探讨文学在介入和推动当代中国社会发展中所发挥的作用。〔1〕所以每部分都有着考察所研究对象如何介入时代的问题意识的驱使,而这种问题意识的建立需要更广阔的视野,以及对当下变化的深刻把握,我还需继续努力。

我小时候梦想过许多职业,律师、记者、服装设计师,都是雷厉风行的角色。后来十几岁成了作家,包裹着文艺气息,二十几岁误打误撞做了学术,不得不追求理性、严谨,但有时那个敏感的自我会跳出来捣乱,陷入自我博弈的状态。

刚开始做学术的日子,我会经过国贸,面对着灯红酒绿、高楼大厦,我总是产生怀疑,我不是应该属于这里吗? 穿着高跟鞋像个女强

---

〔1〕 贺桂梅访谈:《人文学的想象力》,北京大学中文系"110系庆·中文学人"系列访谈。

人一样战斗。

可惜我并没有鸡汤文学主人公那般雄心壮志,发誓站上国贸之巅。

后来,我就不去国贸了。

也就渐渐习惯了这样的生活。早晨七点起床,八点读书,中午简单午休,继续读书,晚饭后陪父亲去公园散步,回来接着读书,一直到十二点入睡。全年无休,没有节假日的概念,除夕那天几个小伙伴开玩笑说:不读书做什么? 难道看春节晚会吗?

虽然没能成为职场女强人,也不算一个合格的读书人,但从事学术的乐趣在于它可以推动你不断去思考,去解决自己的困惑,去了解世界之广阔,见识不同人的思想,反省自己的武断与浅薄。

至于以后还会不会写小说,我也不知道。

图书在版编目（CIP）数据

我们的时代，他们的文学/霍艳著. -- 上海：上海文艺出版社，2021

（微光·青年批评家集丛. 第三辑）

ISBN 978-7-5321-7869-8

Ⅰ.①我… Ⅱ.①霍… Ⅲ.①中国文学－当代文学－文学评论－文集

Ⅳ.①I206.7-53

中国版本图书馆CIP数据核字(2021)第032447号

发 行 人：毕　胜
策 划 人：金　理
责任编辑：胡远行　张艳堂
封面设计：胡斌工作室

书　　　名：我们的时代，他们的文学
作　　　者：霍　艳
出　　　版：上海世纪出版集团　　上海文艺出版社
地　　　址：上海市绍兴路7号　200020
发　　　行：上海文艺出版社发行中心
　　　　　　上海市绍兴路50号　200020　www.ewen.co
印　　　刷：崇明裕安印刷厂
开　　　本：890×1240 1/32
印　　　张：8.125
插　　　页：2
字　　　数：181,000
印　　　次：2021年6月第1版 2021年6月第1次印刷
I S B N：978-7-5321-7869-8/I·6243
定　　　价：48.00元
告 读 者：如发现本书有质量问题请与印刷厂质量科联系　T:021-59404766